浙江省哲学社会科学规划重大项目"西方文学思潮发展史"（22YSXK03ZD）

2024年"商大精品文库"建设项目

西方文学思潮发展史论丛

蒋承勇 主编

自然主义文学思潮导论

曾繁亭 著

商务印书馆 | 北京
The Commercial Press

浙江工商大学出版社 | 杭州
ZHEJIANG GONGSHANG UNIVERSITY PRESS

图书在版编目（CIP）数据

自然主义文学思潮导论 / 曾繁亭著. -- 杭州：浙
江工商大学出版社；北京：商务印书馆，2024. 12.
（西方文学思潮发展史论丛 / 蒋承勇主编）. -- ISBN
978-7-5178-6070-9

Ⅰ. I109.9

中国国家版本馆 CIP 数据核字第 2024YV7924 号

自然主义文学思潮导论
ZIRAN ZHUYI WENXUE SICHAO DAOLUN
曾繁亭 著

出 品 人　郑英龙
策　　划　郑英龙　任晓燕
责任编辑　谭娟娟
责任校对　胡辰怡
封面设计　观止堂_未氓
责任印制　祝希茜
出　　版　商务印书馆
　　　　　浙江工商大学出版社
发　　行　浙江工商大学出版社
　　　　　（杭州市教工路 198 号　邮政编码 310012）
　　　　　（E-mail：zjgsupress@163.com）
　　　　　（网址：http://www.zjgsupress.com）
　　　　　电话：0571-88904980,88831806（传真）
排　　版　杭州朝曦图文设计有限公司
印　　刷　浙江全能工艺美术印刷有限公司
开　　本　710 mm×1000 mm　1/16
印　　张　17.5
字　　数　226 千
版 印 次　2024 年 12 月第 1 版　2024 年 12 月第 1 次印刷
书　　号　ISBN 978-7-5178-6070-9
定　　价　95.00 元

总　序

蒋承勇

　　20 世纪八九十年代,我国学界曾经就"重写文学史"问题展开了十分热烈的讨论,唤起了众多学人对创新文学史研究的学术热情,不少人开始致力于新文学史著作的撰写。时过境迁,热烈的讨论已归于沉寂,文学史"重写"的实践无疑也取得了可喜的成果。但是,今天看来,当年的讨论主要聚焦于文学史撰写的观念更新,而不是着力于对文学史事实与现象及作家作品本身的深度研究——就当时的学术状况和语境而言,这种研究尚不具备深度展开的客观条件,——因而也不可能为文学史的"重写"提供丰富的学术"原材料"。观念更新固然很重要,但如果没有长期的对文学史事实与现象及作家作品研究的深厚积累,仅仅是观念和概念层面的花样翻新,那么,这种"重写"就缺乏学术新成果的有力支撑,从某种意义上说是"巧妇难为无米之炊",那么,所"重写"的文学史难免有观念空泛与学术意蕴轻浅之嫌,很难取得实质性的学术突破,其历史局限不言而喻。

　　文学史的"重写"原本就不是一蹴而就的,有道是"一代人有一代人的文学史","重写"也总是处于一种开放和行进的状态。从当今时代倡导人类文明交流互鉴、重构文明史的理念来看,显然又到了需要对曾经的"重写文学史"进行回顾、总结、反思与超越的时候了。就近几十年来学术研究的积累而言,当下新一轮"重写文学史"的展开亦有了较为丰厚的学术资源,更何况,文学史构建的理念也需要与时俱进、不断更新——"重写文明史"①的呼声无疑是新时代在人类文明交流互鉴语境中昭示的一种崭新的历史观和价值观,文学史撰写的创新无疑又进入了一个新的历史周期。在这种意义上,"重写文学史"依然是当今摆在我们面前的十分紧迫的学术新任务。

就国内的外国文学史撰写而言,自当年开展"重写文学史"的讨论以来,各种集体或个人"编撰"出来的西方文学史、国别文学史著作或者外国文学史教材,无疑有其历史的超越性与学术贡献。但是也必须看到,它们大都呈现为作家列传和作品介绍,对文学历史,普遍缺乏生动、真实、系统而有深度的描述与阐释;此外,用失之狭隘的文明史观和文学史观所推演出来的思想观念去简单地对作家、作品做出定论,也是这种文学史著作或教材的常见做法。这种现状亟待改变。

文学思潮是指在特定历史时期一定社会—文化思潮影响下形成的具有某种共同美学倾向、艺术追求和广泛影响的文学思想潮流。由于文明与文化发展的差异性,与国内文学史的演进相比,西方文学史是以文学思潮的形态展开的,并由此彰显其显著的"革新""革命""运动"的特征。从文艺复兴开始的人文主义,17 世纪的古典主义,18 世纪以降的浪漫主义、现实主义、自然主义、唯美主义、象征主义、颓废主义,再到 20 世纪的现代主义、后现代主义等,这一系列的文学思潮和运动在交替或交叉中奔腾向前,勾勒出了西方文学史发展的大致轮廓。可以说,文学思潮是西方文学发展的基本脉络,有其深层的人文意蕴,把握住了这一脉络,就等于把握住了西方文学史发展的基本构架和总体风貌。"批评家和文学史家都确

---

① 曹顺庆、刘诗诗:《重写文明史》,《四川大学学报》(哲学社会科学版)2023 年第 1 期。

信,虽然古典主义、浪漫主义和现实主义这类宽泛的描述性术语含义多样,但它们都是有价值且不可或缺的。把作家、作品、主题或体裁描述为古典主义的、浪漫主义的或现实主义的,就是运用一个有效的参照标准并由此展开进一步的考察和讨论。"①也许正是基于此种原因,在西方学界,文学思潮研究历来是文学史研究的主战场,其研究成果亦可谓车载斗量、汗牛充栋。与之相比,国内学界在这方面的研究则显得十分薄弱,亟待拓展与深化,这对文学史和文明史的"重写"与互鉴都有重大意义。因为,就西方文学而言,文学思潮研究乃"重写"西方文学史所不可或缺的重要前提,其研究成果乃"重写"西方文学史不可或缺的重要学术资源。

在我国,西方文学思潮自五四前后被介绍到本土,百余年来学界展开过不少研究,出版过一些研究与介绍性的作品,如早年陈独秀的《现代欧洲文艺史谭》、茅盾的《西洋文学通论》,以及后来胡风的《论现实主义的路》,何其芳的《关于现实主义》,王秋荣、陈伯通主编的《西方文学思潮概观》,罗钢的《浪漫主义文艺思想研究》等,也出版过翻译引进的著作,如厨川白村的《西洋近代文艺思潮》、本间久雄的《欧洲近代文艺思潮论》、勃兰兑斯的《十九世纪文学主流》、罗杰·加洛蒂的《论无边的现实主义》等。20世纪八九十年代学界曾经编辑出版过系列的单个文学思潮的资料汇编,如朱雯等编选的《文学中的自然主义》等。此外,杨周翰等的《欧洲文学史》、李明滨的《二十世纪欧美文学史》、朱维之等的《外国文学史》和郑克鲁等的《外国文学史》等文学史(教材)类的出版物也涉及对西方文学思潮的介绍。所有这些出版物,都为我国的西方文学思潮研究打下了坚实基础。不过,总体上看,这些研究或介绍只能代表一定时期的学术水平,而且难免有历史局限性,尤其是没有对西方文学思潮演变的历史展开全

---

① Donald Pizer：*Realism and Naturalism in Nineteenth-Century American Literature*, Southern Illinois University Press,1984,p. 1.

面系统的研究与阐释。迄今为止,国内学界未曾出版由本土学人撰写的系统研究与阐释西方文学思潮发展史的著作,这无疑是我国外国文学研究与出版的一大缺憾。

有鉴于此,"西方文学思潮发展史论丛"作为浙江省哲学社会科学规划重大项目"西方文学思潮发展史"的最终成果,致力于对西方文学史中最具代表性的十大文学思潮——人文主义、古典主义、浪漫主义、现实主义、自然主义、唯美主义、象征主义、颓废主义、现代主义、后现代主义——展开深入、全面的反思性研究[①],以 10 卷(每卷 20 万字左右)的体量予以系统呈现,力图对西方文学思潮和西方文学的演进做正本清源的梳理与研究,为"重写文明史"背景下本土学界重写文学史,特别是重写西方文学史提供重要的学术资源和观念启迪。

作为国内首次系统推出的关于西方文学思潮发展史研究的学术性丛书,"西方文学思潮发展史论丛"立足反思性、超越性和建设性,把西方十大文学思潮置于西方文明史和文学史演变的历史长河中,既作为一个整体,又分别作为各自独立的单元,以跨文化、跨学科方法展开多角度分析,发掘和阐发其本原性特质、历史性地位与价值,努力在研究方法的创新性,研究内容的系统性,研究结论的前沿性、原创性等方面,都有显著的建树,从而把对西方文学思潮的研究推向新水平、新高度,为推进中国特色的外国文学学科建设,也为中国现当代文学和文艺理论研究提供借鉴与参考。

[①] 需要说明的是,国内不少外国文学史教材或西方文学史、欧洲文学史著作,把 18 世纪启蒙运动中出现的文学——启蒙文学——也视为一种文学思潮,而本丛书则没有将其列入西方文学思潮中。那是因为,我们认为,欧洲 18 世纪的启蒙运动主要发生在思想文化领域,而不是文学领域。这一思想文化运动背景下出现的启蒙文学,虽然也受启蒙思想的影响,而且也有一个宽泛的作家群体,但是他们的成就主要表现在哲学、政治和思想文化领域而非文学领域,尤其是他们并没有形成比较系统的文学理论和美学思想体系,因此启蒙文学总体上只是一种松散的文学现象,而不是一个系统的文学思潮。有鉴于此,本丛书未将其作为西方文学思潮之一予以研究与阐释。

　　本丛书虽然集中于研究西方文学思潮,但实际上学科和专业涉及面宽,体现了跨学科、跨文化的比较文学方法与视野。对读者而言,本丛书的写作定位是学术性与普及性相互兼顾,既"为学术而学术",又面向文科专业的本科生、硕士和博士研究生以及文学专业工作者和爱好者。本丛书的宗旨是努力打造一套简洁而不简陋、通俗易懂又有学术性和持久影响力的西方文学思潮精品读本与学术参考书。为此,本丛书坚持以下基本写作原则:观照基本问题,把握思潮主线;追踪思潮渊源,阐释本原特质;内容简明扼要,语言简洁生动。希望本丛书不仅能成为外国文学教学与研究者、文学工作者和爱好者的重要读物,同时也能成为中国现当代文学、文学理论教学与研究者的重要参考书。

目　录

引　言　于含混芜杂中谛视"爆破"的真相　　　　　　　　001

第一章　自然主义的界定　　　　　　　　　　　　　009

　　第一节　"自然主义"：从哲学到文学　　　　　　　010

　　第二节　自然主义与浪漫主义　　　　　　　　　　024

　　第三节　自然主义与19世纪中叶的浪漫写实主义　　031

　　第四节　自然主义与作为"常数"的现实主义　　　　036

　　第五节　自然主义与象征主义　　　　　　　　　　042

　　第六节　自然主义与唯美主义　　　　　　　　　　048

第二章　自然主义的文本建构　　　　　　　　　　058

　　第一节　"类型化"的动物　　　　　　　　　　　059

　　第二节　意象的弥漫　　　　　　　　　　　　　　073

　　第三节　细节的绽放　　　　　　　　　　　　　　084

　　第四节　"断片连缀结构"的释出　　　　　　　　092

第三章 "真实感":自然主义文学本体论 104

　　第一节 "真实感" 104

　　第二节 "屏幕说" 119

　　第三节 "显现论" 127

第四章 "审丑":"震惊"效应的释出 142

　　第一节 "共同经验的破裂":从"愉悦"到"震惊" 143

　　第二节 "冒犯"与"震惊" 147

　　第三节 "审丑"与"震惊" 155

第五章 "非个人化":自然主义的创作方法 162

　　第一节 "非个人化" 162

　　第二节 "非个人化"与"个性表现" 170

　　第三节 自然主义的"想象" 181

第六章 自然主义与进化论 188

　　第一节 "人是动物":自然主义的"生理学"底蕴 190

　　第二节 "适应":自然主义对"环境描写"的拓进 201

　　第三节 "遗传":自然主义的"遗传学"视角 209

　　第四节 "社会达尔文主义" 215

第七章 "实验"观念与"先锋"姿态 225

　　第一节 "实验"的观念 227

　　第二节 "实验小说"与文学"科学化"的主张 231

第三节 "文学科学化":策略、目的与实施条件 237

第四节 "实验小说"的先锋姿态 241

第八章 自然主义中的"决定论"问题 247

第一节 "生理学决定论"抑或"社会学决定论"? 247

第二节 "机械主义决定论"抑或"有机主义生成论"? 251

第三节 "决定论"抑或"宿命论"? 255

参考文献 262

于含混芜杂中谛视"爆破"的真相

　　文学领域的自然主义，是指 19 世纪 50 年代在法国酝酿，60 年代末在左拉率领下正式以"文学运动"的方式展开并在 19 世纪末迅速逸出法国国界向整个世界文坛蔓延，直到 20 世纪初叶才在现代主义的冲击下逐渐衰落的文学思潮。19 世纪 80 年代，在发源地法国趋于高潮的自然主义，先传播到德国和意大利等欧陆国家；19 世纪 90 年代，自然主义漂洋过海进入英国、美国和日本，成为一种弥漫整个世界的文学潮流。若以代表性作品来分界的话，利里安·R. 弗斯特等文学史家认定自然主义文学大致始于左拉的《戴蕾斯·拉甘》(1867)，止于美国作家斯坦贝克的《愤怒的葡萄》(1939)。

一

　　20 世纪伊始，自然主义文学思潮便开始进入中国。1904 年，《大陆》杂志刊发《文学勇将阿密昭拉传》一文，其以古代史传的体式介绍了法国自然主义文学领袖左拉，内容包括他如何排除万难致力于文学事业，他对之前文学弊端的反驳，以及他那过激的观点如何受到批评等，堪称传播西方自然主义文学思潮最早的本土文献。与其他西方文学思潮大致相同，自然主义在中国有密度、有力度的传播是伴随着新文化运动的钟声展开的。"五四"前后，左拉及其自然主义理论通过西欧和日本等被介绍到中国。

大致来说，经由茅盾等人的大力鼓吹，自然主义文学在 20 世纪 20 年代初的本土文坛广泛传播并引发普遍关注。但相对于现实主义、浪漫主义这两种"五四"前后被普遍认同的西方文学思潮，自然主义却在传入之初便常常处于被排斥的边缘地带。

基于"文以载道"的传统观念与"救亡图存"的危机意识，人们常常指责自然主义太过客观写实、太过悲观消极，描写了那么多人间悲哀却不能给出任何解决之道。在《欧游心影录》中，文界领袖梁启超就对自然主义文学提出了尖锐批评：自然主义把人类丑的方面、兽性的方面和盘托出，易使读者觉得人只是被肉欲和环境支配的动物，与猛兽弱虫没有区别，所以那些受到自然主义文学影响的人，总是满腔子怀疑、满腔子失望。①

1930 年"左联"成立前后，卢卡契等马克思主义批评家对自然主义的否定态度与观点迅速在左翼知识分子中传播开来，加剧了学界基于本土文化逻辑与现实因素对西方自然主义的排斥。事实上，被视为反动资产阶级文学和反现实主义创作的自然主义，在新中国成立后受到的持续否定，与之前以苏俄口径为文的左翼文人对自然主义的讨伐一脉相承，两者有着完全相同的意识形态和话语逻辑。改革开放之后，对自然主义进行批判与讨伐的声音仍长时间难以消除。20 世纪末叶，雄霸教坛多年的国家权威教材《欧洲文学史》对左拉与自然主义继续做出了否定的评价："在资产阶级文学流派中，自然主义首先产生于法国……左拉和泰纳一样，用自然规律来代替社会规律，抹杀人的阶级性。同时，他把艺术创作和实验

---

① 梁启超：《欧游心影录》，王德峰编选：《梁启超文选》，上海远东出版社 2011 年版，第 199—200 页。

科学等同起来,实际上就取消了艺术的存在。根据自然主义原则写成的作品,总是着重对生活琐事、变态心理和反常事例本身的详细描写,缺乏具有社会意义的艺术概括,歪曲事物的真相,模糊事物的本质,把读者引向悲观消极,丧失对社会前途的信心。"①1992 年,徐德峰在《自然主义:人与艺术的双重失落》②中称自然主义不能成为文学史中的"正面形象",因为马克思等革命家没有将左拉看作同路人。

众所周知,在对"真实感"的追求之外,左拉明确提出了自然主义的"非个人化"主张:"自然主义小说的特点之一就是它的非个人化。我的意思是说,小说家只是一名记录员,他必须严禁自己做评判、下结论。"③自然主义作家用"非个人化"策略来达成"真实感"(The Sense of the Real)描绘的主张与做法,直接引发了恩格斯、拉法格与卢卡契等人对其的非议与否定。这些马克思主义理论家更喜欢将自然主义的这一核心主张视为"反典型化"的机械描写:"像摄影机和录音机那样忠实记录下来的自然主义的生活表面,是僵死的,没有内部运动的,停滞的。"④拉法格甚至将左拉客观中立的"非个人化"创作方法引申为自然主义作家反对参加社会政治斗争。的确,拉法格等人的错误"在于将作家的艺术家身份与其社会人身份等同,将作家的艺术观甚至叙事策略与其社会政治立场等同,其本质在于将生活与艺术、政治与艺术混为一谈"⑤。

从 1904 年算起,自然主义文学进入中国已有 120 年。在沧海桑田的百余年间,自然主义文学在中国的传播起起伏伏,充满曲折与坎坷。

---

①　杨周翰等:《欧洲文学史(下卷)》,人民文学出版社 1979 年版,第 243 页。

②　徐德峰:《自然主义:人与艺术的双重失落》,《学术月刊》1992 年第 2 期,第 44—50 页。

③　Emile Zola: "Naturalism in the Theatre", in George J. Becker, eds.: *Documents of Modern Literary Realism*, Princeton University Press, 1963, p. 208.

④　卢卡契:《现实主义辩》,见卢永华译、叶廷芳校:《卢卡契文学论文集》(二),中国社会科学出版社 1981 年版,第 14 页。

⑤　曾繁亭:《文学自然主义研究》,中国社会科学出版社 2008 年版,第 150 页。

其间既有中国作家借此改进中国文学的短暂热切,又有中国文人基于意识形态对其污名化的长期讨伐,更有薪火相传的中国学人对这一西方文学思潮的持续探究。时至如今,对西方自然主义的诸多扭曲与误解已被矫正或正被矫正,我们已经看到,它无疑是一座静待深入挖掘的文学宝藏。

二

大致来说,自然主义在 19 世纪末以"反传统"的运动形态崛起于欧洲文坛之时,并不为当时正统的学院派批评家所悦纳。在自然主义的故乡法国,学院派批评家布吕纳介、勒梅特尔及文学史家朗松对其均持否定的态度。无独有偶,马克思主义文艺批评家对其亦持大致相同的否定立场。恩格斯对左拉的评价人所共知,影响巨大,其后的卢卡契、拉法格、梅林、让·弗雷维勒等人均大致承袭了恩格斯对自然主义的研判——即使有对某些点位的肯定,也还是坚持总体否定态度。

对于左拉及自然主义,较早的西方学者大多从道德批评或马克思主义阶级分析的角度出发进行简单的否定。但 20 世纪中后期,随着自然主义研究的深入,越来越多的学者采用符号学、神话学、精神分析理论等新的批评理论或方法,从神话、象征和隐喻的角度研究左拉等自然主义作家的作品,如罗杰·里波尔的《左拉作品中的现实与神话》(1981)、克洛德·塞梭的《埃米尔·左拉:象征的现实主义》(1989)、亨利·密特朗的《小说的话语》(1980)、伊夫·谢弗勒尔的《论自然主义》等。应该指出的是,当代这些学术含量较高的著作,基本上都对左拉等自然主义作家的艺术成就持肯定态度,对自然主义文学思潮及其历史地位同样予以积极、正面的评价。

尤其值得指出的是,20 世纪中后期,致力于自然主义文学思潮研究的西方主流学者,已明确将自然主义从其与现实主义的长期融混中分离出来,将其视为一个独立的、有主体地位的文学思潮,并由此启动了对自然主义诗学、叙事学等多个层面的系统研究。例如,20世纪法国著名文学理论家、比较文学专家、自然主义文学研究的领军人物伊夫·谢弗勒尔在《论自然主义》一书中就特别强调自然主义时期——他将这一时期限定在从龚古尔的《杰米妮·拉赛朵》(1865)到契诃夫的《樱桃园》(1904)之间(以代表性作品来分界)——的独创性和现代性。其在书中对自然主义诗学的讨论,将西方自然主义研究大大推进了一步。作为西方学界与伊夫·谢弗勒尔齐名的自然主义研究专家,戴维·巴古雷在《自然主义小说:基于熵的视域的考察》中强调自然主义作家撰写的小说更为主动施为,并阐释了其深深根植于讽刺作品和滑稽模仿作品的讽刺模式。从某种程度上说,自然主义者的描述存在这种意图:分裂、分解、瓦解。这种意图正如它与自然主义文学的关键恒定主题相关联一样,反映了人类价值的一种具有真实危机的熵的视野。而H. M. 布洛克的《自然主义三巨头:左拉、曼、德莱塞创作中的虚构与真实》(1970),则选择左拉的《小酒店》(1877)、德国作家托马斯·曼的《布登勃洛克一家》和美国作家德莱塞的《美国的悲剧》这三部小说来进行案例剖析。H. M. 布洛克分析了自然主义文本的特点:关注污秽、卑微、疾病、腐朽、死亡,有意识地扩展小说的语言和主题,以大胆而引人注目的方式开辟了新的天地。他还明确指出,自然主义虽具有模糊性,但有一点非常明确:它和浪漫主义及现实主义是截然不同的,那些优秀的自然主义小说,完全秉有伟大艺术的强度和尊严。因此,他主张人们要重新认识自然主义。美国著名的自然主义文学研究专家唐纳德·皮泽尔在《19世纪美国文学中的现实主义与自然主义》中同样明确指出:美国学界长期混用"现实主义"与"自然主义"这两个术语,使得人们未能认识到自然主义小说秉有的非常独特的艺术品质。

三

针对本土学界对自然主义文学的系统性误读,基于西方学界自然主义研究的最新进展,本书旨在阐明,对整整两代作家产生过广泛且深刻影响的文学思潮——自然主义在诗学观念、创作方法和文本构成等层面都对西方文学传统成功地实施了"革命性爆破",并由此直接影响了现代主义的产生与发展,成为其最基本和最重要的起点。在与同时代象征主义(Symbolism)文学思潮和唯美主义(Aestheticism)文学风尚相互影响的文学空间中,自然主义文学思潮以比象征主义"硬朗"、比唯美主义"沉实"的特质确立了其历史"主导性"地位。质言之,与19世纪后期西方社会——文化结构加剧从近代向现代转型的历史语境相契合,自然主义文学实际上是西方现代文学的一种重要表现形态。

经由对"真实感"和"个性表现"的强调,事实上,自然主义作家已经创造了一种新的"文学本体论",对此笔者尝试将其命名为"显现说"。"显现",就是与世界融合之中的"作家主体"在文本中所达成的"再现"与"表现"的融合,它由体验而非观念主导,最终达成的是一种笼罩着情感的意象呈现,而非透显着理性的观念阐说。与前自然主义的"模仿"或"再现"相较而言,自然主义之"显现"所投射出来的只是一种"真实感"。此种"真实感"是在个体之人与世界的融合中达成的,并由此获得了它自身特有的一种"真实"品质——它并非纯粹客观的现实真实,而只是感觉中的现实真实。

由此,"模仿说"或"再现说"的"本质真实"就被颠覆了一半,同时也保留了一半。这种"真实感"之中也有着特有的"主体"意识——它并非纯粹主观的主体情感意向,即既非绝对情感的意向,又非绝对意向的情感,而只是与世界融为一体的"真实"的情感意向。这样,浪漫主义的"情感表现说"中那种绝对主观的"情感主体"便被吞没了半侧身子,又保留了半侧身子。经由"真实感",自然主义颠覆了在西方文学史上源远流长的"再现论"与浪漫主义刚刚确立了不久的"表现说"。相对于"模仿说"对"本质"的坚定信仰或浪漫主义对"超验主体"和世界一致性的断言,自然主义(及后来的现代主义)所强调的是对"本质"和"超验"的"悬置"及其所释放出来的"怀疑";而针对"模仿说"对"自我理性"的高度自信或浪漫主义时常宣称的"绝对自我"与世界的对立,自然主义所强调的则是面对世界的"谦卑"与"敬畏",这直接导出了其创作方法层面的"非个人化"主张。"显现说"所导出的文本自足观念及对读者接受维度的重视,是西方现代文学臻于成熟的基本标志。

　　新的诗学观念与创作方法使得自然主义叙事文本有了迥然不同于传统文本的建构模式。自然主义作品中人物形象的基本表现形态已经不再是在"典型环境"中产生的"性格典型",而是源于生命本体的"气质类型"。在传统西方文学叙事所带来的卡通式的人物世界,满是傀儡、木偶般的"英雄""巨人";而在自然主义文学叙事中,"英雄"陨落了,"巨人"坍塌了。与此相适应,传统文学中与意识形态相关的社会、政治、道德、宗教主题的明晰性在自然主义作品中开始动摇,取而代之的则是宏大空蒙的人性主题或命运主题。在宏大空蒙主题框架之下,意象开始取代原先观念体系所派生出来的具体叙事意图,即具体的观念性主题,居于作品的中心。在自然主义的小说和戏剧创作中,情节在很大程度上被淡化了,而琐碎凌乱的细节则缤纷绽放。细节的缤纷绽放,决定了叙事必然要在很大程度上谋求摆脱统辖传统叙事文本的"必然性"逻辑,而在"偶然性"中寻求出路。这使得自然主义小说和戏剧的结构普遍呈现一种"断片连缀"的新格局。自然主义"断片连缀"结构的"可间断性"在现代主义那里完全开放,变成了一种频率甚高的"跳跃性"。从自然主义开始,传统西方叙事文本中的"时间性结构"模式开始被一种新的"空间性结构"模式所取代。从观念统摄之下的严密、严整的有机整体,到心理活动的随意漫游、自由穿插,在文学文本结构从线性历史时间向瞬时心理空间转换的过程中,自然主义为现代主义的到来提供了直接的平台。

　　左拉等自然主义作家主动迎接时代的挑战,提出了文学向科学看齐的行动策略。而进化论生物学及其在生理学、遗传学、社会学、人类学方面的最新进展,则为上述策略的选择提供了契机。自然主义作家从当代科学主义观念中大肆汲取合乎文学本质要求的怀疑精神和自由精神,在文学理论与创作方法上与时俱进、锐意创新,形成了"实验主义"的现代文学理念。左拉"实验小说之小说实验"的文学思想的核心就是颠覆传统、不断创新。"实验",即在"不确定"的建构中尝试,代表着一种新的文化立场与文化态度,它所揭示的是"上帝死了"之后一种崭新的世界观和思维方式的确立。现代主义文学之"实验主义"的精神品格正是直接来自自然主义文学所倡导的"小说实验"。

自然主义的界定

在"自然主义"(Naturalism)从哲学领域进入文学领域并成为一个重要的专业术语之后,该词并没有因此而退出哲学领域。在 20 世纪,人们常常将以奥地利物理学家和哲学家马赫为代表的逻辑实证主义称为哲学上的自然主义。毋庸置疑,在哲学领域,此"自然主义"与 19 世纪之前的彼"自然主义",无论是内涵还是外延上的差别都已经很大,难以同日而语。而在文学领域,正如人们常常因为自然主义对浪漫主义(Romanticism)的攻击而忽略其对浪漫主义的继承与发展,人们也常常因为自然主义与现实主义(Realism)的相似而忽略其与现实主义的本质区别。作为在整整两代作家间产生过广泛且深刻影响的"文学革命",自然主义在诗学观念、创作方法等诸层面对西方文学传统成功地实施了"革命性爆破",拓出了一片崭新的文学天地。那么,具体来说,究竟什么是文学中的自然主义?

让我们暂时先"悬置"所有"观念",返回历史的深处检视自然主义文学运动中出现的文化—文学语境及其演变历程,因为只有弄清它出现的文学前提与文学史坐标,我们才能确切地知道这场丝毫不比浪漫主义文学革命逊色的文学运动中到底发生了什么,又给西方文学史留下了什么。

第一节 "自然主义":从哲学到文学

一

作为哲学术语,"自然主义"早在 16 世纪的西方哲学文献中便已被广泛使用。此时,它作为一个贬义词,被用来指称某种享乐主义者或无神论者的生活信条。而到了 18 世纪,"自然主义"是指这样一种哲学体系:"它认为人仅仅生活在一个可被感知的现象世界即一种宇宙机器之中,它如同决定着自然那样决定着人的生活。简言之,这是一个不存在超验、先验和神力的世界。"① 而相应的"自然主义者",则是指那些一味关注外部自然现象和规律的人。至浪漫主义时代,随着"自然"一词被添加了"内在自然"的含义,"自然主义"开始被广泛应用于文学艺术领域。在文学艺术领域,早在 1848 年,查理·波德莱尔即已用"自然主义者"这样的称谓来指称巴尔扎克。正如 A. O. 洛夫乔伊所说,此时"自然"这个词在与"艺术"相对的意义上,用于两个主要的区域:当用于指称外部世界时,它指的是宇宙中未经人类苦心经营而自动形成的事物;当用于描述人的心灵时,它指称的则是那些人与生俱来的特性,这些特性"最为自发,绝非事先考虑或计划而成,也丝毫不受社会习俗的束缚"。② 正是在这样的语境中,乔治·勃兰兑斯才将该时期英国的浪漫主

---

① 利里安·R. 弗斯特等:《自然主义》,任庆平译,昆仑出版社 1989 年版,第 4 页。
② M. H. 艾布拉姆斯:《镜与灯:浪漫主义文论及批评传统》,郦稚牛等译,北京大学出版社 1989 年版,第 311—312 页。

义称为"自然主义"①。显然,在浪漫主义时代,随着内涵和外延均悄然发生变化,"自然主义"及与之相关的"自然主义者"已经不再是过去带有明显贬义色彩的语汇了。

与自然主义文学之形成与发展直接关涉的文化因素当推实证主义哲学、生物进化论及贝尔纳等人的实验医学研究。达尔文的《物种起源》于1859 年发表,19 世纪 60 年代被译成包括法语在内的各种文字,在西方社会—文化领域产生了广泛而深刻的影响。除此之外,实验医学与生理学的迅速发展,也改变了作家创作的方法。法国著名生理学家克洛德·贝尔纳在 1851 年发表了关于"肝脏的糖合成机能"方面的开创性论文,使法国医学和生理学的发展迈向了新的阶段;1865 年,其科学哲学方面的经典著作《实验医学研究导论》出版。贝尔纳等人的生理学研究成果与方法,不仅开辟了对人的生理机能与神经现象认识的新领域,还使得文学家对人的审视与表现有了新的视角,为他们对生理的人的剖析与描写提供了契机。

法国乃自然主义文学的发源地。在实证主义哲学与生物进化论的基础上,泰纳率先开始创立新的文艺观念体系,形成了从种族、时代、环境三个方面来阐发文学的社会—历史批评方法。"泰纳的理论深深受到达尔文的影响,他关于人类行为原因的理论,特别是他关于种族、环境和时代的学说,挑战了传统的关于人类的概念。泰纳把心理学归为生理学,把性格特点研究归为气质本性研究,与此同时他也把自己的实证公式应用于文学批评。此外,他还认为,由于物理环境不断地影响着个人,个人必定受制于决定论的僵化。左拉将泰纳的学说简化为遗传研究和环境研究,他认为遗传和环境是从根本上改变和重塑人类命运的两个

---

① 勃兰兑斯:《十九世纪文学主流·第 4 分册　英国的自然主义》,徐式谷等译,人民文学出版社,1997 年版。

基本因素。"①泰纳的文艺思想在文学创作领域确立了重视事实的思想与信靠科学的精神,并把文学对真实性的追求提到了一个新的高度,这就为自然主义文学的创立提供了理论上的准备。作为这一运动的奠基性人物,泰纳在文学理论与文学批评领域正式启用了"自然主义"这一术语,并建构了自然主义的艺术哲学。1858 年,他在《巴尔扎克论》一文中称巴尔扎克身上具有"自然科学家"的品格,且善于"以自然科学家的身份描写现实",因而把巴尔扎克称为"自然主义者";泰纳虽然仍然没有充分论证巴尔扎克何以是一个"自然科学家"及他究竟从何种意义上在创作中运用了自然科学的方法,但指出他最先在文学领域初步界定了"自然主义"的概念并赋予它特定的内涵——文学创作理应和自然科学的观念、自然科学的方法更紧密地结合。② 福楼拜与泰纳素来交好,其文学科学化与客观化主张,很大程度上直接源于泰纳的文艺思想。"从《包法利夫人》开始,新的文学思潮在龚古尔兄弟、左拉、都德和莫泊桑等人的作品中得到发展,并最终确立了自然主义文学流派的地位。"③

19 世纪 60 年代末,当左拉等人开始用自然主义来命名他们所主导的文学运动时,"自然主义"一词进一步摆脱了其在浪漫主义时代尚存的内涵的飘忽与外延的游移,成了一个专门意义上的文学术语。以下是左拉以及其他自然主义作家对"文学自然主义"这个术语所给出的经典表述:

> 文学自然主义就是返回自然,返回生活,返回人本身,即在
> 对现实的接受中,经由直接的观察和精确的剖析达成对人世真

---

① Lars Ahnebrink: *The Beginnings of Naturalism in American Fiction*, Harvard University Press, 1964, p. 23.

② 柳鸣九:《理史集》,河北教育出版社 1998 年版,第 166 页。

③ Lars Ahnebrink: *The Beginnings of Naturalism in American Fiction*, Harvard University Press, 1964, p. 33.

相的描写。就此而言,文学家和科学家所面对的任务是相同的;两者都必须以现实来代替抽象,以严峻的分析打破经验主义的公式。只有这样,作品中才会有合乎日常生活逻辑的真实人物和相对事物,而不尽是抽象人物和绝对事物这样一些人为编造的谎言。一切都应该从头开始,必须从人存在的本源去认识人,而不要只是戴着理念主义的有色眼镜一味地在那里妄下结论,炮制范式。从今往后,作家只需从对基础构成的把握入手,提供尽可能多的人性材料,并按照生活本身的逻辑而非观念的逻辑来展现它们。质言之,自然主义起源于第一个在思考着的头脑。①

彻头彻尾捏造一个故事,把它推至逼真的极限,用难以想象的复杂情节吸引人,没有什么比这更容易,更能迎合大众口味的了。相反,撷取你在自己周围观察到的真实事实,按逻辑顺序加以分类,以直觉填满空缺,使人的材料具有生活气息,这是适合于某种环境的完整而固有的生活气息,以获得奇异的效果,这样,你就会在最高层次上运用你的想象力。我们的自然主义小说正是将记录分类和使记录变得完整的直觉的产物。②

实验小说③是文学随科学与时俱进的必然结果。从物理学和化学到生物学,再从生物学到文学,科学的精神不断拓展。由

---

① Emile Zola:"*Naturalism in the Theatre*", in George J. Becker, eds.: *Documents of Modern Literary Realism*, Princeton University Press, 1963, p. 201.

② 朱雯等编选:《文学中的自然主义》,上海文艺出版社 1992 年版,第 243—244 页。

③ 在左拉的表述中,"实验小说"与"文学自然主义"基本上是同义词;考虑到自然主义的主要领域是在叙事文学的范畴,这种表述是可以理解的。左拉也曾在个别文献中提出"实验戏剧"的主张,并且这一主张在 20 世纪西方"小剧场"等戏剧"实验主义"运动中有很大反响,但西方研究文学自然主义的学者还是普遍习惯性地接受左拉将"实验小说"等同于"文学自然主义"的这种用法。

此,过去那种仅仅体现为抽象的形而上学观念的人在实验小说中将不再存在,人们看到的将是无法不受自然规律和环境影响的活生生的人。一言以蔽之,实验小说乃与科学时代相契合的文学,这就如同古典主义和浪漫主义只能属于经院哲学和神学所主导的时代。①

自然主义,就是对被创造的诸生物的研究,就是对这些互相联系的生物彼此接触或冲突而产生的结果的研究;按照左拉先生的说法,自然主义就是对现实的耐心研究,就是观察细节所得的整体。②

自然主义作家所要"返回"的"自然",绝不仅仅只是有些人所理解的那种外部的客观的自然,而是关涉 A. O. 洛夫乔伊所指出的两种自然。正因为如此,左拉才将"真实感"标举为现代小说家的最高原则和现代小说的最高品格。即自然主义所要达成的描写的"真实",不仅仅只是有些人所理解的那种外部的客观"真实",而是主体与客体在融合之中所达成的、既关乎"外在自然"又关乎"内在自然"的"真实感",甚至更是一种内在的"真实感"。迄今为止,国内对自然主义文学的理解之所以发生巨大的偏差,原因虽很复杂,但最初始的原因也许就在于对文学自然主义中的两个关键词犯了"望文生义"的错误。其一,将左拉描述的"自然主义"中的"自然"简单地理解为外在自然,这其实是西方 19 世纪以前的用法。其二,将左拉自然主义诗学中的核心概念"真实感"机械地理解为外部的客

---

① Emile Zola: "The Experimental Novel", in George J. Becker, eds.: *Documents of Modern Literary Realism*, Princeton University Press, 1963, p. 176.

② 于依思芒斯:《试论自然主义的定义》,见朱雯等编选:《文学中的自然主义》,上海文艺出版社 1992 年版,第 326—327 页。

观真实(Objective Reality)。

简括地说,所谓"自然主义文学",是指19世纪五六十年代在福楼拜等人的创作中酝酿,70年代在左拉的率领下正式以"文学运动"的方式展开,并在19世纪末迅速逸出法国国界向整个世界文坛蔓延,直到20世纪初叶才在现代主义文学思潮的冲击下逐渐衰落的文学思潮。作为在整整两代作家之间产生过广泛且深刻影响的文学思潮,自然主义在诗学观念、创作方法和文本构成等诸层面都对西方文学传统成功地实施了"革命性爆破",并由此直接影响到了现代主义的产生与发展,成为其最基本和最重要的起点。在与同时代象征主义文学思潮和唯美主义文学风尚相互影响、共同存在的文学空间中,对浪漫主义构成反拨的自然主义文学思潮以其比象征主义"硬朗"、比唯美主义"沉实"确立了自身的历史"主导性"地位。

二

作为波及整个世界文坛的文学思潮,自然主义文学思潮大致可以分为两个阶段。从19世纪50年代后期到90年代初是第一个阶段,其间自然主义文学思潮在法国发端,并迅速席卷欧洲各主要国家;19世纪90年代至20世纪初叶为第二个阶段,自然主义文学思潮从欧洲向整个世界文坛蔓延,并直接导致美国文学的崛起。[①] 毋庸置疑,如果说自然主义文学思潮第一个阶段的中心在法国,那么第二阶段的中心便是美国。

19世纪中后期,以物理学、化学、生物学等诸学科领域所取得的重大科学发现与技术发明为标志,自然科学的发展获得了引人注目的重大突破,人类对自然的控制能力迅速提高,科学也因此逐渐在公众中迅速形成

---

① 同时崛起的还有亚洲的日本文学。19世纪末20世纪初,日本文坛被来自欧陆的自然主义染为一色。自然主义对日本传统文学的革命性改造,使得日本文学在20世纪初叶进入现代阶段,并迅速跻身世界文学前列。

一种压倒一切的影响。这不但带来人类生活方式的巨大变迁,而且使西方社会结构与文化结构发生了划时代的变革,而科学则在这种变革中迅速提升了其在社会—文化系统中的地位。科学这种令人耳目一新的变化,人们可以在这一时期如雨后春笋般大量涌现的各种专业期刊、专业学会组织及科学会议中得到直观的了解;而科学对社会—文化结构的深层影响,人们只消从大学在这个时期所发生的"从牧师到学监"的革命中便可领略一斑。这一场先发生在牛津和剑桥的大学教育世俗化与科学化同步展开的革命,绝不仅是大学运转方式或管理模式的变化,而更是从教学内容、教学模式到教育目的、教育原理的全面革命,真正现代意义上的大学教育正是由此诞生。此前,科学在大学中几乎没有什么地位,大学的主要目的是为英国国教培养教士;现在,大学的目的主要是为社会事业提供人才,课程设置的范围因此大大拓宽了,越来越多的科学科目进入课堂,并由此开始迅速成为大学教育的中心内容。类似的情况在欧洲其他大学也几乎同时出现,1866 年,巴黎大学在激进的变革中甚至一度解散了神学院。

现代科学的高速发展,尤其是其向传统人文领域卓有成效的渗透式拓展,乃 19 世纪中后期西方文化发展过程中一个引人注目的现象。在地质学方面,查尔斯·莱尔等人证明了地球经历过亿万年演变的事实,驳斥了基督教地球只有几千年历史的观点;在考古学领域,欧洲学者于 1858 年发现了古代文明留下的工具,将 300 年来的零星考古发现及人们对人类远古历史所做的思考推向了高潮;在生物学领域,在拉马克等人的大量工作的基础上,达尔文的《物种起源》和《人类的由来》(1871)等著作所提出的进化论思想更是直接向《圣经》中上帝造人的观念发起了挑战;爱德华·泰勒的《人类早期历史与文化发展之研究》(1865)、《原始文化》(1871)等早期人类学经典著作的出版标志着人类学这一新兴学科的迅速成熟;而经由奥古斯特·孔德到赫伯特·斯宾塞的努力,社会学理论的影响则以更快的速度扩展开来……19世纪中后期,几条不同的科学探寻和思索的路线,正逐步交汇于一点,这一相交点大大改变了人对自己的态度,同时也改变了人对自己在自然中所处地位的看法。种种事实表明,基督教的世界观在19世纪中后期面临着来自科学的越来越严峻的冲击,这种冲击无论从理论层面还是从实践层面来看,都要比17、18世纪启蒙思想家的纯哲学挑战来得更火力十足,更令人难以招架。西方社会—文化的现代转型正是在传统基督教文化体系遭遇科学挑战的历史语境中发生的,由此,也就不难理解为什么科学主义的文化取向成了现代西方文化的核心。

在19世纪西方思想史上,是孔德最早明确地将"科学阶段"即"实证阶段"置于人类理论认识和人类文化的最高阶段,认为"除了以观察到的事实为依据的知识以外,没有任何真实的知识"。实证主义自它诞生的那天起就是以寻求科学、捍卫科学的面孔流行于世;它不仅在理论上对"什么是科学"做了系统的论述,还在科学方法论层面提出了诸多具体的规范性要求。孔德的思想由于在发表之初受到尚在高峰平台运行的浪漫主义文化精神的抑制,其对西方社会—文化生活之主导性的影响力在60年代之后才真正广泛扩散开来,但其实证主义哲学的出笼因其代表着17世纪以来形形色色崇尚科学的世界观和方法论的哲学思想中所包含着的那种科学主义倾向开始进入高潮,而成为现代西方文化的发端。正是在这一意义上,实证主义哲学成了西方社会—文化生活进入现代阶段的鲜明标志。

自然主义文学的发源地是法国。在左拉主导的自然主义文学以火爆的"运动"形式震撼法兰西文坛之前,福楼拜在1857年写出了自然主义文学的奠基作《包法利夫人》,而其以"一个青年的故事"为副标题的《情感教育》(1869)则历来被西方评论家视为"自然主义文学的圣经"。另外,龚古尔兄弟1865年出版的《杰米妮·拉赛朵》也是公认的经典的自然主义开山之作。关于《包法利夫人》，青年左拉这样描述："散见在巴尔扎克全部浩瀚著作中的近代小说的公式，在这本四百页的书中被明白地定出来了。随之，近代小说的法则，现在也被写定了。"①

19 世纪 60 年代末，左拉连续推出《戴蕾斯·拉甘》和《玛德莱娜·费拉》(1868)。这两部小说(尤其是第一部)在文坛及社会上引发的强烈反响，标志着自然主义文学运动在法国正式拉开了序幕。不管从哪个角度来看，左拉都是自然主义文学运动中决定性的人物。就创作实绩而言，其在 1871 年至 1893 年写下的、由二十部长篇小说所构成的系列小说《卢贡—马卡尔家族》，无论是从宏大的规模还是对自然主义艺术特质的体现，均无人堪出其右。就理论建树来说，影响整个世界文坛的自然主义文学的艺术观念和创作规范，基本上都是由他提出和表达的。在对自然主义文学运动的推进方面，19 世纪 70 年代末至 90 年代初以莫泊桑、于斯曼等为核心成员的法国自然主义文学组织"梅塘集团"(Médan Group，得名于他们定期聚会的场所——左拉在巴黎郊区"梅塘"的别墅)起了重要的作用。这就难怪在其他国家的很多自然主义者看来，左拉和自然主义几乎是同义词。我提出将世界范围内的自然主义文学运动以 19 世纪 90 年代初为界区分成两个阶段，原因多多，不做赘述，但有一点是很清楚的，自然主义文学运动第一阶段结束于 90 年代初，两个标志性事件均与该运动的领袖左拉有关：其一，创作时间持续二十多年的《卢贡—马卡尔家族》系列小说在 1893 年完成之后，左拉的创作发生了新的转型；其二，以左拉为首的、曾宣称"源于同一理想，共信一种哲学"的"梅塘集团"在 90 年代初不复存在。

德国自然主义文学运动的开展，表现得最复杂、最分散，同时也最火

---

① 卢卡契：《左拉诞生百年纪念》，见朱雯等编选：《文学中的自然主义》，上海文艺出版社1992 年版，第 469—470 页。

爆——火爆的程度甚至超过了激进冲动的法国。在 19 世纪 80 年代前后自然主义文学运动的高潮期,德国文坛自然主义文学社团蜂起,自然主义文学期刊如林,自然主义文学理论专著迭出。自然主义文学运动在德国甚至形成了两个中心:以康拉德等人为代表的慕尼黑中心和以伯尔申、霍普特曼等人为代表的柏林中心。其中霍普特曼乃德国自然主义文学创作成就最高的作家,其《日出之前》(1889)等自然主义剧作,决定了自然主义的主要叙事形式在法国是小说,而在德国是戏剧。值得一提的是,在整个世界性的自然主义文学运动中,德国是唯一在自然主义旗帜下尝试创作抒情诗的国度。

英国重要的自然主义作家有穆尔、吉辛等,但哈代 19 世纪中后期的小说创作,或许更能代表英国自然主义文学的最高成就。这位一再声称"艺术只关乎现象"的作家之最负盛名的小说《德伯家的苔丝》(1891),常常因其所关涉的"遗传""灾变""命运"等重要的自然主义叙事元素在西方评论家那里得到自然主义向度的阐说。与浪漫主义文学革命乃至政治上的资产阶级革命的情形有些相似,在素以理性著称的英国,自然主义文学运动并没有像在法国和德国那样以火爆的形式出现,而是体现为相对平和的样态。静水流深,可能正是因了这份平和,自然主义文学运动在英国的展开才没有如在法、德那般轰轰烈烈,但同时也少了些它们那里的大起大落:在 20 世纪初叶,毛姆、贝内特等人的小说创作中,人们依然可以看出英国自然主义文学的涓涓细流绵延不绝。尽管左拉的思想与创作被译介到英国,对英国自然主义文学的推进不无作用,但自然主义文学在英国甚至不能完全说是外来的。从社会—政治方面来看,英、法两国在 19 世纪是欧洲两个最先进的资本主义国家。就文化情形而言,构成自然主义文学重要渊源的两个要素英国一样都不缺:进化论方面,法国有拉马克,英国有声威更著的达尔文;实证论方面,法国有孔德,英国有斯宾塞,后者在英语国家(如美国)文化领域的影响力要远胜过前者。

在 19 世纪 70 年代至 90 年代的意大利,由卡普安纳、维尔加等人所主导的"真实主义"文学运动,完全是法国自然主义文学运动的变种或翻版。另外,写出了《父亲》(1887)与《朱莉小姐》(1888)等自然主义经典剧作的瑞典大作家斯特林堡、创作出自然主义剧作范本《群鬼》(1881)的挪威大作家易卜生、在 19 世纪 80 年代初文风陡转且公开宣称皈依自然主义的西班牙大作家加尔多斯……著名作家和经典文本的广泛存在,意味着自然主义至少在叙事领域实乃 19 世纪七八十年代欧洲文坛的主流。

19 世纪末,以保罗·布尔热《当代心理学论文集》(1883—1885)和威廉·詹姆斯《心理学原理》(1890)为标志的现代心理学新成果,开始对文坛释放出强大的影响力;同时,经由勃兰兑斯和斯特林堡等人阐发,正迅速风靡整个西方世界的尼采学说,对当时的文学创作也产生了巨大冲击。霍尔布鲁克·杰克逊在《19 世纪 90 年代》(1913)一书中曾这样描写世纪之交欧洲的社会—文化状况:

> 实验生活在纷乱的吵嚷和论证中继续着。各种观点都在流传。事物已不是从前看上去的那样了,人们充满幻想。19 世纪 90 年代是出现千百个"运动"的十年。人们说这是"过渡时期",他们相信自己不仅是在由一个社会制度向另一种社会制度转变,也是在由一种道德观念向另一种道德观念、一种文化向另一种文化转变……①

这种文化情景直接造成了以法国为中心的欧洲自然主义文学运动的

---

① 马尔科姆·布雷德伯里:《伦敦(1890—1920)》,见马·布雷德伯里、詹·麦克法兰编:《现代主义》,胡家峦等译,上海外语教育出版社 1992 年版,第 160 页。

衰微或蜕变。由此,世界范围内的自然主义文学运动在两个世纪之交进入了它的第二阶段。

自然主义文学运动的第二阶段大致从 19 世纪 90 年代开始,一直持续到 20 世纪初叶。① 出生在 19 世纪三四十年代末的豪威尔斯一代及稍晚些出生的马克·吐温与亨利·詹姆斯一代,在不同程度上保持了他们年轻时的前工业时代、前达尔文主义的美国伦理理想:尽管生活在一个充满黑暗的世界里,但仍然坚信光明必然到来。但是斯蒂芬·克莱恩、弗兰克·诺里斯和西奥多·德莱塞等出生于 19 世纪 70 年代早期的这一代人却发现,这种执信或希望与其说是无效的,不如说是无谓的。

在这个阶段,自然主义文学运动具有如下特点:其一,从地域上看,自然主义从欧洲开始向亚洲、美洲广泛传播,美国作为新的自然主义文学运动的中心取代了法国在第一个时期所占据的中心地位。自然主义在欧洲进入其衰落期之后,在 20 世纪初叶的美洲和亚洲却进入了巅峰期。在美洲大陆,自然主义对美国文学的改造,使得此前一直难以形成自身特点、在创作和理论上均乏善可陈的美国文学获得了突破性进展。克莱恩、诺里斯、德莱塞、杰克·伦敦等一大批自然主义作家的出现,表征着美国文学在 20 世纪世界文坛的崛起。1930 年,自然主义倾向强烈的辛克莱·刘易斯为美国文学赢得了首个诺贝尔文学奖,这或许是美国文学已经站到世界文学最前列的标志。自然主义文学在亚洲大陆取得的显赫成就,则主要体现在迅速崛起的日本文学上。自然主义对日本文坛的改造,使原先很长时间一直停滞不前的日本文学在 20 世纪初迅速进入现代阶段。其二,从体裁上看,承接上一时期末段(19 世纪 80 年代)从小说领域向戏剧领域拓进的声威,巴黎的"自由剧院"、柏林的"自由舞台"(Freie

---

① 在西方,有评论家将自然主义文学运动的下限确定为 1939 年斯坦贝克《愤怒的葡萄》的发表。

Bühne)、伦敦的"独立剧院"等专门上演自然主义戏剧的实验剧院纷纷建立,"90年代新剧院运动的成功是自然主义的成功"①,实验戏剧的"小剧场运动"更是方兴未艾,可见自然主义在推动西方戏剧革新与发展方面获得了引人注目的成就。其三,从内涵上看,自然主义自觉基于这一时期心理学领域最新成果的影响,由原先主要强调生理学视角转向生理学、心理学视角并重,并由此大力借鉴象征主义的文学观念和方法;由原先主要以实证主义为理论依托转向实证主义和尼采哲学并重,并在美国形成了以伦敦为代表的"意志型"(Voluntaristic Type)自然主义新范式。总体来看,这一时期的自然主义文学创作带有更加强烈的印象主义(Impressionism)风格,而且在各种新的文化元素和文学元素糅合加入之后,自然主义文学的内涵和外延都在"变异"中有所扩大:

> 到最后,人人都是自然主义者了。那些不辞辛苦,细心模仿外部世界的全部细节,严格保存它的一切偶尔巧合或无关宏旨或不相连贯的凌乱面目的人,是自然主义者。那些沉浸于内心世界,如饥似渴地辨寻心灵活动的每一细微踪迹的人,也是自然主义者。终至每个浪漫主义者都成了自然主义者。每个优秀的诗人都成了自然主义诗人,不论他们的姿态是理想主义的,浪漫主义的,还是象征主义的。②

那种"沉浸于内心世界""如饥似渴地辨寻心灵活动的每一细微踪迹"的"自然主义",很快被称为"心理自然主义",而这种"心理自然主义"则正

---

① 约翰·弗莱彻、詹姆斯·麦克法兰:《现代主义戏剧:起源和模式》,见马·布雷德伯里、詹·麦克法兰编:《现代主义》,胡家峦等译,上海外语教育出版社1992年版,第466页。

② 马·布雷德伯里、詹·麦克法兰编:《运动、期刊和宣言:对自然主义的继承》,见马·布雷德伯里、詹·麦克法兰编:《现代主义》,胡家峦等译,上海外语教育出版社1992年版,第174页。

是现代主义中"意识流小说"的由来。西方评论家之所以将乔伊斯等很多意识流小说家称为"自然主义者",个中的奥秘就在此。当然,"人人都是自然主义者",这一方面意味着自然主义的文学精神已经被广泛接受和吸纳,另一方面意味着自然主义作为一个文学思潮的历史使命正在迅速走向终结。而于斯曼、斯特林堡、霍普特曼等自然主义代表作家的急剧转型也从另一个侧面揭示出:在新的时代条件下,自然主义与象征主义的界限正迅速变得模糊不清。

当不再有感伤的主人公通过人心的力量解决小说中的冲突以对抗工业社会时,自然主义就取代了以狄更斯为代表的感伤主义。而"当 T. S. 艾略特,庞德,詹姆斯·乔伊斯和弗吉尼亚·沃尔夫拒绝了自然主义的科学基础,面向工业进程所带来的人性废墟,并逃向沙龙世界或审美问题,转而采用象征和神话取代了自然主义那种机械论的假设,自然主义便被现代主义取代"[①]。尤其在《尤利西斯》(1922)、《荒原》(1922)、《城堡》(1922)三部新时代的文学经典在 1922 年同时面世所标志着的现代主义的第一个巅峰期到来之后,随着对当下文学思潮、文学流派或文学运动现实"指称"能力的丧失,"自然主义"一词在欧洲显然正迅速成为一个向文学档案室或博物馆的方向疾奔、只有文学史家才感兴趣的史学"术语"。现代主义由来的这一内在的文学脉络,注定了它一方面是各种文化元素与文学元素的一种空前融合,另一方面又是各种新的实验性的文学观念、文学方法的空前释放。对现代主义的文学渊源,很多有见地的西方文学史家和评论家持大致相同的看法。美国著名批评家埃德蒙·威尔逊在其名著《阿克塞尔的城堡》中明确指出,西方现代文学的基础在于象征主义与自然主义的冲突与融合。而卡罗琳·戈登的表述也许更为精准:"在现

---

① Richard Leban: "American Literary Naturalism: The French Connection", in Harold Bloom, eds.: *American Naturalism*, Chelsea House Publishers, 2004, p. 199.

在这个时代,文学上有两种倾向:自然主义和象征主义,或以自然主义为基础的象征主义。"①

第二节 自然主义与浪漫主义

"文学自然主义是小说发展中的一个重要运动。作为一种运动,它取代了充斥着情感小说的浪漫主义。"②

自然主义是在浪漫主义文学思潮的末流余绪中步上文坛的,这恰如浪漫主义之兴起于古典主义文学思潮的衰微。也就是说,作为新兴的文学思潮,在西方文学展开的历史链条上,自然主义与浪漫主义直接对接。关于这一点,如果去翻检一下左拉等人的自然主义理论文献,稍稍考察一下自然主义文学运动的矛头所向,当一目了然——

> 我们要埋葬武侠小说,要把过去时代的全部破烂,如希腊与印度的一切陈词滥调统统送到旧货摊上去。我们不想推翻那些令人作呕的所谓杰作,也不打碎那些素负盛名的雕像,我们只不过从它们旁边经过,到街上去,到人群杂沓的大街上去,到低级旅馆的房间去,也到豪华的宫殿去,到荒芜的地区去,也到备受称颂的森林去。我们尝试不像浪漫派那样,创造比自然更美的傀儡,以光学的幻象搅乱它们,扩大它们,然后在作品中每隔四页,就凭空装上一个。③

① 卡罗琳·戈登:《关于海明威和卡夫卡的札记》,见叶庭芳编:《论卡夫卡》,中国社会科学出版社1988年版,第205页。
② Richard Leban:"American Literary Naturalism: The French Connection " in Harold Bloom, eds.: *American Naturalism* , Chelsea House Publishers, 2004, p. 199.
③ 于依思芒斯:《试论自然主义的定义》,见朱雯等编选:《文学中的自然主义》,上海文艺出版社1992年版,第324页。

作为文学运动,自然主义反浪漫主义的激烈情绪在于斯曼《试论自然主义的定义》一文中的如上表述中可见一斑。但关于自然主义与浪漫主义的关系如何,问题的关键似乎还不在这里,与出于意识形态上的原因,即国人常常拒绝承认自然主义以激烈反叛的方式与浪漫主义直接对接相比,基于美学观念上的僵化而拒绝承认自然主义对前者的承接则更为普遍。自然主义运动以来,西方现代文学的发展越来越倾向于诉诸激烈的"革命""运动"的方式,但如果我们由此认为以"反传统"标榜的后起思潮真的与其所激烈反对的对象完全断绝了关系,那文学史也就真的只能永远归诸"断裂"了。事实上,不管处于"运动"中的后起作家如何尖叫"反传统",由"运动"所构成的西方现代文学的任何发展都只能是反叛传统与继承传统的综合体。这正如现代主义文学大师 T. S. 艾略特所说:"现存的艺术经典本身就构成一个理想的秩序,这个秩序由于新的(真正新的)作品被介绍进来而发生变化。这个已成的秩序在新作品出现以前本来是完整的,加入新花样以后要继续保持完整,整个的秩序就必须改变一下,即使改变得很小;因此每件艺术作品对于整体的关系、比例和价值就重新调整了。这就是新与旧的适应。"①

在将"真实感"高标为自然主义文学最高准则的同时,自然主义还将作家的"个性表现"界定为文学的第二准则。左拉反复强调:"观察并不等于一切,还得要表现。因此,除了真实感以外,还要有作家的个性。一个伟大的小说家应该既有真实感,又有个性表现。"②"在今天,一个伟大的小说家就是一个有真实感的人,他能独创地表现自然,并以自己的生命使

①　T. S. 艾略特:《传统与个人才能》,见戴维·洛奇编:《二十世纪文学评论(上册)》,葛林等译,上海译文出版社 1993 年版,第 130—131 页。
②　左拉:《论小说》,见朱雯等编选:《文学中的自然主义》,上海文艺出版社 1992 年版,第 210 页。

这自然具有生气。"①深入考究左拉等自然主义作家对"个性"及"个性表现"的反复表述,不难发现其确立了一种"体验主导型"文学叙事全新模式的企图。"体验"只能来自真实的生活,因而自然主义所倡导的"个性表现"就坚实地立在了"真实感"的基础之上。生活体验的主体,永远只能是作为个体且在生活中存在的人;而对作为个体的人来说,生命都是其最本己的存在,因而自然主义作家所强调的"生活体验"便首先表现为个体的生命体验。这种内在于"生活体验"建构中的"个体""生命"元素表明,自然主义文学事实上继承了上一个时期由浪漫主义的革新所形成的文学"个体性原则",并在扬弃中接受了其"个性表现"的内容。这也正是左拉在强调"真实感"的同时反复强调"个性表现"的真实原因。左拉所说的"真实感"本来就建立在作家自我特有的"主体意识"之上。当然,这种"主体意识"并非浪漫派那种纯粹主观的主体情感意向,即既非绝对情感的意向,又非绝对意向的情感,而只是最终统一于"真实感"的、主体与世界融为一体的"真实"的情感意向。因此,在自然主义诗学中,浪漫主义的"情感表现说"那种绝对主观的"情感主体"一方面被吞没了半侧身子,另一方面又被保留了半侧身子。

自然主义诗学的如上逻辑,内在地决定了激烈反对浪漫主义的自然主义作家会在某种程度上承认自身与其文学前辈的承续关系,尽管这种承认的话语往往会被他们反叛的喧嚣所遮蔽。左拉承认浪漫主义是一场让西方文学艺术恢复了"活力"与"自由"的伟大的文学革命,认为它作为"对古典文学的一次猛烈的反动",不但动摇了古典主义"僵死的陈旧规则",而且在文体、语言、手法等诸层面均"进行了成功的变革"②。更难能

---

① 左拉:《论小说》,见柳鸣九编选:《法国自然主义作品选》,天津人民出版社 1987 年版,第787 页。

② Emile Zola:"Naturalism in the Theatre", in George J. Becker, eds.: *Documents of Modern Literary Realism*, Princeton University Press, 1963, p. 202.

可贵的是,左拉在猛烈攻击浪漫主义"吹牛撒谎""矫情夸张""虚饰作假"这些毛病的同时,非但没有抹杀其推进文学进步的历史功绩,而且非常客观地为其病症的历史合理性做了辩护。左拉认为"四平八稳的革命"从来都是罕见的,他以戏剧领域的变革为例指出:虽然浪漫主义在打破一些法则的同时又确立了一些更为荒谬的法则,因而注定了其不可避免的危机,但必须注意到浪漫主义的所有过失莫不与其矫枉过正的历史逻辑相关;作为文学革命,"革命的冲动使浪漫主义戏剧走向了古典主义戏剧的反面;它拿激情置换旧戏剧中的责任观念,以情节代替沉实的描写,用色彩充当心理分析,高扬中世纪而贬抑古希腊。但就是在这种剑走偏锋的极端行为中,它才确保了自己的胜利"①。

在左拉看来,浪漫主义只是现代文学的开端,"他们只是前锋,负责开山辟路",因为"激情的热狂"使他们"眼花缭乱",他们没有能力真正形成"任何明确、坚实的东西"。由此,左拉明确指出,浪漫主义的弊端内在地决定了它的危机,注定了它的短命;而自然主义则是经过了浪漫主义这一"分娩的剧烈阵痛"之后,文学必定要走上的"康庄大道"。也就是说,在浪漫主义的冲击波之后,接过接力棒的自然主义将最终实现对古典主义的胜利,"古典主义的公式将被自然主义的公式最终而稳固地取代"②。显然,在左拉那里,浪漫主义与自然主义的关系表现为两个方面:一方面,奋起纠正浪漫主义弊端的自然主义是对前者的反叛与拒绝;另一方面,在文学终结古典主义进入现代阶段的历史进程中,自然主义又是前者的接班人。浪漫主义的影响极其广泛,它经常不断地出现在自然主义作家最意想不到的地方。龚古尔兄弟声称《杰米妮·拉赛朵》是

①　Emile Zola:"Naturalism in the Theatre", in George J. Becker, eds.:*Documents of Modern Literary Realism*, Princeton University Press,1963, p. 211.

②　Emile Zola:"Naturalism in the Theatre", in George J. Becker, eds.:*Documents of Modern Literary Realism*, Princeton University Press,1963, pp. 202-203.

关于"爱情的临床研究"(这听起来令人印象深刻)之时,实际上已然让浪漫主义从后门溜了进来。的确,"'临床'这个词直接将人们带进病房:自然主义者所研究的'案例'正是被移送到医院中来的浪漫主义的弃儿"①。"自然主义小说因为它的耸人听闻也吸引了许多读者(同时也排斥了另外一些读者)。弗兰克·诺里斯在1896年写道,'自然主义故事中的人物一定会遭遇可怕的事情';从那以后就一直如此。自然主义小说的耸人听闻,尤其是它的暴力与性,有一种比通俗的情欲和煽动情欲更加深刻的吸引力。"②

在比诗学观念更为具体的方法论和文本构成层面,左拉的浪漫主义色彩也历来被西方批评家所公认。"自然主义小说中,人物和事件的超常性创造了象征和寓言的可能性,因为具体和超常的组合即暗示着超越表面的意义。自然主义因此与浪漫主义密切相关,它依赖于耸人听闻的象征主义和寓言。"③法国文学史家朗松在其著作《法国文学史》中就曾指出:"尽管左拉有科学方面的野心,可是他首先是一个浪漫主义的作家。他使人想起维克多·雨果。他的才智很平凡,但很坚实,有丰富的想象。他的小说就是诗歌,是一些沉重而粗糙的诗歌,但毕竟是诗歌。……他那过分的想象使所有无活力的形体都活跃起来了:巴黎,一个矿井,一家大百货店,一辆火车头,都变成了吓人的有生命的东西,它们企求,它们威吓,它们吞噬,它们受苦;所有这一切都在我们眼前跳舞,就像在噩梦中一样。"④而左拉的重要文学盟友莫泊桑则说得更为明确:"作为浪漫派之

---

① Martin Turnell: *The Art of French Fiction Ltd*, Hamish Hamilton Ltd., 1959, p. 118.

② Donald Pizer: *The Theory and Practice of American Literary Naturalism*: *Selected Essays and Reviews*, Southern Illinois University Press, 1993, p. 15.

③ Donald Pizer: *The Theory and Practice of American Literary Naturalism*: *Selected Essays and Reviews*, Southern Illinois University Press, 1993, p. 15.

④ 朗松:《自然主义流派的首领:爱弥尔·左拉》,见朱雯等编选:《文学中的自然主义》,上海文艺出版社1992年版,第378页。

子,而且从他所有的方法来看,他也是浪漫派,他身上有一种趋于诗歌的倾向,有一种扩大、夸张、用人与物体作象征的需要。"①甚至口口声声要将浪漫主义送进历史垃圾堆的左拉本人,也时常羞羞答答、不太情愿地承认自身的浪漫主义倾向。在《论小说》一文中,左拉称:"如果我有时要对浪漫主义发泄怒气,这是因为,我由于它给过我虚假的文学教育而憎恨它。我有浪漫派成分,我为此而恼怒。"②1882 年,年轻的自然主义作家德斯普雷致信左拉,指责他没有恪守自然主义的原则,左拉在给他的回信中这样写道:"在我看来,我是个诗人:我的全部作品都带有诗人的痕迹。……我是在浪漫主义中成长起来的,抒情题材从来也不想在我身上消亡。应该向 20 世纪要求严格的科学分析。"③浪漫主义与自然主义之间的距离,远没有自然主义者攻击浪漫主义时愿意相信的那么大,"左拉一定已经意识到自己被浪漫主义深深地影响,其所鼓吹的自然主义也不可能摆脱它的影响——就像他自己的性格不可能摆脱那些源自遗传的因素的影响一样"④。

无独有偶。文风冷酷的美国自然主义领袖德莱塞也不乏浪漫主义的色彩。他早年着迷于美国浪漫主义作家爱伦·坡和霍桑;劳拉·让·利比和卢·华莱士在他们合著的《浪漫与超越文学》书中描述阿里巴巴和四十名大盗的内容让德莱塞惊奇和快乐,所以曼哈顿闪闪发光的塔楼才会总让其想起《天方夜谭》中的一些东西。年轻的德莱塞充满了美丽和浪漫的幻想,他羞涩地与女孩们在一起沉思着爱情,"我所说的爱,并不是指没

---

① 莫泊桑:《爱弥尔·左拉》,见朱雯等编选:《文学中的自然主义》,上海文艺出版社 1992 年版,第 367 页。

② 左拉:《论小说》,见朱雯等编选:《文学中的自然主义》,上海文艺出版社 1992 年版,第 252 页。

③ 左拉:《致路易·德斯普雷》,见左拉著:《左拉文学书简》,吴岳添译,安徽文艺出版社 1995 年版,第 349 页。

④ Martin Turnell: *The Art of French Fiction Ltd.*, Hamish Hamilton Ltd., 1959, p. 118.

有性的宗教人士所庆祝的那种诗意的抽象,也不是指唯物主义者所理解的肉体情欲。我的梦想是每一个梦想的混合体"。"人们很容易忽视这样一个事实,即他的小说也是各种小说的混合体。"①

　　一方面,始终不遗余力地激烈地批判浪漫主义;另一方面,不但对浪漫主义文学运动的历史功绩及某些浪漫主义作家在创作上的成就给予高度的肯定,而且自身创作中也具有浪漫主义的成分——左拉在浪漫主义问题上所表现出来的这种表面看来不无矛盾的立场,乃文学自然主义与文学传统关系的最好表征。"我们中的哪个人敢于自吹曾经写过一页、一句不和某本书中的内容有所雷同的东西呢?我们满肚子装的都是法国文字,以致我们的整个身子就好像是一个用文字揉成的面团。"②从如上表述中可知,生活中历来狂放不羁的自然主义作家莫泊桑对文学传统表现出了难得的清醒与谦诚。

---

① David Brion Davis: "Dreiser and Naturalism Revisited", in Alfred Kazin, Charles Shapiro, eds.: *The Stature of Theodore Dreiser A Critical Survey of Man and His Work*, Indiana University Press, 1969, p. 231.
② 莫泊桑:《论小说》,见莫泊桑著:《漂亮朋友》,王振孙译,上海译文出版社 1993 年版,第410 页。

第三节 自然主义与 19 世纪中叶的浪漫写实主义

浪漫主义的高潮过后,在其内部,法国的司汤达、巴尔扎克等作家敏锐地意识到了浪漫主义在反对古典主义的斗争中本身慢慢形成的一些弊病,尤其是想象的狂热及由此衍生出来的过度夸张、滥情等。此时,他们几乎本能地向堪称西方文学传统主流的写实精神回望,期待从中寻求力量,以弥补和克服浪漫主义文学运动的"革命""激进"属性给文学创作造成的损伤。

由于反对古典主义依然是当时文坛最迫切的任务,这些作家在进行这种修正的努力时,并没有立即抛弃自己的浪漫主义艺术立场,而是慢慢逸出当时火爆且时尚的浪漫主义运动大潮的裹挟,选择了远离团体的个体创作的存在方式。在很大程度上这可以解释较早从国外接触到浪漫主义理念并曾在 19 世纪 20 年代中叶积极参与浪漫主义对古典主义论战的大作家司汤达,为什么在当时的文坛上一直寂寂无闻;也可以解释在 1830 年那个著名的《欧那尼》之夜曾狂热地为浪漫主义领袖维克多·雨果摇旗呐喊的青年巴尔扎克,为什么在此后漫长的岁月里一直不怎么被以雨果为核心的浪漫主义文学团体所悦纳。"他们两位都摆脱了浪漫主义的狂热冲动,巴尔扎克是出于本能,而司汤达则是做出了超人的选择。当人们为抒情诗人的凯旋而欢呼时,当维克多·雨果在一片吹捧声中被奉为神圣的文坛之王时,司汤达和巴尔扎克却都潦倒不堪,最终他们几乎都是在公众的轻蔑和否定中默默无闻地离开人世。"[①]显然,这些作家的

---

① Emile Zola:"Naturalism in the Theatre", in George J. Becker, eds.: *Documents of Modern Literary Realism*, Princeton University Press, 1963, p. 204.

存在,仅仅表明在 19 世纪三四十年代前后,当浪漫主义文学运动渐趋尾声的时候,浪漫主义文学思潮内部自发地产生了一种自我修正。这种修正,在创作上让原先激进的浪漫主义精神向作为西方文学传统的写实精神回归或妥协。由此,在刚刚进行了轰轰烈烈的浪漫主义文学革命而古典主义传统却依然经久不衰的法国,便有了司汤达、巴尔扎克;在以理性渐进见长、各种革命思潮最终均流于不温不火且 18 世纪就曾形成强大写实传统的英国,便有了萨克雷、狄更斯。这些作家,因为糅合了浪漫主义的时代精神与写实主义的文学传统,在 19 世纪中叶的西方文坛形成了一种明显的创作倾向,并由此大致构成了一个松散的作家群,我们不妨将这种倾向称为"浪漫写实主义"。

事实是,如果从通常体现并承载着文学观念变革的"文学思潮"层面来考察,人们不难发现,在 19 世纪三四十年代前后,除了一些作家向既往写实的文学传统回眸,西方文坛并没有什么新的"主义"产生。因此,如果非要从"文学思潮"的角度来描述这个时期,我们便只能沿用"浪漫主义"这个名称。从 18、19 两个世纪之交发端,浪漫主义文学思潮笼罩西方文坛的时间大致在半个世纪(两代人)左右;有人将其时间下限定为 1848 年——借社会—政治革命的标志性事件来为文学思想潮流定界虽然不无偷懒省事之嫌,但应该说还是基本符合事实的。应该强调的是,在 19 世纪三四十年代前后,西方文坛①并没有一个国内学者多年来一直在描绘

---

① 沙皇俄国由于社会—文化背景的特殊性,问题可能要复杂一些。但总体来看,在文学思潮层面,19 世纪俄罗斯文学一直是以模仿和追随西方(尤其法国)文坛风尚为主流,但涉及对个别作家或作品的评价,那要具体分析对待。我始终以为文学史的研究应把思潮研究、作家研究、作品研究区别开来。艺术活动毕竟是张扬个性的人类活动,文学思潮层面的宏观研究不能代替对具体作家作品的研究。将一个时期的作家、作品都装到一个套子里发放统一"牌照",这已经不是在偷懒,而是在糟蹋文学了。

的作为文学思潮存在的"现实主义"或"批判现实主义"①。国内学界普遍声称从 1830 年开始,作为文学思潮的"现实主义"或"批判现实主义"取代了作为文学思潮的浪漫主义开始主导西方文坛,这或许只不过是在特定的社会—文化语境中主要由政治意识形态元素发酵出来的一种对文学史现象的概括和描述。这种概括和描述模糊了 19 世纪西方文学展开的基本脉络,构成了对基本史实的不准确叙述,难免前言不搭后语、漏洞百出。

　　笔者以为,作为文学史对某个时代文学—诗学特质进行整体描述的概念,一种"文学思潮",必须同时满足如下条件:在新的哲学文化观念——尤其是在其中的人学观念的引导下,通过文学运动(社团/期刊/论争)的形式,创立新的诗学观念系统,并在此基础上尝试新的文学方法,从而最终创造出新的文学文本形态。但 19 世纪中叶的这一代西方作家,并不能满足这样的条件,大致来说,他们只是将不同的观念元素和文学元素进行了的简单"勾兑"。在对自身依然置身其中的浪漫主义的嘟嘟哝哝的抱怨声中,虽然这种将浪漫主义与传统写实主义的"勾兑"已经透露出了未来文学形态和诗学形态的不少信息,但这些信息只是"信息"而已,其间的"新质"尚未结晶析出体现为相对完整、独立的诗学系统、方法论系统和

①　作为实存的"现实主义":19 世纪中后期,在整个西方文坛,的确两度出现过松散的以"现实主义"命名的文学社团,且都是在自然主义的故乡法国。第一个"现实主义"松散组织大致存在于 1855 年至 1857 年,主要参加者是尚夫勒里和杜朗蒂,他们在 1856 年 11 月至 1857 年 5 月创办过一本名为"现实主义"的杂志;1857 年,尚夫勒里还将自己的一个文集冠名"现实主义"印行。第二个"现实主义"松散社团出现于 19 世纪 70 年代末,成员是两个在文学史上根本找不到名字的业余文学爱好者,均为左拉的崇拜者。他俩在 1879 年 4 月至 6 月也创办过一份名为"现实主义"的杂志。分别于 19 世纪 50 年代和 70 年代出现于法国文坛的这两个所谓"现实主义"文学组织,均因创办者的寂寂无闻、存在时间短及影响力低微,很难进入一般文学史家的视域。后者作为渐趋高潮的自然主义文学运动在一般文学青年中的反响,可以被视为自然主义的一个组成部分;而前者,从尚夫勒里关于"现实主义"的一些表述来看,其基本的文学主张与稍后出现的自然主义基本一致,因而可以被视为自然主义文学运动的一个小小的前奏。总之,这两个"现实主义"组织的"现实主义"与国人所理解的"现实主义"或"批判现实主义"相去甚远。

文本构成系统。

　　谈到 19 世纪中叶英国文坛的情况,彼得·福克纳曾经指出:"维多利亚文化认为文学具有重要的社会作用,并允许文学承担一部分以前由宗教行使的功能。为了起到这种作用,文学就必须以伦理为指归。"①在浪漫主义诗歌时代,司汤达以从来没有写下过一行诗的特立独行而闻名。但很多评论家都注意到,在他的叙事作品中,所有的人物心理和人物行为主要都是在政治和社会变动的基础上展现的。"假如人们对特定的历史时刻,即法国七月革命前夕的政治形势、社会阶层以及经济关系等没有详尽的了解",便很难理解司汤达在《红与黑》(1830)中的很多描写。为此,小说有了一个出版商加的副标题"1830 年纪事"。② 除此之外,司汤达还非常重视从道德的角度来审视并表现人物,"我把一个人的性格称作它追逐幸福的行为方式。说得再清楚一些就是,一个人的性格就是此人道德习惯的全部"③。因此,"对司汤达来说,一个他对之倾注悲剧性同情、并希望读者也有同感的人物,必须是一位真正的英雄,必须具备伟大而且一往无前的思想和感情。在司汤达的作品中,是指独立高尚的心灵、充分自由的激情、颇具贵族的高贵和游戏人生的气质"④。不管是讲述事件还是塑造人物,巴尔扎克均大量使用浪漫派的夸张手法。"巴尔扎克把任何一个平淡无奇的人间纠葛都夸大其词写成悲惨的不幸,把任何一种欲望都视为伟大的激情,随随便便就把某个不幸的倒霉蛋打上英雄或圣人的烙印。如果是个女人,就把她喻为天使或圣母;把每个精力旺盛的调皮鬼及

---

　　① 彼得·福克纳:《现代主义》,付礼军译,昆仑出版社 1989 年版,第 9—10 页。
　　② 埃里希·奥尔巴赫:《摹仿论:西方文学中所描绘的现实》,吴麟绶等译,百花文艺出版社 2002 年版,第 506 页。
　　③ 埃里希·奥尔巴赫:《摹仿论:西方文学中所描绘的现实》,吴麟绶等译,百花文艺出版社 2002 年版,第 519 页。
　　④ 埃里希·奥尔巴赫:《摹仿论:西方文学中所描绘的现实》,吴麟绶等译,百花文艺出版社 2002 年版,第 539 页。

任何稍有阴暗面的人物都写成魔鬼;把可怜的高里奥老头称为'父亲身份的基督'。"①在左拉的论述中,他虽然不止一次因为司汤达和巴尔扎克创作中的"未来讯息"将他们称为自然主义文学的先驱,但同时对他们身上那种浪漫主义成分也曾多次进行严厉的批评。左拉批评司汤达的创作时说:"他并不观察,他并不以老实的身份描绘自然,他的小说是头脑里的产物,是用哲学方法过分纯化人性的作品。"对于世界,"他并不在真实的惯常生活中去追忆它,阐述它;他要从属于他的理论,只透过自己的社会概念来描绘它"②。左拉对巴尔扎克夸张无度的想象颇有微词,而最让他不能接受的则是后者作品中"观念化"的意识形态倾向,对于我,最重要的是做一个"纯粹的自然主义者和纯粹的生理学家。我没有什么原则(王权、天主教),我将有一些规律(遗传、先天性)。我不想像巴尔扎克一样,对人类事务有一个判断,我不愿像他一样是一个政治家、哲学家、道德家。我将满足于做一个学者,满足于叙述如何寻找内在原因。另外,没有任何结论。简单地叙述一个家族的事例,同时指出在起指导作用的内部机制。我甚至允许例外"③。

传统文学的立足点或在理性观念或在情感自我,而且两者有时候会构成合流——19 世纪中叶巴尔扎克、狄更斯等人所代表的文学创作大致属于这种情形。因其主要并非内在的融合而只是外部的叠加,其始终难以摆脱宏大理性观念的内在统摄,这种合流并没有有效地避免作家的观念与情感逸出生命本体而流于空泛、矫饰、泛滥乃至虚假的现状;而一旦失却与本真生命的血肉联系,那种统辖叙事的观念也就只能

① 埃里希·奥尔巴赫:《摹仿论:西方文学中所描绘的现实》,吴麟绶等译,百花文艺出版社 2002 年版,第 539—540 页。

② 左拉:《论司汤达》,见智量编:《外国文学名家论名家》,华中师范大学出版社 1985 年版,第 55 页。

③ 左拉:《巴尔扎克和我的区别》,见朱雯等编选:《文学中的自然主义》,上海文艺出版社 1992 年版,第 292 页。

流于粗疏、外在、干瘪乃至虚妄。"当不再有感伤的主人公通过人心的力量解决小说中的冲突以对抗工业社会,自然主义便取代了狄更斯的感伤主义。"[①]自然主义文学之最直接的文学背景大致如此,其作为文学运动与文学革命的历史使命也就在于达成这种现状的改变。既反对浪漫主义的极端"表现",又否认"再现"能达成绝对的真实,自然主义经由对"真实感"的强调,开拓出了一片崭新的文学天地。

第四节　自然主义与作为"常数"的现实主义

在对当代中国的文学理论与文学史的表述中,自然主义始终是与现实主义"捆绑"在一起的。人们或者说它是"现实主义的极端化",或者说它是"现实主义的发展",或者说它是"现实主义的堕落"等,不一而足。无独有偶,如果对自然主义文学的理论文献稍加检索,人们很容易便可发现当时左拉等人也是将自然主义与现实主义这两个术语"捆绑"在一起使用的。通常的情形是,"自然主义"与"现实主义"两个术语作为同位语"并置"使用,例如,在爱德蒙·德·龚古尔写于1879年的《〈臧加诺兄弟〉序》中,便有"决定现实主义、自然主义和文学上如实研究的胜利的伟大战役,并不在……"[②]这样的表述。在另外的情形中,人们则干脆直接用现实主义指称自然主义。

上面已经谈到,自然主义文学运动是举着反对浪漫主义的旗帜而占领文坛的。基于当时文坛的情势与格局,左拉等人在理论领域反对浪漫

---

① Richard Leban:"American Literary Naturalism: The French Connection", in Harold Bloom, eds.: *American Naturalism*, Chelsea House Publishers, 2004, p. 199.

② 爱德蒙·德·龚古尔:《〈臧加诺兄弟〉序》,见朱雯等编选:《文学中的自然主义》,上海文艺出版社1992年版,第299页。

主义、确立自然主义的斗争中,除了从文学外部大力借助当代哲学及科学的最新成果来为自己立场的合理性进行论证外,还在文学内部从传统文学那里掘取资源来为自己辩护。而两千多年以来始终占主导地位的西方文学传统,便是由亚里士多德"模仿说"(后来又常常被人们称为"再现说")奠基的"写实"传统,对此西方文学史家常以"模仿现实主义"名之。① 这正是左拉等自然主义作家将自然主义和现实主义两个术语"捆绑"在一起使用的缘由。这种混用,虽然造成了"自然主义"与"现实主义"两个概念的混乱(估计在当时左拉肯定会为这种"混乱"而感到高兴),但在特定的历史情境中,却并非不可理解和不可接受的。就此而言,当初左拉等人与当今国内学界对现实主义与自然主义的两种"捆绑",显然有共通之处——都是拿现实主义来界定自然主义;两者之间是否存在一种历史的联系也未可知——前者的"捆绑"或许为后者的"捆绑"提供了启发与口实? 但这两种"捆绑"显然又有巨大不同:非但历史语境不同,而且价值判断尤其不同。在这两种不同的"捆绑"用法中,"自然主义"与"现实主义"两个术语的内涵与外延迥然有别。

左拉等人将自然主义与"模仿现实主义""捆绑"在一起,而我们则将自然主义与高尔基命名的"批判现实主义"或恩格斯所界定的那种"现实主义""捆绑"在一起。左拉提到的现实主义是"模仿现实主义",作为西方文学传统的代名词,"模仿现实主义"所指的是两千多年来西方文坛上占主导地位的那种笼而统之的"写实"精神,因而是一个在西方文学史上具有普遍意义的"常数"。作为一个"常数"概念,左拉所说的"现实主义",其内涵和外延都非常大,甚至大致等同于"传统西方文学"的概念。正因为如此,在某些西方批评家那里才有了"无边的现实主义"这样的说法。而在国内学人的笔下,"现实主义"不仅指一个具体的文学思潮(声称确立于

---

① 利里安·R. 弗斯特等:《自然主义》,任庆平译,昆仑出版社 1989 年版,第 5 页。

1830 年,但迄今一直没有给出截止时间的文学思潮),还指一种具体的创作方法(由恩格斯所命名的、以唯物主义为哲学基础的、进步的乃至是"至上"的、显然不同于一般"模仿现实主义"的创作方法)。不同于左拉等自然主义作家之基于文学运动的策略选择,中国文学界对"自然主义"与"现实主义"两个术语的"捆绑",其出发点基于明显的社会—政治意识形态背景。国内学人在文学和诗学层面上都对"自然主义"和"现实主义"做出了明确的区分,并循着意识形态价值判断的思维逻辑重新人为地设定了"现实主义"和"自然主义"的内涵与外延。

在主要由左拉提供的自然主义文学理论文献中,有时候其对自然主义扩大化、常态化的论述甚至真的到了"无边"的程度:

> 自然主义会把我们重新带到我们民族戏剧的本原上去。人们在高乃依的悲剧和莫里哀的喜剧中,恰恰可以发现我所需要的对人物心理与行为的连续分析。①

> 甚至在 18 世纪的时候,在狄德罗和梅尔西埃那里,自然主义戏剧的基础就已经确凿无疑地被建立起来了。②

> 在我看来,当人类写下第一行文字,自然主义就已经开始存在了。……自然主义的根系一直伸展到远古时代,而其血脉则一直流淌在既往的一连串时代之中。③

---

① Emile Zola: "Naturalism in the Theatre", in George J. Becker, eds.: *Documents of Modern Literary Realism*, Princeton University Press, 1963, p. 225.
② Emile Zola: "Naturalism in the Theatre", in George J. Becker, eds.: *Documents of Modern Literary Realism*, Princeton University Press, 1963, pp. 210-211.
③ Emile Zola: "Naturalism in the Theatre", in George J. Becker, eds.: *Documents of Modern Literary Realism*, Princeton University Press, 1963, pp. 198-199.

这从侧面再次表明,左拉用作为"常数"的现实主义来指代自然主义只是出于一种"运动"的策略,并非表明自然主义真的等同于作为"常数"的现实主义。否则,我们就只好也将他所提到的古典主义与启蒙主义都当成自然主义了。正如人们常常因为自然主义对浪漫主义的攻击,而忽略其对浪漫主义的继承与发展,人们也常常因为自然主义对"模仿现实主义"的攀附,而混淆其与"模仿现实主义"的本质区别。其实,新文学在选择以"运动"的方式为自己争取文坛合法地位的时候,不管是"攻击"还是"攀附",这都只不过是行动的策略,而根本目的则只是获得自身"新质"的确立。事实上,在反对古典主义的斗争中,浪漫主义也曾返身向西方的文学传统寻求支援,我们是否也可以由此得出浪漫主义等同于"模仿现实主义"的结论呢?显然不能,因为浪漫主义已经在对古典主义的革命反叛中确立了自己的"新质"。虽然为了给自身存在的合法性提供确凿的辩护,自然主义的外延曾被拓展得非常宽泛,但在要害关键处,左拉与龚古尔兄弟等人都不忘强调:"自然主义形式的成功,其实并不在于模仿前人的文学手法,而在于将本世纪的科学方法运用在一切题材中。"[1]"本世纪的文学推进力非自然主义莫属。当下,这股力量正日益强大,犹如汹涌的大潮席卷一切,没有任何力量能够阻挡。小说和戏剧更是首当其冲,几乎被连根拔起。"[2]这种表述无疑是在告诉人们,自然主义是一种有了自己"新质"的、不同于"常数""模仿现实主义"的现代文学形态。

"写实"乃西方文学的悠久传统,但这一传统却并非一块晶莹剔透的模板。如果对以《荷马史诗》为端点的希腊古典叙事传统与以《圣经》为端点的希伯来叙事传统稍加考察比较,当可发现:所谓"写实"的西方文学传

---

[1]　左拉:《论小说》,见朱雯等编选:《文学中的自然主义》,上海文艺出版社1992年版,第251页。

[2]　Emile Zola:"Naturalism in the Theatre",in George J. Becker, eds.: *Documents of Modern Literary Realism*,Princeton University Press,1963,p. 219.

统,原来在其形成之初便有着不同的叙事形态。不管是在理论观念层面还是在具体的创作实践层面,西方文学中的所谓"写实",并非一成不变,而是恒处于不断生成的动态历史过程之中。具体来说,这不但涉及不同的时代,人们对"写实"之"实"的内涵有着不同的理解,而且相应地对"写实"之"写"的如何措置也总有着迥异的诉求。就前者而言,所谓"实"是指什么? ——是亚里士多德之"实存"意义上的生活现实,还是柏拉图之"理式"意义上的本质真实,又抑或是苏格拉底之"自然"意义上的精神现实?这在古代希腊就是一个争讼不一的问题。《诗学》之后,亚里士多德之"实存"意义上的"现实说"虽然逐渐成为长时间占主导地位的观点,但究竟是怎样的"实存",又到底是谁家的"现实"却依然还是难以定论;——是客观的、对象性的现实,还是主客体融会的、现象学意义上的现实,又抑或是主观的、心理学意义上的现实? 在用那种体现着写实传统的"模仿现实主义"为新兴的自然主义张目的时候,左拉显然是意识到了如上的那一堆问题。所以,在将自然主义的本原追溯到远古的"第一行文字"的同时,左拉又说:"在当下,我承认荷马是一位自然主义的诗人;但毫无疑问,我们这些自然主义者已远不是他那种意义上的自然主义者。毕竟,当今的时代与荷马所处的时代相隔实在是过于遥远了。拒绝承认这一点,意味着一下子抹掉历史,意味着对人类精神持续的发展进化视而不见,只能导致绝对论。"①

为自然主义文学运动提供理论支持的实证主义美学家泰纳认为,艺术家"要以他特有的方法认识现实。一个真正的创作者感到必须照他理解的那样去描绘事物"②。由此,他反对那种直接照搬生活的、摄影式的"再现",反对将艺术与对生活的"反映"相提并论。他一再声称刻板的"模

---

① Emile Zola: "Naturalism in the Theatre", in George J. Becker, eds.: *Documents of Modern Literary Realism*, Princeton University Press, 1963, p. 198.

② 诺维科夫:《泰纳的"植物学美学"》,见朱雯等编选《文学中的自然主义》,上海文艺出版社 1992 年版,第 68 页。

仿"绝不是艺术的目的,因为浇铸品虽可以制作出精确的形体,但却永远
不是雕塑;无论如何惊心动魄的刑事案件的庭审记录都不可能是真正的
喜剧。泰纳的这种论断,后来在左拉那里形成了一个公式:艺术乃通过艺
术家的气质显现出来的现实。"对当今的自然主义者而言,一部作品永远
只是透过某种气质所现出的自然的一角。"①而且左拉认为,要阻断形而
上学观念对世界的遮蔽,便只有"悬置"所有既定的观念体系,转过头来纵
身跃进自然的怀抱,即"把人重新放回到自然中去"②,"如实地感受自然,
如实地表现自然"③。由此出发,自然主义作家普遍强调"体验"的直接性
与强烈性,主张经由"体验"这个载体让生活本身"进入"文本,而不是接受
观念的统摄以文本"再现"生活,从而达成了对传统"模仿/再现"式"现实
主义"的革命性改造。即便不去考究在文学—文化领域各种纷繁的语言
学、叙事学理论的不断翻新,仅仅凭靠对具体文学文本征象的揣摩,人们
也很容易发现西方现代叙事模式转换的大致轮廓。例如:就"叙事"的题
材对象而言,从既往偏重宏大的社会—历史生活转向偏重琐细的个体—
心理状态;就叙事的结构形态而言,从既往倚重线性历史时间转向侧重瞬
时心理空间;就叙事的目的取向而言,从既往旨在传播真理揭示本质转向
希冀呈现现象并探求真相;就作者展开叙事的视角而言,从既往主要诉诸
"类主体"的全知全能转向主要诉诸"个体主体"的有限观感;就作者叙事
过程中的立场姿态而言,从既往"确信""确定"的主观介入转向"或然""或
许"的客观中立……

种种事实表明,如果依然用过去那种要么"再现"要么"表现"的二元

---

① Emile Zola:"Naturalism in the Theatre", in George J. Becker, eds.: *Documents of Modern Literary Realism*, Princeton University Press, 1963, p.98.

② Emile Zola:"Naturalism in the Theatre", in George J. Becker, eds.: *Documents of Modern Literary Realism*, Princeton University Press, 1963, p.225.

③ 左拉:《论小说》,见柳鸣九编选:《法国自然主义作品选》,天津人民出版社 1987 年版,第778 页。

对立的思维模式来面对已然变化了的西方现代文学,依然用既往那种僵
化的、静止的"写实"理念来阐释已然变化了的西方现代叙事文本,人们势
必很难理喻自己所面对的新的文学对象,从而陷入左拉所说的那种"绝对
论"的陷阱。而如果这种"依然"顽固地坚持转变为偏执,那人们就只能非
常遗憾地看到一幅非常滑稽的、悲惨的情景:因冥顽不灵而干瘦枯槁的中
国现代文士们,穿着堂吉诃德式的过时甲胄,大战包括自然主义文学在内
的西方现代文学这部充满活力与动感的壮丽风车。

第五节　自然主义与象征主义

　　自然主义和象征主义的共同文学背景是浪漫主义。两者都有对浪漫
主义的继承,同时也都有对浪漫主义的否定及在这种否定中对它的发展
与超越。象征主义对浪漫主义,虽有反对但主要是继承;在很大程度上,
象征主义甚至可以被视为浪漫主义的衍生物或在某个层面的进一步延
伸。而自然主义之于浪漫主义,虽也有所继承,但却主要是否定与拒绝。
但共时性的社会—文化情景决定了自然主义与象征主义之间的差别并不
像人们通常理解的那样乃一种根本性的对立;相反,相通的"哲学文化立
场"与相似的"文学运行平台",使它们之间相互渗透的内在一致性要远远
大于表面的相互排斥性。

　　人与世界的分离在"现象"中达成融合,灵与肉的分离在"生命"中达
成融合。由是,生命美学使得传统的美与丑融为一体,"丑"再也不是美的
对立面,而是美的起始点。众所周知,自然主义对既往作家所规避的"丑"
"恶"题材的大胆描写历来是其被人诟病的原因之一;但无独有偶,象征主
义者在这方面的作为并不逊于自然主义作家。早在象征主义的奠基时
期,波德莱尔非但提出了著名的"发掘恶中之美"的主张,而且身体力行,

"腐尸""垃圾""娼妓""乞丐""吸血鬼"等被传统美学判定为"丑""恶"的诸种物事均堂而皇之地成为其文本中的对象,令人瞠目结舌、震惊不已。"美即和谐"的传统命题不再有效,艺术家克服重重困难从罪恶、邪恶中提炼出来的美的花朵,往往是恐怖、怪诞的,——波德莱尔的学说开启了一种独特的"丑的美学"。① 瓦莱里在谈及象征主义诗人时则称:"他同时又踏入了基于真实体验的社会。他在那儿发现了什么我们是再清楚不过了。他要是没有碰到失望、厌恶,没有见到现实的疵陋、形形色色构成最为瞩目的现实的一切丑恶(自然主义偏爱的题材),那简直就太不可想象了。"②

作为文学方法,象征就是用简单的感性物象对深奥或抽象意蕴的暗示。在象征主义者看来,世界或存在真相或其本质隐藏于深处,唯有通过外部物象对内心状态构成象征才有可能得到揭示。象征主义的代表人物马拉美认为象征主义诗歌就是要"用魔法揭示客观物体的纯粹本质"③,而象征就是"一点一点地把对象暗示出来,用以表现一种心灵状态。反之也是一样,先选定某一对象,通过一系列的猜测探索,从而把某种心灵状态展示出来"④。

自然主义与象征主义都反对传统理性主义之二元对立,强调主、客体的融通。正是这种共同的非理性主义思想立场,决定了两者间可以相互转化和相互借用。当象征主义者尝试用象征的"魔法"处理较为宏大的题材时,其特有的"暗示"渗透效应之局限性便立刻显现出来。为了克服这

① 柳杨编译:《花非花——象征主义诗学》,旅游教育出版社 1991 年版,第 119 页。
② 保尔·瓦雷里:《象征主义的存在》,见胡经之、张首映主编:《西方二十世纪文论选(第一卷)》,中国社会科学出版社 1989 年版,第 76 页。
③ 斯·马拉美:《诗歌危机》,见袁可嘉等编选:《现代主义文学研究》(上),中国社会科学出版社 1989 年版,第 349 页。
④ 马拉美:《关于文学的发展》,见伍蠡甫等编:《西方文论选(下卷)》,上海译文出版社 1979 年版,第 262 页。

种局限性,象征主义者从"单元象征"发展出了"整体象征"。在"整体象征"中,文本在整体框架下指向一个特定的意旨,但框架之内具体细节的确定则借助自然主义特有的那种客观的、洗练的物象描写来达成。请看奥地利象征主义诗人里尔克 1903 年创作的名篇《豹》——

> 它的目光已被栏杆的晃过
> 弄得这么疲倦,什么也抓不住。
> 它觉得好像有千条栏杆
> 而千条栏杆后面没有世界。

> 强劲而轻捷的脚步柔软地行走,
> 在最小最小的圈中旋转,
> 像一种力之舞环绕一个中心,
> 在那里一个伟大的意志晕眩。

> 不过偶尔瞳孔的帘子
> 无声地撩起——于是有一幅图像进入,
> 穿透四肢紧张的静止——
> 随即在心中消失。①

　　就文本的表层结构而言,这完全是对一只关在笼子里的凶猛动物的客观描绘,但其深层的意义却是对人生某种难以言说的生存况味与生命精神的暗示与启迪。在自然主义式客观的、洗练的"白描"中,象征的意味一点一滴地聚拢沉积于文本的深层,最终以整体的形式达成了一种整体

---

① 里尔克:《里尔克诗选》,林克译,四川人民出版社 2018 年版,第 38—39 页。

的象征。"整体象征"使象征主义跨越诗歌的一隅向戏剧甚至小说领域的拓展有了可能;而这一可能变成现实的关键环节则是对"梦幻的整体象征"的运用。例如,梅特林克的剧作《青鸟》(1908)就是以类如德国浪漫派那种童话的方式构建一个承载某种象征寓意的整体结构,然后在"白描"式的叙事中展开一个梦幻故事。在这种具有相当长度的梦幻叙事中,象征文本的整体喻义被暂时悬置,随着梦幻故事在自然主义式的"白描"中一步步展开,被叙述的梦幻印象慢慢累积成为意蕴凝重的意象,最终使得整体的喻义得以显现。在世纪之交,自然主义与象征主义均从各自的小说和诗歌领域向戏剧领域拓进,并形成了相互渗透、转化、融合的新的文学实验。来自自然主义方队的霍普特曼创作了《沉钟》(1896)、斯特林堡创作了《梦之戏剧》(1901);来自象征主义方队的梅特林克写出了《青鸟》(1908)、约翰·沁写出了《骑马下海的人》(1904)。一时间,来自两个阵营的作家创作了大量引人注目的戏剧作品,造就了西方戏剧的空前繁荣。

而自然主义者所看重的"感觉"只消向前迈出半步——"主体""意向"稍稍偏离直观的物象,便立刻长出"直觉"飞翔的翅膀,获得深厚的"象征"寓意。例如,《萌芽》(1885)中左拉对于矿井的描写:

> 半个钟头的工夫,矿井一直这样用它那饕餮的大嘴吞食着人们;吞食的人数多少,随着降到的罐笼站的深浅而定。但是它毫不停歇,总是那样饥饿。胃口可实在不小,好像能把全国的人都消化掉一样。黑暗的夜色依旧阴森可怕。罐笼一次又一次地装满人下去,然后,又以同样贪婪的姿态静悄悄地从空洞里冒上来。[①]

---

① 左拉:《萌芽》,黎柯译,人民文学出版社 1982 年版,第 27 页。

这里,将矿井写成吃人的猛兽,这显然不是严谨的写实,而是作者想象的结果。这样一来,矿井给人的印象变得形象而又直观,它从一个没有知觉的事物变成吃人的怪物,变成和资本家一样吞食工人的罪魁祸首。而对在井下已经待了十年的那匹名为"战斗"的白马,作者是这样介绍的:

> 现在它已年老了,两只猫眼一般的眼睛不时流露出抑郁的目光。也许它在阴暗的幻想中,又模糊地看见了马西恩纳它出生的磨坊。那个磨坊建在斯卡普河边,周围是微风轻拂的辽阔草原。空中还有一个什么亮东西,那是一盏巨大的吊灯吧,实际的情景在这个牲畜的记忆里已经模糊不清了。它低着头,老腿不停地打颤,拼命地回忆着太阳的样子,但怎样也想不起来了。①

这段文字将一匹白马的心情描写得十分生动,"抑郁的目光""阴暗的幻想""模糊不清的记忆",展现了这匹常年生活在井下的老马的丰富心理活动。这种描写与里尔克对豹的描写非常相似。"如果左拉没有广泛运用福楼拜的象征主义,那他不可能把全部创作,而不仅是一部小说,融合成一个接近整体的东西。"②

关于现代主义的产生,马尔科姆·布雷德伯里与詹姆斯·麦克法兰在《现代主义的名称和性质》一文中强调浪漫主义之重大影响的同时,一直在反复申明自然主义与象征主义的融会才是其最直接的来源:"去除现实的特定表面;使历史时间同与主观思想的运动和节奏一致的时间相交;

---

① 左拉:《萌芽》,黎柯译,人民文学出版社1982年版,第58—59页。
② Martin Turnell: *The Art of French Fiction*, Hamish Hamilton Ltd., 1959, p. 96.

追求鲜明的意象，或追求与连贯的故事相反的虚构秩序；认为观察是多种多样的，生活也是多种多样的，现实是无实体的，等等。这些重要观点在19世纪就已经有了，而且由于象征主义和自然主义的交错与融合，早在第一次世界大战以前就形成了一个创造性的复合体。"①现代主义文学正是在自然主义和象征主义相互渗透、相互转化所构成的融合中得以形成的。用某种可以意会但难以言传的整体寓意作为统摄文本的灵魂与骨骼，以在自然主义式的客观描绘中铺展开来的大量具体细节构成文本的表层肌肉，这种象征主义与自然主义的奇妙组合乃几乎所有经典现代主义叙事文本的基本特征。一直悬置在叙事过程中的喻义在叙事结束之时以不着痕迹的不确定方式整体地显现出来，这在很大程度上乃基于细节描写的那种自然主义式的"真实感"。细节的"真实感"给卡夫卡等现代主义作家那种被"主观主义"主导着的"歪曲叙事"提供了着陆的"场"。可以设想，如果没有这种细节描写上的自然主义式的精雕细刻作为基础，现代主义文学叙事势必将会因其艰涩、悖谬、模糊而自行归于崩塌。正是在这个意义上，"《尤利西斯》曾被视为自然主义的顶峰，比左拉更善于纪实；也被视为最广博最精致的象征主义诗作。这两种解读中的每一种都站得住脚，但只有和另一种解读联系起来才言之成理，因为这部小说是两种解读交互作用和相互流通的场所。恰恰是这些本质上互不相容的解读之间的关系，构成了阅读《尤利西斯》的经验。……通过结合这两种对立的模式（它们在历史上已经互相分离），《尤利西斯》在结构和题材上对其中的任何一个模式都根据另一个模式加以批判，以至于两者的局限性和必要性都得到了肯定"②。"《尤利西斯》既没有现实主义叙事的那种沉静的坚实性，也没有象征主义小说的缥缈的虚幻性，而是一个既统一又流动的媒

---

①　马尔科姆·布雷德伯里、詹姆斯·麦克法兰：《现代主义的名称和性质》，见马·布雷德伯里、詹·麦克法兰编：《现代主义》，胡家峦等译，上海外语教育出版社1992年版，第37页。

②　彼得·福克纳：《现代主义》，付礼军译，昆仑出版社1989年版，第86—87页。

介,其特性是激荡不宁,扩散四溢,然而却奇怪得令人振奋,它的组成要素,形式与内容,不断地相互吸引,相互排斥,不断地融合与分离。"①

第六节　自然主义与唯美主义

一

　　作为呈现总体艺术观念形态的唯美主义,其形成过程复杂而又漫长。其基本的话语范式奠基于 18 世纪德国的古典哲学,其最初的文学表达形成由 19 世纪初叶的法国浪漫主义作家主导,其普及性传播的高潮则在 19 世纪后期由英国颓废派作家引起。唯美主义艺术观念之形成和发展在时空上的这种巨大跨度,向人们揭示了其本身的复杂性。

　　基于某种坚实的哲学—人学信念,自然主义和象征主义是在诗学、创作方法、实际创作诸方面均有着系统建构和独特建树的文学思潮。相比之下,作为一种仅仅在诗学某个侧面有所发挥的理论形态,唯美主义自身并不具备构成一个文学思潮的诸多具体要素。② 质言之,唯美主义只是在特定历史语境中应时而生的一种一般意义上的文学观念形态。因为这种文学观念形态是"一般意义上的",所以其牵涉面必然很广。就此而言,我们可以将 19 世纪中叶以降几乎所有反传统的"先锋"作家,不管是自然主义者,还是象征主义者,还是后来的超现实主义者、表现主义者……都称为广义上的唯美主义者。广义上的"唯美主义"无所不包,本身就已经意味着它实际上只是一个"中空的"概念——一个缺乏具体的作家团体、

---

① 彼得·福克纳:《现代主义》,付礼军译,昆仑出版社 1989 年版,第 95 页。
② 美国著名学者雷纳·韦勒克指责王尔德的文学批评缺乏内在稳定的根基。

独特的技巧方法、独立的诗学系统、确定的哲学根底支撑,并对其实存做出明确界定的概念,一个从纯粹美学概念演化出的具有普泛意义的文学理论概念。所有的唯美主义者——即使那些最著名的、最激进的唯美主义人物也不例外——都有其自身具体的归属,戈蒂耶是浪漫主义者,福楼拜是自然主义者,波德莱尔是象征主义者……而王尔德则是公认的颓废派的代表人物。"狭义"的唯美主义一般就是指 19 世纪末以王尔德为代表的欧洲文坛上的"颓废派"。事实上,"颓废派"同样是一个"能指"飘忽不定的概念。

由于种种社会—文化方面的原因,在 19 世纪中后期,总体来看作家们与社会处于一种关系紧张的状态,作家们普遍憎恨自己所生活的时代。他们以敏锐的目光看到了社会存在的问题和其中酝酿着的危机,看到了社会生活的混乱与人生的荒谬,看到了精神价值的沦丧与个性的迷失,看到了繁荣底下的腐败与庄严仪式中掩藏着的虚假……由此,他们中的一些人开始愤怒,愤怒控制了他们,愤怒使他们变得激烈而又沉痛,恣肆而又严峻,充满挑衅欲而又充满热情,他们感到自己有责任把他们看到的真相暴露在光天化日之下。同时,另一些人则开始绝望,因为他们看破了黑暗中的一切秘密却唯独没有看到任何出路。在一个神学信仰日益淡薄的科学与民主时代,艺术成了一种被他们紧紧抓在手里的宗教的替代品。大致来说,那些愤怒但却依然抓住真实不放的作家基本都属自然主义文学阵营;而那些绝望并在绝望中奇怪地对艺术生出某种宗教痴狂的人,大都成了坚定的唯美主义者。"唯美主义的艺术观念源于最杰出的作家对于当时的文化与社会所产生的厌恶感,当厌恶与茫然交织在一起时,就会驱使作家更加逃避一切时代问题。"①

---

① 埃里希·奥尔巴赫:《摹仿论:西方文学中所描绘的现实》,吴麟绶等译,百花文艺出版社 2002 年版,第 564 页。

当然,这种事实上乃对人之极端复杂的精神状况所进行的分类,明显太过简单了,因此,必须立即再附加一句:实际的情形远比书面的归类要复杂得多,各种程度不一的交叉混合也许是更为普遍的情形。譬如说,与作为象征主义的奠基人同时也是唯美主义代表人物的波德莱尔一样,作为自然主义代表作家的福楼拜、于斯曼与龚古尔兄弟等人同时也是著名的唯美主义者。福楼拜称:"灵魂在今天沉睡,为她所听到的话语而沉醉,但她将经历一次野蛮的觉醒。在这场觉醒中,她将沉溺于解放的狂喜,因为再也没有什么可以限制她,无论是政府还是宗教,或者任何准则。"①自我中心,神经质,清高,对喧嚣的政治、经济、社会问题不屑一顾,追求丰富、鲜明、细腻的印象风格,这堪称是唯美主义者福楼拜的精神肖像;埃里希·奥尔巴赫在《摹仿论》(1946)中称:"只要生活不是间接或直接为文体服务,他就会苦行僧般地放弃个人生活。"②由于唯美主义的观念框架下无所不包,就有各式各样的唯美主义者。在最早明确提出唯美主义"为艺术而艺术"口号的 19 世纪的法国,实际上存在三种唯美主义的基本文学样态,这就是浪漫主义的唯美主义(以戈蒂耶为代表)、象征主义的唯美主义(以波德莱尔为代表)和自然主义的唯美主义(以福楼拜为代表)。而在 19 世纪后期,象征主义者与自然主义者从不同的领域、角度、程度对浪漫主义所展开的批判中,浪漫主义的唯美主义者很大程度上退出了历史舞台。这就是说,在 19 世纪后期的法国文坛,唯美主义的具体表现形态就是自然主义和象征主义。而在 19 世纪后期的英国,被称为唯美主义者的各式人物中,既有将"为艺术而艺术"(Art for Art's Sake)这一主张推向极端的王尔德,又有虽然反对艺术活动的功利性但却又公

---

① Edmund Wilson:"The Politics of Flaubert", in John Lehmann, eds.:*The Triple Thinkers : Twelve Essays on Literary Subjects*, 1952, p. 77.

② 埃里希·奥尔巴赫:《摹仿论:西方文学中所描绘的现实》,吴麟绶等译,百花文艺出版社 2002 年版,第 566 页。

然坚持艺术之社会—道德价值的罗斯金。如果这两者分别代表该时期英国唯美主义的右翼和左翼,则瓦尔特·佩特的主张大致处于左翼和右翼的中间。①

19世纪中叶以降,以达尔文进化论为标志的科学上的一系列重大进展,带来了传统理性主义文化观念的"地震";而孔德等人的实证主义哲学与以叔本华、尼采为代表的生命意志学说,更是直接给人们一种非理性主义的文化启蒙。以此为契机,新时代的作家突然获得了一种新的面对现实的心灵目光,开始从传统的"历史主义""本质主义"(Essentialism)的各种形而上学与意识形态的蒙蔽中猛醒过来,并由此产生了撕破各种使生命凝固僵化的理性主义观念体系的强烈冲动与还原历史本性、生存本相的强烈愿望。在很大程度上,自然主义就是拒绝用超自然的力量来解释世间的一切。几乎从步入文坛的第一天开始,左拉就立志改变文坛的如上状况。他大声疾呼:"形而上学的人已经死去,由于对象已经成了生理学上的人,文学领地的面貌当然也就全然为之改观。"②他坚持去意识形态化,主张文学作为艺术的独立性:"我把对政治状况的探讨搁置一边,也不会去讨论在宗教上、政治上如何更好地治理人群的问题。我并不想建立或捍卫某种政治或宗教。我的研究只是对如此这般的世界所作的单纯而局部的剖析。我纯粹是在验证,这是对被置于某种环境中的人的研究。毫无说教的成分。"③于斯曼也说:"艺术与政治理论和社会乌托邦毫不相干;一部小说不是一个讲坛,也不是一篇说教,我认为一个艺术家应当像

---

①　佩特提出"要以艺术的精神来对待生活,就得使生活的方式等同于生活的目的,而鼓励这种对待生活的方式,这才是艺术和诗歌真正的道德意义"。(Walter Pater: *Appreciations With An Essay on Style*, The Macmillan Company, 1903, p. 62.)这显然不同于王尔德的"为艺术而艺术"。西方学界甚至有人不认为佩特是唯美主义者,如T. S. 艾略特。

②　Emile Zola: "The Experimental Novel", in George J. Becker, eds.: *Documents of Modern Literary Realism*, Princeton University Press, 1963, p. 196.

③　左拉:《关于家族史小说总体构思的札记》,见柳鸣九编选:《法国自然主义作品选》,天津人民出版社1987年版,第734—735页。

躲避瘟疫那样,杜绝连篇累牍的废话。"①在写给左拉的信中,泰纳曾称:"艺术家超越政治,决不为任何一方辩护。"②左拉显然坚决支持这种"非政治"的观点。1877 年,针对他人从政治层面对《小酒店》的攻击,左拉在给当时《公益报》总编伊弗·居约的公开信中曾说:"在政治上正如同在文学上和在整个现代人类思想史上,有两个截然不同的潮流:理想主义潮流和自然主义潮流。我把光说现成的豪言壮语,对人进行纯粹抽象思辨,不研究真实便幻想乌托邦的政治称作理想主义的政治;把首先从经验开始着手行动,建立在事实之上,按照需要去治理一个民族的政治称作自然主义的政治。""本世纪唯有建立在科学上的东西才是扎实的。理想主义的策略必然导致各种各样的灾难;只要拒绝了解人,只要把一个社会安排得像用一张壁毯去装饰一个准备盛宴的客厅那样,那么写出的作品便不会流传后世。"③"理想主义的策略扮演着把鲜花掷向他的垂死病人的医生这种作用。我更喜欢的是展示这种垂死状态。人们就是这样生活和死去的。我只是一个法院的书记官,这职务不允许我下结论。但我让道德家和立法者去思索和找药方。"④

从作为伦理学附庸的地位中解脱出来,是 19 世纪中叶以降西方现代文学发展的主要任务。作为 19 世纪末叶西方文坛上的文学主潮,自然主义文学运动被很多人看作为找到文学能避开棘手的伦理选择这样一种结构所做的斗争。泰纳的实证主义美学理论,在很大程度上将撰写小说的目的和方法同科学研究的目的和方法等量齐观。科学当然是

---

① 于依思芒斯:《试论自然主义的定义》,见朱雯等编选:《文学中的自然主义》,上海文艺出版社 1992 年版,第 324—325 页。

② 泰纳:《给爱弥尔·左拉的信》,见朱雯等编选:《文学中的自然主义》,上海文艺出版社 1992 年版,第 333 页。

③ 左拉:《左拉文学书信选》,见朱雯等编选:《文学中的自然主义》,上海文艺出版社 1992 年版,第 284—285 页。

④ 左拉:《左拉文学书信选》,见朱雯等编选:《文学中的自然主义》,上海文艺出版社 1992 年版,第 285 页。

没有认识的禁区可言的,因此他认为小说家可以触及任何题材,即使是最猥亵的题材,也不存在道德上被申斥为"淫书"的理由。在泰纳的表述中,作家、艺术家常被比作是植物学家或解剖学家,他认为应该像科学家研究动、植物的机体一样研究人的肉体和心理。也就是说,伦理的态度或立场并非文学家的职业态度或立场。"善与恶,就像硫酸、食糖一样,都是一种产品"①,而左拉在为自己的小说辩护时也称:"在科学领域,对伤风败俗的指责说明不了任何问题。我不知道我的小说是否有伤风化,我承认自己从来也没有考虑过让这部小说多少变得清白些。"②于斯曼在界定自然主义时说得更为透彻:"艺术同贞洁与否根本风马牛不相及。所谓下流的小说就是写得糟糕的小说。……写真实即是写道德。"③

自然主义旗帜鲜明地反对所有的形而上学、意识形态观念体系对文学的统摄和控制,反对文学沦为现实政治、道德、宗教的工具。这表明,在捍卫文学作为艺术的独立性方面,与象征主义作家一样,自然主义作家与极端唯美主义者是站在一起的。龚古尔兄弟日记中的这番话颇能代表大部分自然主义作家的社会—政治态度:"谎言、响亮的话语、炙热的空气,这就是我们能从这个时代的政治家那儿所能得到的一切……没有任何政治道德,我环顾四周想要找到一个公正的意见,却发现找不到任何回音。……从长远来看,你会幻灭,对所有的信仰都感到厌恶,对任何权力都能持容忍态度,对政治漠不关心,这是我在我所有的文学朋友身上、在福楼拜身上及我自己身上所发现的。你会发现你们不能为任何理由而

---

① 泰纳:《〈英国文学史〉导论》,见朱雯等编选:《文学中的自然主义》,上海文艺出版社1992年版,第36页。

② 左拉:《〈戴蕾丝·拉甘〉第二版序》,见柳鸣九编选:《法国自然主义作品选》,天津人民出版社1987年版,第730页。

③ 于依思芒斯:《试论自然主义的定义》,见朱雯等编选:《文学中的自然主义》,上海文艺出版社1992年版,第326页。

死,你们必须与任何现存的政府共同生活,不管你有多厌恶——你必须只信仰艺术,只信奉文学,其余的都是谎言和陷阱。"①

二

但如果深入考察,人们将很快发现:在文学作为艺术的独立性问题上,自然主义作家所持守的立场与戈蒂耶、王尔德等人所代表着的那种极端唯美主义的主张又存在着巨大的分歧。激进唯美主义者在一种反传统"功利论"的激进、狂躁的冲动中皈依了"为艺术而艺术"(甚至是"为艺术而生活")的信仰,自然主义作家却大都在坚持艺术独立性的同时主张"为人生而艺术"。两者的区别在于,前者在一种矫枉过正的情绪中将文学作为艺术的"独立性"推向了绝对,后者却保持了应有的分寸。

既然大家普遍认定:作为艺术的文学不是伦理的随从,不是政治的附庸,不是宗教的义工,当然也不是科学的跟班,即文学的存在不是为以上诸事物服务,则文学与生活的关系问题自然也就合乎逻辑地被提出来进行重新界定。正如西方唯美主义研究专家莱昂·谢埃在《唯美主义:后浪漫主义文学的艺术宗教》一书中所一语道破的那样:"唯美主义运动的中心是这样一种愿望——去重新定义艺术与生活的关系,赋予生活以艺术的形式并把生活提升为一种更高层次的存在。"②极端唯美主义者过分强调文学作为艺术的"纯正",为此不惜斩断艺术与生活的关系。在他们看来,文学与艺术如若理会现实生活,那么就会变得毫无生气,美也将从大地上消失。所以,他们"逃避生活就像逃避麻风病一样"③。在从对日常

---

① Edmund Wilson: "The Politics of Flaubert", in John Lehmann, eds.: *The Triple Thinkers: Twelve Essays on Literary Subjects*, 1952, p. 76.

② Leon Chai: *Aestheticism: the Religion of Art in Post-Romantic Literature*, Columbia University Press, 1990, p. ix.

③ D. H. 劳伦斯语,转引自彼得·福克纳:《现代主义》,付礼军译,昆仑出版社1989年版,第100页。

经验题材的关注转移开之后,他们的注意力转移到了施展自己技能的媒介上来,即比格尔所谓"当'内容'范畴萎缩时,人们获得了手段"①。王尔德称:自然是什么呢? 自然不是繁殖我们的伟大母亲。它是我们的创造物。正是在我们的脑海里,它获得了生命。由此,他认为,艺术对事实毫无兴趣;它发明,想象,梦想。与那些狂热的浪漫主义者一样,王尔德将艺术家的想象力看得高于一切,因为在他看来想象力能创造一切:她可以随意创造奇迹,当她召唤怪兽出海之时,怪兽应声而来。她可以命令扁桃树在冬天开花,可以吩咐大雪覆盖成熟的玉米地。在她的命令之下,冰霜将其银指放到六月炽热的嘴唇上,长翅膀的狮子从拉底恩的山洞里爬出来。极端唯美主义者的这种做法固然有效地排除了政治、道德、宗教等社会意识形态对文学的强暴与侵蚀,捍卫了其作为艺术的纯粹性与独立性,但同时也造成了文学对题材、内容的忽视及艺术语义的萎缩,从而导致了文学的孤立及其社会—文化功能的丧失。

　　自然主义者也推崇艺术的独立性与自律性,但又显然不同于唯美主义者将其强调并推进到极端——企图建立一个凌驾于现实世界之上的基于审美经验的独立王国。他们本能地意识到:艺术与现实生活必然也必须以这种或那种方式密切关联。因此"为艺术而艺术"的主张一旦走偏,极端空灵的"艺术"便会成为意义缺失的自娱;艺术与现实的社会—文化之间的联系一旦断裂,它必然会在自我孤立中衰微。因此,自然主义拒绝艺术的孤立尤其反对其自我孤立,拒绝使艺术处于无力干预社会生活的状态,并希冀在努力中达成艺术与现实的一种新型关系。"文学自然主义就是返回自然,返回生活,返回人本身,即在对现实的接受中,经由直接的观察和精确的剖析达成对人世真相的描写。就此而言,文学家和科学家所面对的任务是相同的;两者都必须以现实来代替抽象,以严峻的分析打

---

① 彼得·比格尔:《先锋派理论》,高建平译,商务印书馆 2002 年版,第 10 页。

破经验主义的公式。只有这样,作品中才会有合乎日常生活逻辑的真实人物和相对事物,而不尽是抽象人物和绝对事物这样一些人为编造的谎言。"①这用后来德国表现主义理论家埃德施密特的话来说就是——

> 一股自然主义的浪潮冲击着衰竭的模仿文学。从藻饰、影壁和遮羞树叶中赤裸裸地爆发出事实。没有一丝一毫的事物的本质,没有一丝一毫我们现实世界的事物所掩盖下的原本的东西。有的只是记录,只是最终说出来的东西。不过这是以纯粹事物的极大冲力来进行的,对最后形式的艺术品来说虽无意义,可那是冲击,是斗争。自然主义是一场厮杀,是一场对其身没有多少意义的厮杀,然而它却拿出了思想。
>
> 于是又突如其来地出现了如下的事物:房舍,疾病,人,贫困,工厂。它们和永恒尚没有联系,还没有孕育着观念,不过它们却被人们起名,为人指出过。时代的大口张开着,露出磢磢的牙齿,展示着饥饿。
>
> 自然主义也提出人类的问题,遂使事物的本来面目更加切近。它深入社会之中:它呐喊……饥饿,娼妓,瘟疫,工人。②

文学应该犹如"大理石""玛瑙"和"珐琅",即激进唯美主义者"为艺术而艺术"的观念及这种观念指导下的创作追求可谓玲珑剔透。事实是,世界上并不存在凭空就可以打造出来的"宝石",所有质地精良的"大理石""玛瑙"和"珐琅"无不有着并不晶莹透明的"顽石"般粗糙的前身。因其自

---

① Emile Zola: "Naturalism in the Theatre", in George J. Becker, eds.: *Documents of Modern Literary Realism*, Princeton University Press, 1963, p. 201.

② 卡·埃德施密特:《论文学创作中的表现主义》,袁志英译,见袁可嘉等编选:《现代主义文学研究》(上),中国社会科学出版社 1989 年版,第 429 页。

我封闭、自我孤立的内向性,激进唯美主义者在题材、主题、文本构成、艺术风格等诸方面均不同程度地表现出"单一""轻飘"。奥斯卡·王尔德在1891年发表的《作为艺术家的批评家》一文中甚至抱怨:"可以用于创作的题材日益变得稀少和狭窄。上帝和华尔特·贝赞特①先生已经用尽了显而易见的题材。"②而坚持回到自然、回到生活、回到生命中去的自然主义在题材、主题、文本构成、艺术风格等诸方面却表现出了走向"混沌""复杂""厚重""担当"的艺术自觉。而且,在自然主义作家将目光对准普通人的平凡生活之后,在极端唯美主义作家那里似乎已经枯竭了的"显而易见的题材"却陡然变得取之不尽、用之不竭。

①　华尔特·贝赞特,英国小说家。
②　彼得·福克纳:《现代主义》,付礼军译,昆仑出版社1989年版,第29页。

| 第二章 |

自然主义的文本建构

　　自然主义作家经由意象弥漫笼罩文本,使文本形成一个以情感体验而非观念阐说为核心的新的主体逻辑构架(Structure),逻辑构架下面有无数充满意味的细节作为肌质(Texture)。在自然主义文学文本中,丰饶精致的"肌质"永远要比坚硬的"构架"更加重要。而且"构架"与"肌质"之间的联系,也不再像传统文学文本中由性格典型所代表着的那种理性逻辑框架与具体构成情节链的"事件"那样严丝合缝、密不可分,细节获得了独立与游离于主体结构之外的很大自由。显然,较之于传统叙事文本由观念性"主题"派生出来的那种理性逻辑框架,自然主义叙事文本经由"意象"所搭建起来的情感逻辑构架有更大的自由度和开放性;不同于观念文本之理性基调,由于作为肌质的细节比构架本身更重要,这种文本获得了鲜明的感性特征。美国新批评派的奠基人约翰・兰色姆将自然主义文学文本所具有的这种建构特征,视为西方现代叙事文本的基本结构特征。这一特征,正是现代文学叙事"诗化"的基本表现。

　　19世纪末叶,某种引人注目的美学、心理学和历史的意识正在时代的牵引下迅速形成,这些新意识改变了人们的历史感,改变了他们对意识的稳定的感觉,——斯特林堡在1888年这样谈论其笔下的人物:"由于他们是现代人物,生活在一个无论如何都比前一时代更歇斯底里的过渡时代,我认为他们是分裂的,动摇的……是过去和现在的混合物……是从书报上扯下的碎片……"①事实上,偶然性所呈现出来的破碎性、不连续性本身就是现代的。

第一节　"类型化"的动物

传统西方叙事作品中总是作为某种"性格典型"的正面主人公,往往不是作家理想的真善美化身,而是作家某种思想意向的传声筒。与这样的正面主人公"配戏",反面主人公往往也同样并非泛泛之辈,只不过他们的"怎生了得"是"黑色"的,朝向与正面主人公相反的方向,体现出作家本人对"邪恶"的否定与批判。总体来说,"巨人化"乃传统西方文学在人物塑造上的明显特点。在自然主义步入文坛的时候,西方文学中依然存在着大量浪漫派风格的"英雄"形象,即使在较为注重"写实"并因此受到左拉推崇的司汤达、巴尔扎克等人的作品中,这一点也难以幸免。"对司汤达来说,一个他对之倾注悲剧性同情、并希望读者也有同感的人物,必须是一位真正的英雄,必须具备伟大而且一往无前的思想和感情。在司汤达的作品中,独立高尚的心灵、充分自由的激情颇具贵族的高贵和游戏人生的气质。"②

---

① 马·布雷德伯里、詹·麦克法兰:《现代主义的名称和性质》,见马·布雷德伯里、詹·麦克法兰编:《现代主义》,胡家峦等译,上海外语教育出版社1992年版,第33—34页。

② 埃里希·奥尔巴赫:《摹仿论:西方文学中所描绘的现实》,吴麟绶等译,百花文艺出版社2002年版,第539页。

一

自然主义作家加强了对人之本能和遗传因素的发掘,作品中人物形象的基本表现形态已经不再是"典型环境"中产生的"性格典型",而是源于生命本体的"气质类型"。在《戴蕾斯·拉甘》一书的序言中,左拉曾明确宣称:"我所要研究的是人的气质,而不是人的性格。""我试着对气质不同的两个人之间可能发生的奇怪结合进行了解释,并指出一个血气方刚的人同一个神经的人接触时所具有的深刻混乱。"① 在左拉的作品中,一切围绕着处于特定境遇中的人物的气质而展开,他称自己所要解决的问题首先就是"气质与环境的双重问题"②;"我只关心他;我揣度他的气质,我考虑他生长的家庭、他给人的最初印象和我决定让他生活于其中的阶级"③。这里,首先需要明确的是,无论在内涵还是在外延上,左拉所说的"气质"与今天人们通常所理解的"气质"相去甚远。作为自然主义文学理论中的关键词之一,左拉所说的"气质"主要是指与人的生理机能和血统遗传相关的个体生理—心理殊相。它先是生理的,再是心理的,与人们通常所理解的人的外在精神风貌关涉度甚低。例如,在《戴蕾斯·拉甘》中,男主人公洛朗是一个"多血质"的人,而戴蕾斯则是一个"神经质"的人。在左拉的描写中,他们的行为主要是由他们各自生理机能与生理遗传的气质决定的。1888 年,斯特林堡在其经典的自然主义剧本《朱莉小姐》(1888)的序言中写道:"我刻画的人物形象是游移不定的,分离解体的……朱莉小姐是一个现代人物。这并不是说像这种只有一半是女人的

① 左拉:《〈戴蕾斯·拉甘〉第二版序》,见柳鸣九编选:《法国自然主义作品选》,天津人民出版社 1987 年版,第 728 页。

② 左拉:《〈卢贡—马加尔家族〉总序》,见柳鸣九编选:《法国自然主义作品选》,天津人民出版社 1987 年版,第 736 页。

③ 弗莱维勒:《自然主义文学大师》,见朱雯等编选:《文学中的自然主义》,上海文艺出版社 1992 年版,第 402 页。

人——男人的憎恨者——在过去一向是不存在的,而是因为既然已经被人发现,她就步入前台并且发出了喧哗。这种只有一半是女人的人是一种类型……"①

左拉所说的"气质"乃一种源于遗传、发乎生命深层的东西,而传统文学中被"典型化"了的"性格"则是一种虽与先天"气质"相关但却与后天社会生活实践有更密切联系的东西。关于"性格"的后天社会属性,非常重视从政治学、伦理学角度来审视并表现人物的司汤达说得很清楚:"我把一个人的性格称作它追逐幸福的行为方式。说得再清楚一些就是,一个人的性格就是此人道德习惯的全部。"②拉法格在比较自然主义作家与巴尔扎克的不同时曾经指出,巴尔扎克总是用某种贯穿始终的道德或其他别的什么"观念偏执"来"构造"出某种人物的"典型性格",而性格又总是与情节相互阐释,其中还夹杂着作者不时插入的"津津有味"的分析阐释。③ 就葛朗台与高老头这两个巴尔扎克作品中最著名的"性格典型"来看,拉法格的说法显然是有道理的。而从泰纳在其《艺术哲学》中提出存在着比思想更重要的东西——人的原始激情——之后,左拉等自然主义作家就一直在理论上袭用并在创作中贯彻这一观点。于斯曼在其给出"自然主义"定义的那篇文章中说得非常明确:"我们尝试形象地塑造有血有肉的人物,他们站在自己的脚跟上,讲着自己的语言,因而他们是活生生的人物。我们试图说明驱使人物行动的激情,一旦这些激情显露,立刻指出它们怎样增长,久而久之,又怎样慢慢熄灭,或者随着人物口中发出

---

① 奥格斯特·斯特林堡:《〈朱莉小姐〉序》,见中国社会科学院外国文学研究所外国文学资料丛刊编辑委员会编:《外国现代剧作家论剧作》,中国社会科学出版社 1982 年版,第 180—181 页。

② 埃里希·奥尔巴赫:《摹仿论:西方文学中所描绘的现实》,吴麟绶等译,百花文艺出版社 2002 年版,第 519 页。

③ 拉法格:《左拉的〈金钱〉》,见朱雯等编选:《文学中的自然主义》,上海文艺出版社 1992年版,第 339 页。

尖叫,激情怎样沸腾以至爆炸。"①而斯特林堡也理解得极为准确,"'左拉的伟大的自然主义'中所强调的'气质',乃以一种集中,甚至是暴力的方式表达出来的强烈情感"②。自然主义的所谓"激情"来自承载着生命本能的"血肉"之躯,而非灌注了太多社会意识形态观念的大脑。因此,左拉认为,自然主义叙事要描摹人的"气质",就应该表现激情,而不是性格。在这里,所谓的"典型"是次要的,最重要的是描绘出人之生命"本相"。这种"本相"是属于人类的,而不是仅属于个别人的。按照左拉的说法,描绘人性的一个方面或几个方面,小心地不遗漏任何东西,把一切有用的东西都写进去,这样一部自然主义的作品就能指出造就美德和邪恶的种种复杂因素。

的确,"气质"是一种恒定持久但却混沌复杂的生命形态,而"性格"则是一种可变而又清晰可辨的观念—行为习惯的结晶体。"性格"因其清晰可辨而容易把握,也容易写得简单化,所以常常被作家进行人为的"典型化"处理;"气质"则更为浑厚、深沉、混沌,可以感觉得到,但却不容易把握到能够抽取出来的地步,于是对"气质"形态的描摹也就更有可能最大限度地贴近而不是游离于个体的感性生命这一文学终极关怀的本体存在。只有追求"真实感"的作家才能成功地摹写出"气质"的纤细质地和浑厚飘逸。从"性格典型"到"气质"形态,人物形象的塑造不再是向占主导地位的某个方面"收敛",而是向浑厚、深沉、丰富、复杂的生命本体的各个方面"发散"。因此,作家可以基本上凭理性抽象出并塑造某种"性格典型",但却很难对"气质"如法炮制。这就是"气质类型"比"性格典型"更有限,但在具体描写中却很难程式化、简单化的原因。

---

① 于依思芒斯:《试论自然主义的定义》,见朱雯等选编:《文学中的自然主义》,上海文艺出版社 1992 年版,第 324 页。

② Borge Gedso Madsen: *Strindberg's Naturalistic Theatre: It's Relation to French Naturalism*, Muksgaard, 1962, p. 62.

源于生命本体的"气质"这样一种人物表现形态的出现，使传统作品中的人物形象常常具有的某种"典型化"的特征在自然主义作品中不再那么鲜明突出了。就人物形象的表现形态而言，从前自然主义文学中那种栩栩如生的"性格典型"，到现代主义文学那种零碎难成片段的"心态"，这是一个从"收敛"向"发散"演进的过程。在这个过程中，自然主义文学那种源于生命深处、现代生理学意义上的"气质"是一个过渡点。而现代生理学与心理学的密切关联，为自然主义的"气质"形态向现代主义之"心理"形态的转变提供了最好的解释。亨利·詹姆斯在1891年谈到包括神经活动在内的现代心理描写时说："它本质上恐怕是那种非戏剧性的作品，描绘的不是情节而是状况。它是一种自然的写照……也是灵魂和神经状态的叙述，气质、健康、悲伤、绝望状态的叙述。"①

左拉的小说《戴蕾斯·拉甘》和《小酒店》，为美国自然主义作家诺里斯的小说《麦克提格》(1899)提供了主要的文学模板。诺里斯撰写《麦克提格》的目标，与左拉撰写上述著作的目标是相似的：着眼于两种不同的气质冲突，并记录两者对彼此产生的影响。

如同左拉，诺里斯在小说《麦克提格》中不去描写人物的性格，而是研究人物的气质。戴蕾斯和洛朗所扮演的角色在很多方面与特瑞娜和麦克提格很相似，但十分重要且具有不同意义的是，左拉描写了一个通奸案和一次十分不幸的婚姻，而诺里斯只描述了一桩不快乐的婚姻。戴蕾斯和特瑞娜的外部形象呈现出许多的相似之处：她们都有着迷人的、轻盈的身材，一双大大的传神的眼睛，一张在大团黑发映衬之下异常白净的脸。她们的精神层面也非常相似：性情时而焦虑不安，时而歇斯底里，呈现出不稳定和反常的特点。戴蕾斯在安静的外表之下隐藏着极端的热情，具有

---

① 马·布雷德伯里、詹·麦克法兰：《运动、期刊和宣言：对自然主义的继承》，见马·布雷德伯里、詹·麦克法兰编：《现代主义》，胡家峦等译，上海外语教育出版社1992年版，第172—173页。

强烈的性欲是她的主要特征;而特瑞娜最主要的性格是贪婪,尽管她也会一时情感冲动。这两个女人的情绪,由于她们的神经质,从一个极端摇摆到另一个极端,时而平静似水,时而激情迸发。而女人的激情和神经质常常令男人愕然。以下是左拉的描写——

> 她的一切本能都以前所未有的猛烈程度一齐爆发出来。她的母亲的血,这种灼烧着她血管的非洲血液开始沸腾了,在她那苗条、几乎还是处女的身体里汹涌着。她恬不知耻地、主动地把自己袒露出来,并奉献给他。她心荡神迷,从头到脚长时间地颤动着。
>
> 洛朗这辈子也没有结交过这样的女人。他感到很突然,有些不自在。以往,他的一些情妇从来没有如此冲动地接待过他,他对冷冷的、可有可无的接吻,倦怠的、玩腻了的爱情已习惯了。泰蕾兹的呜咽与发作几乎使他害怕,同时,又使他感到新鲜,更挑逗起了他的情欲。①

以下是麦克提格对特瑞娜的反应——

> 在他们婚后的头几个月里,她时而神经紧张,时而感情冲动,她唯一的担心是丈夫对她的爱与自己付出的爱不对等。她会毫无预兆地搂住他的脖子,亲昵地用自己的脸颊蹭他的脸颊……他的小妇人对他情感的突然爆发随着他们在一起生活时间的拉长只会愈演愈烈,这种情感并没有使麦克提格感到高兴,而是迷惑不解。

---

① 左拉:《泰蕾兹·拉甘》,韩沪麟译,百花洲文艺出版社 2003 年版,第 31 页。

　　为了应对这些矮小、紧张、容易激动的女人,两位作家都设置了懒惰而又高大的男人形象:左拉创造了乐观但有些懒惰的洛朗,诺里斯设计了冷漠的麦克提格。洛朗和麦克提格都有一种前现代的原始人气质:在他们身上,低级的动物本能占据了主导地位;他们两个都很年轻,看起来瘦骨嶙峋,却有粗壮的手和发达的肌肉,像公牛一般粗的脖子;两个人都很强壮,但是行为举止有些笨拙和心智有些迟钝。诺里斯在描写麦克提格时用了与左拉相似的语言。为了说明他们小说中人物的力量,左拉说洛朗可以用拳头打死一头公牛,而诺里斯则断言麦克提格曾经"在一眨眼的工夫用拳头打倒了一头半成年的小母牛"。并且,洛朗喜欢坐在温暖的房间里,抽着烟,喝着低等酒水,慢慢地消化食物,"他希望吃得好,睡得好,充分满足他的激情……";而麦克提格唯一的乐趣也是"吃饭、接吻、睡觉以及弹奏他的手风琴",他喜欢坐在他的"牙科诊所里,一边喝着啤酒,一边抽着巨大的陶瓷烟斗,顺便消化食物"。洛朗被描绘成一个对女人有着强烈欲望的懒汉,而麦克提格则被描绘成一个只知道工作的顽固而愚蠢的牙医形象,他似乎毫无情欲可言。

　　生存的环境决定了这些身体健壮却性情迟钝的男人要受那些神经质女人的影响。洛朗被戴蕾斯所深深吸引,正如麦克提格被特瑞娜所吸引一般是命中注定的。开始时,俩女人都因了她们神经质的性格,成功地将她们的丈夫从慵懒的状态中唤醒。随着时间的推移,来自女人的影响变得越来越具有破坏性,所有的男人从蠢钝的人——但公平来讲善良无害,变成了残酷的杀手。戴蕾斯对洛朗热烈的情感,驱使他杀掉了她的丈夫卡米尔。与此相似的是,特瑞娜的贪婪正是使麦克提格杀了她的罪魁祸首。当然,人物角色之间的影响是相互的。每一对夫妻的婚后生活,都沿循着与不可抑制的"激情—餍足—憎恨—暴力—死亡"完全同样的线路展开。他们彼此摧毁对方的生活:洛朗应为戴蕾斯的悲剧负一部分责任。同样的,麦克提格也在一定程度上导致了特瑞娜的毁灭。在两对夫妻被暴力弄死之前,两位丈夫都已在家暴妻子时展现了同样的暴力和残忍,而两位妻子却在痛苦加身时均产生了相似的欢愉。

二

自然主义作家致力于描写平淡现实生活中平凡庸常、猥琐卑下的小人物。用左拉的话来说就是:"小说家,如果接受表现普通生活的一般过程这个基本原则,就必须去掉'英雄'。我所说的'英雄',是指过度夸大了的人物,木偶化的巨人。这一类胀大的'英雄',降低了巴尔扎克的小说,因为他总以为还没有把他们塑造得足够大。"[①]在这种创作观念的指导下,自然主义文学作品中的人物形象的内涵开始发生巨大变化。此前,浪漫派笔下,人的生存斗争并不使人垂头丧气,哪怕主人公在斗争中显然是在走向堕落;因为在这种斗争中存活的人,总是显现出某种过人的精神品质——意志、理想、勇气、毅力、智慧等等。而现在,传统文本中那种由个人与个人或个人与社会之间的冲突所构成的生存斗争,在自然主义作家笔下很大程度上已经演化成个人与自我及个人与环境之间的对抗。这里的"自我"主要是指由遗传决定的人的生理—心理机制;而所谓"环境"则主要是指庞大的经济机体(银行、工厂、矿山、百货公司等等)或社会机制(弱肉强食、阴谋、暴力等等)或其他特定的生存境遇(灾难、绝境等等)。个人的精神自我及与之相伴随的人的力量、智慧等,在神秘的、盲目的肉体自我与同样神秘的、盲目但却更为巨大的、严峻的环境压力面前,变得微弱、渺小,不堪一击。命运的巨手将人抛入这些机体、机制、境遇的齿轮系统之中,人被摇撼、挤压、撕扯,直至粉碎。显然,与精神相关的人的完整个性不再存在,所有的人都成了碎片。"在巴尔扎克的时代允许人向上

---

① 卢卡契:《左拉诞生百年纪念》,见朱雯等编选:《文学中的自然主义》,上海文艺出版社1992年版,第470页。

爬——踹在竞争者的肩上或跨过他们的尸体——的努力,现在只够他们过半饥半饱的贫困日子。旧式的生存斗争的性质改变了,与此同时,人的本性也改变了,变得更卑劣、更猥琐了。"①所有人都被拉到了同一水平,超人式的英雄巨人或黑色巨人消失了,穿行于新的叙事文本字里行间的到处都是侏儒或草芥般的人物。

自然主义的奠基作《包法利夫人》提供了平庸人物的样板,包法利医生,这个善良、老实、有点土气的老好人有一种纤毫毕现的真实感——

> 让一个傻瓜站立起来、神采奕奕有多么困难。一无所能,本身保持灰色中性,没有任何特色。然而,这个可怜的人——查理,却有令人难以相信的生动突出。他以自己的平庸填满了这部作品,每页都可以看到这个可怜的医生、可怜的丈夫,在各方面都可怜和倒霉。而且这样写却没有任何滑稽的夸张。他显得非常真实,处于应有的位置。甚至这个不幸的人给人好感,令人对他产生怜悯和温情。②

而这个平庸男人的无能在整本书中最深刻的体现,是他在爱玛死后得知所有真相却仍对爱玛的情夫说的那句话:"我不怨你。"这句话是对所有人的嘲讽——荡妇爱玛、奸夫罗道尔夫,更有窝囊的查理自己。"这完全是个可怜的人。在我们的文学中还没有一句这样深刻的话,对人心的怯懦和温情展示出这样的深渊。"③

福楼拜另外一部自然主义经典《情感教育》写了一个从外省来到巴黎

---

① 拉法格:《左拉的〈金钱〉》,见朱雯等编选:《文学中的自然主义》,上海文艺出版社 1992 年版,第 341 页。

② 左拉:《法国六文豪传》,郑克鲁译,安徽文艺出版社 2011 年版,第 172 页。

③ 左拉:《法国六文豪传》,郑克鲁译,安徽文艺出版社 2011 年版,第 172 页。

的年轻人莫罗陀螺般辗转于四个女人之间的故事。这个敏感而又聪慧的中产阶级男子,就价值观而言没有任何清晰的目标,在情感层面也完全没有什么原则或真诚。无目标、无希望的他,在人海中沉浮,在与各式女人的风流韵事中沉溺,直到最后孤零零地离开人世。"这里没有英雄或反派角色来搅动我们的心,没有小丑来娱乐我们,没有情节来吸引我们的注意力。但掩卷沉思,我们的心却似乎又被某种东西深深触动。这绝非某个特殊个体的'悲惨故事',而是可怜的人类自身的悲剧:头脑中似乎有许多非凡的见解,高尚的话语也时常挂在嘴边,但他们却使自己沦落成如此模样——愚笨、怯懦、平庸、优柔寡断……"①"在这部了不起的书中",左拉形容道:"平庸是史诗性的,人类像巨大的蚁巢一样,丑恶、灰暗、卑劣盘踞和展示在里面。这是一座壮丽的大理石庙宇,一无所能地耸立着。"②威尔逊也说:"在《包法利夫人》和《情感教育》中——所有的一切都是卑鄙、平庸和怯懦的。"③

自然主义作家笔下的人物,生物属性被强化,社会—环境属性也被突出,唯一被弱化的便是人的精神属性;自然主义作家热衷于描写"人物是如何被他们所无法控制的社会和生物性的力量摧毁的"④。而自由意志被阉割后的人之无所作为,则是伴随生物学决定论与环境决定论而来的自然主义文学的基本主题。在自然主义作家笔下,所有的社会阶层都为同一规则所支配,所有的人在本质上都没有很大区别,人类在很大程度上成了一种类似于普通生物的存在。如果说传统西方作家经常给读者提供

---

① Edmund Wilson:"The Politics of Flaubert", in John Lehmann, eds.: *The Triple Thinkers: Twelve Essays on Literary Subjects*, 1952, p. 84.

② 左拉:《法国六文豪传》,郑克鲁译,安徽文艺出版社 2011 年版,第 174 页。

③ Edmund Wilson:"The Politics of Flaubert", in John Lehmann, eds.: *The Triple Thinkers: Twelve Essays on Literary Subjects*, 1952, p. 79.

④ Donald Pizer: *The Theory and Practice of American Literary Naturalism: Selected Essays and Reviews*, Southern Illinois University Press, 1993, p. 3.

一些高于他们的非凡人物,那么,自然主义作家经常为读者描绘的却大都是一些委顿猥琐的凡人。理性模糊了,意志消退了,品格低下了,主动性力量也很少存在:在很多情况下,人只不过是本能的载体、遗传的产儿和环境的奴隶。1875年在写给乔治·桑的信中,福楼拜称:"我从来没有对人类感觉到如此巨大的厌恶,我真想把人类溺死在我的呕吐物下面。"①在西班牙自然主义作家佩雷斯·加尔多斯的长篇小说《禁脔》(1885)中,主人公何塞·马利亚曾有这样一段著名的独白:"我不是英雄,我是自己时代和种族的产儿,与我生活于其中的环境不可避免地和谐一致。我身上有源自出身和环境的各种素质,带着我的家族以及我所呼吸的空气的全部特征。我从母亲那里继承了正直的品格和法的观念,从父亲那里继承了薄弱的意志以及我叔父塞拉芬称为'裙衩迷'的习性。其他的素质则是由个人经历造成的。我早年侨居英国,而后长年学习经商,最后来到马德里这个世上最恶浊的大海行舟……我是一个被动的角色。生活的浪头撞击不会让我化作飞沫,而是摇撼我,将我连根拔起。我不是岩石。我随波逐流,是一块飘浮于事件海洋上的落水之木。情欲比我更有力量。"②这段独白,可以看成是对自然主义作品中很多人物形象的最好概括。

左拉曾尖刻地讥讽传统西方文学叙事所营造的"巨人"世界,称里面的"英雄"只不过是些"傀儡"及"木偶般"的"卡通人物"。③ 在现代西方文学叙事中,"英雄"陨落了,"巨人"坍塌了,人几乎很少能够支配自己的命运,很大程度上只是被动地、浑浑噩噩地被囚于程式化的麻木畸形的生活中,完全成了一种荒诞的存在。"像那些女性受难者,她们是自己天

---

① Edmund Wilson: "The Politics of Flaubert", in John Lehmann, eds.: *The Triple Thinkers: Twelve Essays on Literary Subjects*, 1952, p. 87.

② 许锋:《佩雷斯·加尔多斯的自然主义倾向》,见柳鸣九主编:《自然主义》,中国社会科学出版社1988年版,第371页。

③ Emile Zola: "Naturalism in the Theatre", in George J. Becker, eds.: *Documents of Modern Literary Realism*, Princeton University Press, 1963, p. 213.

性——某种意义上抑或即人性本身——的牺牲品;那些天资甚好但却意志软弱的女人,她们是——用通常的说法——柔软的皮囊;此外诸如歇斯底里的妇女、女佣、妓女等,她们共同的结局便是毁灭。还有一些清醒的知识分子,通常是未婚男子或者婚后生活不如意者,他们是——用福楼拜的话说——'榨干了的水果',这些叔本华主义者将自己等同于人类全体,往往先是耽于对某些终极虚幻观念和自己人生失意的沉思,尔后便宣称万事皆空、意义虚无了事。大致说来,自然主义文学中的男女主人公是鱼龙混杂的一群人,男性懒散,女性缺乏美德;这使得他们与浪漫主义和感伤小说中的英雄人物形成了鲜明的对比。"①

三

在 20 世纪西方现代主义文学叙事中,随着作家道德判断因素的淡出,文本对生命本能的表现得到加强。这种变化,使得自然主义作品中人的形象普遍呈现出其原有的多面、复杂和矛盾,高尚与卑鄙、恶毒与慈善、真诚与虚伪这样一些截然对立的道德命题已经开始消解。体现在具体的人物形象形态上,就是在"虫"的委顿猥琐之外,还有另一种充满原始野性的"人兽"型形象的存在。而作为"人兽","恶"在很多时候成了其最深沉的本质特征。

在"人兽"型人物形象的塑造方面,美国自然主义作家杰克·伦敦的创作最具代表性。杰克·伦敦的小说大致可以分成两类:其一是写美国北方淘金者冒险生活的"北方故事",其二是写主人公为生存而顽强抗争的"海上故事"。无论是"北方"还是"海上",伦敦笔下人物所置身的都是一些极限生存环境,而在如此极端条件下既向环境也向自身极限挑战的

---

① David Baguley:"The Nature of Naturalism", in Brian Nelson, eds.: *Naturalism in the European Novel: New Critical Perspectives*, Berg Publishers, 1992, p. 21.

主人公,则大都是一些"强人"。对这些永远持有主动之生命态势的"强人"而言,环境越险恶,便越能激发生命潜能,越能考验其生命力是否旺盛。因此,他们大都不习惯通过妥协退让来获得安全感,因为那样往往意味着被对手或环境吞噬;相反,他们喜欢冒险,习惯于在极端险恶的环境中生存挣扎,在常人看来几乎令人绝望的生存斗争,总是会激发起他们的生存意志,而只有这种鲜活、强大的生命意志在克服障碍或战胜环境的顽强抗争中的释放,才会使他们真正地体验到生命的满足,哪怕这种满足有时候甚至不得不以毁灭他人的生命为代价。受到列宁称赞的短篇小说《热爱生命》(1906)描写了一个受伤的淘金者孤零零地在原始的荒野中艰难跋涉。面对饥饿、寒冷和死亡的威胁,他始终没有丧失勇气,在荒野里步行了六天六夜,没有粮食,只好以草根和艰难捕捉到的一两条小鲦鱼来维持生命。最可怕的是,有一只像他一样垂死的病狼舔着他流下的斑斑血迹一直尾随着他。当他从饥饿所造成的昏迷中醒来时,那只狼正用最后一点力量咬住他的手,他挣扎着用那只被咬住的手抓住狼的牙床,慢慢地将身体压倒在狼身上,并用牙齿死死地咬住狼的咽喉。几天后,当一艘捕鲸船上的人发现他时,他已经失去了知觉,但身体仍在向前蠕动。

是什么力量支撑着这个人在饥饿、寒冷和伤痛中度过了十多天?是他那顽强的求生意志。而这种求生意志,是无法用普通的道德标准来衡量的。由此再进一步,便可以触摸到这类"强人"原始的生命强力之中所暗含的"非道德"的本质特征。而正是这种"非道德"的精神特征,使这些"强人"在特定的情境中堕为"人兽"。伦敦笔下的超人个个都是行动的巨人,并且往往都是力量和意志的化身;就此而言,他们和上面谈到的那些"虫"样的人物显然大相径庭。然而,"非道德"却是两类看上去截然不同的自然主义人物共同的精神特征;也正因为如此,他们才被共同作为现代叙事作品中的"反英雄"与传统作品中的"英雄"区别开来。

在伦敦的代表性作品《海狼》(1904)中,作为主人公的"强人"拉尔森便因其"非道德"的精神特质而成为颇具代表性的"人兽"。他是一个力大无比、威力超群的人物,给人的感觉好像他就是力量的化身,他公开承认自己是一个"极端个人主义者":"在只能允许一个生命存活的地方,上帝却播下了数以千计的生命。所以生命就要吃生命,一个生命就要吃掉另一个生命。直到最强、最贪婪而又最野蛮的生命留下来为止。"①"大吃小才可以维持他们的活动,强吃弱才可以保持它们的力量,越蛮横吃得越多,吃得越多活动得越长久。"②他不但是这样想的,也是这样做的。他将自己的船员当作供自己任意驱使的奴仆,并公然将自己的快乐建立在别人的痛苦之上。船上的厨工冒犯了他,他就将厨工扔到海里,结果那个可怜的厨工不仅喝够了海水,还被鲨鱼咬去了一条腿。在"魔鬼号"船上,他那常常给人带来毁灭性打击的拳头,才是真正的统治者。而被它所统治的水手,一个个也都习惯于逞勇斗狠,常常为一点针尖大小的事情就拔拳相向。在生存竞争、优胜劣汰的规则下,"魔鬼号"恰如野兽出没的原始丛林,在这里没有尖利的牙齿和强大的力量,就很容易被别人吃掉。漂浮在茫茫大海上的这条船,乃伦敦所理解的世界的象征。

杰克·伦敦的小说鲜明地表现出了他对强悍体力的关切,对血腥场面的崇拜,以及对各类暴力挣扎的偏爱。体现这一特点的小说除《海狼》之外,还有《马丁·伊登》(1909)及一些中短篇小说。为了充分释放这种情绪,在《野性的呼唤》(1903)等作品中,伦敦还描写了很多动物——尤其是狼——的形象。在伦敦的笔下,人和动物之间的区别似乎变得极其模糊:在人之顽强坚韧、不屈不挠的生存抗争中满含着凶猛强悍的野性;而狼这种本性凶残的野兽,在"拟人"化的描写中也有了很多类似于人的心理活动。不少评论家都注意到他擅长描写人的兽性及人类与野兽之间的

---

① Jack London: *The Sea Wolf*, Airmont Publishing Company, 1965, p. 55.
② Jack London: *The Sea Wolf*, Airmont Publishing Company, 1965, p. 38.

亲缘关系。这种"亲缘关系"似乎在提示我们：人就是动物，而且是一种狼样的动物，而非羊样的动物。——"'万物融通'乃自然主义文学的根本主题：省却对自然法则的鉴别，降解时间和生命过程本身的效能，直至抹杀所有差别。"[①]

从伊索寓言到浪漫主义童话再到安徒生童话，尽管作家创作的理念和范式有着巨大的变迁，但作家在叙事时对"动物"的处理却莫不与那个"喻"字相关，明是写动物，实则写人——以物"喻"人；因而对动物形象的描绘，完全不存在人兽界线，动物的特性与个性完全被人性——且往往是人性中狭隘的道德属性——所取代。动物只是作家"说事"的一个幌子或道具而已。也就是说，这些动物形象是工具性的，始终服务于文学叙事的修辞目的，服从于讲述外部故事的需要。作家描写它们，考虑的主要不是动物自身，也就更不必说动物与人的关系；因而小说的内涵或寓意，必须越过动物形象才能把握。绝大部分时候，"动物叙事"在这种以动物为主角的叙事作品中，仅仅是某种人类道德范式的载体，如狗之于忠诚、狐之于狡诈、蜜蜂之于辛勤等等。笼统说来，前自然主义的"动物叙事"往往与作家强烈的道德说教取向息息相关；相较之下，自然主义作家对此显然有了突破性进展。

第二节　意象的弥漫

传统西方作家普遍怀着满腔改良社会的善良愿望和热情，习惯于用人道主义的思想武器来批判社会中存在着的不合理现实。因而，他们的

---

① David Baguley："The Nature of Naturalism"，in Brian Nelson，eds.：*Naturalism in the European Novel：New Critical Perspective*，Berg Publishers，1992，p. 25.

作品也就不可避免地具有了直接或间接的政治、道德说教倾向。作为阐释社会人生、表达理性认识的工具,传统西方文学创作大都没有摆脱"说明生活""对生活下判断"的"人生教科书"这一套。作家热心关注现实生活,并通过作品褒贬人物、褒贬生活,倾向性极其鲜明。作家反对什么、提倡什么在作品中都有着毫不含糊的体现,传统西方文学作品的主旨意向不但十分明白清楚,而且在文本中占据着一个统摄一切的中心地位。

一

自然主义作家所采取的如科学家那种冷静、客观的立场,使其在创作中不再流露个人的好恶而只突出真实,自然主义作品的主题意向便由此开始变得混沌起来。"我以为美的、我乐于创作的作品无所谓内容,这种作品不假外在依傍而能通过其风格的内在力量自给自足,就好比地球悬于空气之中一样,这种作品几乎没有主题,或者说主题至少要尽量隐而不现。最美的作品即是那些材料十分单薄的作品。"[①]哈代一再强调艺术关切的只是现象,"艺术就是通过描写生活中的寻常事来体现具有作者个人气质的思想方式"[②]。在《德伯家的苔丝》序言中,他写道:"一部小说只是一种印象,不是一篇辩论。"[③]19 世纪 70 年代初一踏上文坛,他就以凝重的铁笔沉吟出一种阴郁悲怆的调子。在他看来,人在命运面前是无能为力的,因为命运是一种"弥漫宇宙的意志"。田园生活的诗意和浪漫幻想在哈代早期作品《绿荫下》(1872)中有所展现,但从他的第二部小说《远离尘嚣》(1874)开始,面向现实时的冷峻和犀利代替了田园牧歌式的诗意和

---

① Gustave Flaubert: *The Letters of Gustave Flaubert*, *1830 –1857*, The Belknap Press of Harvard University Press, 1980, p. 154.

② 诺曼·佩吉:《艺术与美学思想》,张海霞译,见聂珍钊等编选:《哈代研究文集》,译林出版社 2014 年版,第 21 页。

③ 《德伯家的苔丝》序言,见王太丰著:《走近名著》,河北教育出版社 2003 年版,第 461 页。

浪漫,哈代由此开始集中关注和描写那些深陷命运旋涡之中的人的生活遭际。凄惨沉闷的故事中,软弱的人们无力掌握自己的命运,而默默地注视着变幻无常的人生的大自然却是那么严酷,这成为哈代小说中常见的主题。很多时候,他将人物的悲惨命运归结为一种凌驾于现实世界之上的神秘莫测的力量敌视人类的结果,哈代作品因此具有沉郁的宿命论的悲观色彩。无论是左拉的《戴蕾斯·拉甘》,还是德莱塞的《嘉莉妹妹》(1900),如果我们要从其中引申出什么政治或道德的结论,这显然是一件颇有些棘手的事情。政治、伦理、宗教主题或叙事具体意图的退隐,使得西方现代叙事表现出更为宏大、厚重的人文关怀,——这里,我将其概括为"人性"主题或"命运"主题。

"自然主义将被证明是一种娴熟的程式,用于叙述妇女卖淫及其成因,在某种程度上,它将会排演女性'堕落'的轨迹,一遍又一遍,跨越国界。"[1]19 世纪末叶,当自然主义作家开始描写贫民窟移民扭曲而贫瘠的生活,描写城市里年轻的乡村女孩和渴望乡村女孩的中年酒吧经理们容易陷入的非法生活,以及日常生活中偶尔发生的中下层社会的暴力动乱的时候,他们为自己发现艺术崭新的意义和形式而兴奋不已。尤其是,"这些作家不再接受 19 世纪小说惯例中的'最大谎言'——两性关系要么是高度浪漫的爱情,要么是中产阶级求爱和结婚的小仪式;性在他们的小说中开始成为现代艺术的伟大主题——人类悲剧性的根源和其日常生活的潜在动力"[2],而将婚姻描写为一个男人和一个女人之间至死方休的战斗,这是斯特林堡等人从左拉的小说《戴蕾斯·拉甘》所移取来的自然主义心理剧的基本主题,也是自然主义的重要悲剧母题。在《父亲》一剧中,

①　Simon Joyce:*Modernism and Naturalism in British and Irish Fiction*,*1880 – 1930*,Cambridge University Press, 2015, p. 130.

②　Donald Pizer:*The Theory and Practice of American Literary Naturalism*:*Selected Essays and Reviews*, Southern Illinois University Press, 1993, p. 20.

斯特林堡对一场"宏大的人类冲突——两性间的基本战争"进行了或许是最精辟、最彻底的分析。是的,主人公船长和劳拉并不总是互相憎恨——他们曾经年轻、相爱,一起在白桦林里漫步,那时的生活是美丽的;然而,他们的婚姻生活却以悲剧的方式发展着,除了憎恨和婚姻这个"杯子"里"苦涩的渣滓"外,他们最终两手空空、一无所有。由于其冲突的不朽性质和人物塑造的方法,"《父亲》甚至比左拉的《戴蕾斯·拉甘》更远离普通的自然主义作品,但人物命运下降曲线却与之一脉相承"①。

左拉认为:在传统文学中处于核心地位的性格、情节等叙事元素,现在都不重要了;最重要的是描绘真实的人类生活,而不是个别的人;一部作品应该描绘人性的一个方面或几个方面,小心地不遗漏任何东西,把一切有用的东西都写进去。对此,亨利·詹姆斯很早就指出:左拉总的主题可以说是"人的本性",而这本性却是一种"离奇的混合物"②。龚古尔兄弟也将揭示人生的真实亦即"使人触目伤情的人类痛苦",视为艺术的最高真理和道德。"自然主义的发展是建立在为生存而斗争的基础之上的,其特色是坚忍与牺牲的美德,洛夫乔伊曾将其描述为'艰难的原始主义'。"③从某种意义上来说,自然主义乃对"人类苦痛"情状与"人之失败"命运的研究。左拉称这一基本主题肇始于自然主义的奠基人福楼拜。④福楼拜笔下的爱玛像无头苍蝇一样,饥不择食地扎进不同情人的怀抱;福赖代芮克在保持灵魂纯洁的爱慕的同时,其肉体却流连于不同情妇的闺房;就连《圣安东尼的诱惑》(1874)中,潜心修行的隐士安东尼,也无法躲

① Borge Gedso Madsen: *Strindberg's Naturalistic Theatre: It's Relation to French Naturalism*, Muksgaard, 1962, p. 62.
② 亨利·詹姆斯:《爱弥尔·左拉》,见朱雯等编选:《文学中的自然主义》,上海文艺出版社 1992 年版,第 437 页。
③ Harold Kaplan: *Power and Order: Henry Adams and the Naturalist Tradition in American Fiction*, University of Chicago Press, 1981, p. 127.
④ 左拉:《论小说》,见朱雯等编选:《文学中的自然主义》,上海文艺出版社 1992 年版,第 239 页。奥尔巴赫在其著名的《摹仿论》中也做出了同样的分析判断,参该书,第 547—548 页。

避在梦中被美艳的女王诱惑的淫乱场景……他们这种无法控制的情欲，实际上"隐喻了人类在与自身'宿命'抗争过程中的盲目性和无目的性"。福楼拜认为，"物质的、肉身的东西是不能永恒的，而人是物质的、肉身的，因此人和生命是瞬息的；人生的过程就是走向衰朽、死亡的过程，因而人生是痛苦的、无意义的和不值得依恋的；凡是由物质和肉身引发出的幸福都是短暂的，并且最终将带来痛苦与不幸。因此人生的过程本质上是痛苦与不幸，生命的终极意义是虚无"①。萨特曾称福楼拜的作品"既聋又瞎，没有血脉，没有一丝生气；一片深沉的寂静把它与下一句隔开；它掉进虚空，永劫不返，带着它的猎获物一起下坠。任何现实一经描写，便从清单上勾销：人们转向下一项"②。

英国著名自然主义研究专家戴维·巴戈勒在《自然主义的性质》(1992)一文中将自然主义的叙事文本区分为两种模式或类型："第一种或许可以被称为龚古尔型，左拉的某些小说，像著名的《小酒店》，有时候也可以划归这一模式。这种类型的小说专事打造个性沉沦的悲剧，其在时间维度上的展开往往呈现为某种持续恶化的过程，而这一过程幕后的推动力量则是由某些特殊的决定因素（诸如来自遗传的某些缺陷、某些神经官能症倾向、与人敌对的某些社会环境因素等等）所构成的事变；这与古典悲剧总是将悲剧形成的原因归诸某些超自然的力量显然不可同日而语。"③但很大程度上，自然主义作家笔下的人物似乎又回到了古希腊命运悲剧的情景之中。极力摆脱命运的俄狄浦斯却反被命运捕获；一种广漠无情的力量，现在又以遗传规则与环境囚笼的名义再次规制乃至决定自然主义文学作品中主人公的命运。

---

① 蒋承勇：《欧美自然主义文学的现代阐释》，复旦大学出版社2002年版，第64页。
② 萨特：《萨特文学论文集》，施康强等译，安徽文艺出版社1998年版，第163页。
③ David Baguley："The Nature of Naturalism", in Brian Nelson, eds.: *Naturalism in the European Novel*: *New Critical Perspectives*, Berg Publishers, 1992, p. 22.

"自然主义小说的第二种类型大致可以称为福楼拜型。这类作品将败坏人生的决定性因素更多地归诸生命本身的匮乏,此种匮乏决定了受困个体所陷于的罗网不是别的,正是对种种日常生活里的惯性及其所派生出来的卑贱的姑息屈从。这类小说,看上去似乎不想在打造情节方面花费任何功夫,叙事能够前行的唯一动力便是主人公在毁灭的道路上生命力的持续耗散,与之相伴随的则是其理想的不断幻灭。第一种类型的自然主义叙事文本看上去更客观,小说家往往从卢卡斯博士和夏尔科博士那里获取灵感,更偏重于临床病理学和生理学的分析;第二种类型的自然主义叙事文本常常披覆着一层'自传性'的面纱,小说家更喜欢到叔本华那里寻求灵感,因而作品中寄寓的道德和哲学意蕴也就更多些。此外,第一种类型的自然主义小说更富动感,第二种则显得沉闷,时常陷入循环或者说重复。第一种类型的自然主义小说中的主人公,总是在带有屈从性的情节中一步步走向沉沦;第二种类型里的主人公,在甘愿逆来顺受的情节中悄无声息地变得一无所有。"①显然,无论哪种类型,在自然主义作家笔下,人生的悲剧都不再是古典主义文本中那种引发"悲悯"的"性格悲剧"或"社会悲剧",而更体现为让人"震惊"的人性本身无可规避的命运,即人性的悲剧或命运的悲剧。"自然主义小说通常将耸人听闻的经验方面的详细文献与大量意识形态主题结合起来。与时代的文化风潮相结合,这些主题往往聚焦于甚于人类通常想象的局限性。"②"旨在描写人走向自我毁灭之缓慢却不可避免的悲剧性过程——这是自然主义普遍的模式。"③

---

① David Baguley: "The Nature of Naturalism", in Brian Nelson, eds.: *Naturalism in the European Novel: New Critical Perspectives*, Berg Publishers, 1992, p. 22.

② Donald Pizer: *The Theory and Practice of American Literary Naturalism: Selected Essays and Reviews*, Southern Illinois University Press, 1993, p. 16.

③ Lars Ahnebrink: *The Beginnings of Naturalism in American Fiction*, Harvard University Press, 1964, p. 277.

宏大的"人性主题"或"命运主题"在自然主义开启的西方现代文学叙事中的释出,使"个体人学"的文学本体论在浪漫主义"个体性"原则的基础上进一步被夯实。从此之后,文学文本再也不仅仅是一般文化观念的载体,而成为对本真的人之生存本相与生命意义的独立探究。尤金·奥尼尔认为,现代戏剧正从所谓性格悲剧、社会悲剧重新回归古希腊的命运悲剧。他在谈到《琼斯皇》(1920)中的主人公扬克时曾说:"这是古老的题材,它过去是,而且永远是戏剧的唯一题材:人同自己命运的斗争。从前是和神斗,现在人与自己斗,在决定自己的位置的追求中和自己的过去斗。"①虽然奥尼尔谈论的只是戏剧,但他的这一论断对我们认识整个现代西方叙事无疑都有重大的启示作用。

二

现代西方叙事中的"人性主题"或"命运主题"是宏大的,往往具有"只可意会不可言传"的空蒙特征。新自然主义美学的代表人物桑塔亚纳称:"美,是一个生命的和声,是被感觉到和消融到一个永生的形式下的意象。……每一个意象就是一个以永生的形式被观看到的本质。"②而意象派的领军人物庞德曾经将"意象"界定为一刹那呈现的理智和情感的复合物。自然主义作家就是要用庞德所说的"意象"这种"复合物"来表达和呈现作为"离奇的混合物"的"人性主题"。在自然主义作品中,传统文学中与意识形态相关的、较为具体明确的社会、政治、道德、宗教主题消失,代之而来的则是宏大空蒙的人性主题或命运主题。在如此宏大空蒙的主题框架之下,意象开始取代原先观念体系所派生出来的具体叙事意图即具

① 奥尼尔:《戏剧及其手段》,见王春元、钱中文主编:《美国作家论文学》,生活·读书·新知三联书店1984年版,第253页。

② 桑塔亚纳:《审美范畴的易变性》,见朱立元、张德兴等著:《西方美学通史(第六卷):二十世纪美学(上)》,上海文艺出版社1999年版,第90页。

体的观念性主题,居于作品的中心。正因为如此,莫泊桑才将强调写实的自然主义作家称为"意象制造者"与"迫使人类接受自己的特殊意象的人"。[①] 著名批评家阿尔弗雷德·卡津则写道:"在我们看来,自然主义与其说是一个学派,不如说是一种情感氛围。"[②]

对暴力、巨大和鲜艳色彩的坚持是左拉叙事的一个特质。自然主义不仅是对体验广度的探索,还是对体验强度的实验——对那种超越一切的难以言喻的体验进行探索。富有见地的批评家很早就已经注意到:不像福楼拜那样简洁和准确,不像泰奥菲尔·戈蒂耶那样文雅精致和精雕细刻,左拉的风格粗犷豪迈而意象丰富。也许这样说会令很多人吃惊,但事实的确如此——"诗意的威力构成了左拉作品的价值"[③]。"堕落"及其后果是左拉小说的主要内容,《卢贡—马卡尔家族》研究的是被有机病变毒化了的人性。在左拉看来,"堕落"必然对人的生理造成影响——人类的异化从自然世界中反映出来。"有毒的植物不仅仅是腐败的象征,也是邪恶的象征,因此它们与繁殖意象有关,同时也从属于创世纪的意象。"[④]"繁殖意象和创世纪的意象是左拉作品中最基本的意象,它们不断地重复出现,几乎所有有意义的意象都由此衍生而来。"[⑤]

在《萌芽》中,我们看到了矿井:

> 这个埋伏在地底下的妖怪,它吞噬工人、马匹以及机械,它
> 倾吐煤块;它改变自然,使空气混浊而且毒化,在它的张着的大

---

① 莫泊桑:《〈皮埃尔与若望〉序》,见柳鸣九编选:《法国自然主义作品选》,天津人民出版社 1987 年版,第 800—801 页。

② Donald Pizer: *The Theory and Practice of American Literary Naturalism: Selected Essays and Reviews*, Southern Illinois University Press, 1993, p. 15.

③ 朗松:《自然主义流派的首领:爱弥尔·左拉》,见朱雯等编选:《文学中的自然主义》,上海文艺出版社 1992 年版,第 379 页。

④ Martin Turnell: *The Art of French Fiction*, Hamish Hamilton Ltd., 1959, p. 135.

⑤ Martin Turnell: *The Art of French Fiction*, Hamish Hamilton Ltd., 1959, p. 138.

口周围,草木不生;它将原先作为小土地所有者而分散地生活的那些农民集合为队伍;它窃取他们各人的小块土地,判定他们不能再见天日,而在惨白和摇晃不定的小小的灯火之下作苦工,天天冒着四面包围住他们的各种危险,丝毫不感觉到他们是多么英勇;我们看见这个妖怪隐伏在地底下,通过共同的痛苦和穷困,通过在资本主义桎梏下所受的折磨,把那些人团结在一起。那资本主义的桎梏,就像帕斯卡尔的上帝一样,无往而不在,同时却又无形迹可寻,推动那些人们罢工、流血斗争以及犯罪。①

在《娜娜》(1880)中,我们看到了征服一切的肉体之神:

　　她独自一人站在她公馆的财宝中间,脚下躺着整整一代被击倒的男人。正如古代的怪物,用白骨来铺垫它们可怕的巢穴,她脚下踏的却是人头骷髅。她的周围全是灾祸:旺德尔夫自焚;富卡尔蒙在中国海上过着凄惨岁月;斯泰内破产了,如今不得不老老实实过日子;拉·法卢瓦兹的痴想得到了满足;米法一家完全破败;乔治的白色尸体旁边,昨天才出狱的菲利普坐着守灵。娜娜散布毁灭和死亡的工作已经完成,从贫民区的垃圾堆里飞起来的苍蝇,带着腐蚀社会的酵素,落在这些男人身上,把这些男人一个个毒死了。这样做很好,很公道,她为她出身的阶级报了仇,为乞丐和被遗弃的人们报了仇。她的女性武器在灿烂的荣光中升华,照射着倒下的被害人,仿佛初升的太阳照射着经过杀戮的战场;她依然像一头无意识的良种牲口一样,对自己的使

---

　　① 拉法格:《左拉的〈金钱〉》,见朱雯等编选:《文学中的自然主义》,上海文艺出版社1992年版,第342—343页。

命一无所知,始终是一个天性善良的妓女。她身体肥胖,健康快活。……她干净利索,肥壮结实,神采清新,好像她从来没有伺候过男人似的。①

在《土地》(1887)中,我们可以领略到:

> 当一头可怜的人类驭兽猝死在广袤的开垦地上,土地连看也没看到。离此几垛草的地方,另一位女人第一次认识了人。野兽的命运。奶牛和女人在同一时刻分娩,靠在同一栅栏内,在土地最沁人心脾的气味中,这种气味是一页有字的纸从来不曾呼吸过的。一头驴子像人一样醉醺醺。……土地像巨人的背脊,爬满了小虫还毫无感觉。小虫的忧患和想望都消失在寥廓的空间。留下的是无垠。留下的是永恒。土地像在时间之外扩展,史诗般的,无边无际的;篇章是永恒的气息,有季节的篇章,暴风雨、阳光、生物、罪恶的篇章……土地永远在运转而不会在哪儿结束。②

繁殖意象之所以特别有趣,是因为金融操作被转换成了性方面的术语。金钱取代地球成为繁殖的源泉,"投机"性行为成为繁殖的手段。它变成了男女之间的游戏,还通过这个产生新的生命。"金钱和性交,同样能够引起一种混合了沉迷感和厌恶感的矛盾的感觉。这是一种不能缺少的恶。虽然它有毒性和毁灭性,但是没有了它,生命会就此停止。它让我们想起了为教会的神父们所珍视的一种观点,他们看到新的生命,在粪便

---

① 左拉:《娜娜》,郑永慧译,人民文学出版社 1988 年版,第 485 页。
② 亨利希·曼:《左拉论》,见朱雯等编选:《文学中的自然主义》,上海文艺出版社 1992 年版,第 492—493 页。

与尿液之间诞生。"①

在《戏剧中的自然主义》(1881)一文中,左拉写道:"小说家不再把人物和他在活动时所处的氛围相割裂,他不像说教式的诗人,例如德利勒那样,只是出于修辞上的需要才做描写。"②在他那种细节纷然杂陈的文学叙事中,或粗线条的勾勒,或精雕细刻的描画,细节密密麻麻地织成一片,淹没了叙事的经纬,而相形之下混沌但却空灵的意象则占据了文本的中心位置,这使得文本充满了浓郁的生命气息、生活氛围和诗情画意。左拉的文学叙事大都出自其深切的生命体验,因而在其文本的上方似乎永远浮动着某种散发着生命温度的"氛围"。他对此总结说:"撷取从你自己周围观察到的事实,按逻辑顺序加以分类,以直觉填满空缺,使人的材料具有生活气息,这是适合于某种环境的完整而固有的生活气息,以获得奇异的效果,这样,你就会在最高层次上运用你的想象力。我们的自然主义小说正是将记录分类和使记录变得完整的直觉的产物。"③在自然主义叙事文本中,意象的弥漫不但代替了观念的穿凿成为内在于文本的统摄力量,而且它还用使自身得以直呈显现的具体"情境"在空间维度上的铺排,置换了传统文本中那种使主题得到解释阐说的故事"情节"在时间维度上的展开,由此在文本表层投放出重要的结构功能。莫泊桑深有感触地说:"一种与显而易见的旧方法迥然不同的创作方法,经常会使批评家们不知所措;他们发现不了所有那些如此纤细、如此隐秘、几乎看不到的线索。现代艺术家已经用这条线索来代替传统作家的唯一手段——情节。"④

---

① Martin Turnell: *The Art of French Fiction*, Hamish Hamilton Ltd., 1959, p. 133.

② Emile Zola: "Naturalism in the Theatre", in George J. Becker, eds.: *Documents of Modern Literary Realism*, Princeton University Press, 1963, p. 225.

③ 左拉:《论小说》,见朱雯等编选:《文学中的自然主义》,上海文艺出版社 1992 年版,第243—244 页。

④ 莫泊桑:《论小说》,见莫泊桑著:《漂亮朋友》,王振孙译,上海译文出版社 1993 年版,第406 页。

第三节　细节的绽放

西方文学在自然主义产生之前,一直很看重情节,这种叙事传统甚至可以一直追溯到西方文学的源头。早在古希腊时期,亚里士多德根据古希腊悲剧与《荷马史诗》的实践就已经指出:在悲剧艺术的六个成分之中"最重要的是情节,即事件的安排","情节乃悲剧的基础,有似悲剧的灵魂;'性格'则占第二位,悲剧是行动的模仿,主要是为了模仿行动,才去模仿在行动中的人"[①]。情节在西方文学叙事中持久不衰的这种重要地位,也许在很大程度上来自如下逻辑:性格是靠情节的展开才得到揭示的,而且性格的发展尚有赖于情节的发展。因此,我们可以看到,直至19世纪中期,西方小说或戏剧,往往都是在给读者或观众叙述一个离奇曲折、引人入胜的故事。

一

在自然主义作家看来,生活是平凡而琐碎的,文学作品对此不该给予任何矫饰。对"真实感"的重视,使得他们本能地反对此前浪漫主义作家撰写离奇的情节。在《谢丽》(1884)一书的序言中,爱德蒙·德·龚古尔写道:读者或许觉得这部小说"缺乏事变、曲折、情节,但依我而言,我还是觉得太多了些";"我要把小说写成像大多数人生活中的内心惨剧那样毫不复杂,把爱情的结局写成像我们大家经历过的爱情那样不会有人自杀……虽然有点比以结婚结束更为恰当,我还是会把死亡当作高级文学

[①]　亚里士多德:《诗学》,见亚里士多德、贺拉斯:《诗学·诗艺》,罗念生、杨周翰译,人民文学出版社1962年版,第23页。

中人们不屑于运用的一种富于戏剧性的手法,从我的作品中加以摒弃。……我相信冒险情节及作品中的阴谋诡计,已被苏利埃[1]、欧仁·苏[2]等本世纪初的大想象家所穷尽了。我的想法是,为了做到完全成为现代的伟大作品,小说的最新发展应是成为纯粹分析的作品"[3]。在《论小说》一文中,左拉表达了与爱德蒙·德·龚古尔完全一致的观点,他说:"现代小说(指自然主义小说——笔者注)由于憎恶复杂和虚假的情节而变得越来越简单;这是对冒险故事、传奇性、令人昏昏欲睡的荒诞故事的一种反拨。人类生活的一页,这就足以引起兴味,引起深深的持久的激动。一点儿人的材料便比任何想象的情节更强烈地掀动你的肺腑。作家只要做出简单的研究,没有曲折的情节,也没有结尾,只有对某个年代生活的分析……"[4]"当代小说越来越趋向于情节淡化,只满足于一个事实,排除了我们的故事作家那种复杂想象。"[5]"小说的妙趣不在于新鲜奇怪的故事;相反,故事愈是普通一般,便愈具有典型性。"[6]

随着传统叙事文学中那种史诗性、戏剧性的历史事件和意识形态冲突让位给了普通人平淡的生活,作家们也不再把塑造某种人物的典型当作创作的中心任务,在自然主义的小说和戏剧创作中,情节冲突在很大程度上被淡化了。自然主义作家很少像以往的作家那样用编造的曲折故事、惊险情节、戏剧性的巧合和突兀奇特的结局吸引读者。想一想福楼拜

---

① 弗雷德里克·苏利埃,法国通俗小说家、戏剧家,著有《魔鬼回忆录》等。

② 欧仁·苏,法国通俗小说家,著有《巴黎的秘密》等。

③ 爱德蒙·德·龚古尔:《〈亲爱的〉序》,见朱雯等编选:《文学中的自然主义》,上海文艺出版社 1992 年版,第 303 页。

④ 左拉:《论小说》,见朱雯等编选:《文学中的自然主义》,上海文艺出版社 1992 年版,第230 页。

⑤ 左拉:《论小说》,见朱雯等编选:《文学中的自然主义》,上海文艺出版社 1992 年版,第253 页。

⑥ 左拉:《论小说》,见柳鸣九编选:《法国自然主义作品选》,天津人民出版社 1987 年版,第778 页。

的《包法利夫人》(1857)、左拉的《小酒店》(1877)、莫泊桑的《一生》(1883),难道这些小说中有什么新鲜别致的故事吗?没有,它们呈现给我们的只是生活的真实原貌:灰色、平庸、凝滞和混沌。拿左拉的《小酒店》来说,小说女主人公绮尔维丝和朗第耶这一线索,本是可以被敷衍渲染成一个很吊人胃口的故事的:小说以朗第耶抛弃绮尔维丝和孩子开篇,但后来朗第耶却又重新杀回了她的生活——不仅在她重新建立起来的家中吃住,而且还重新占有了她。在左拉笔下,这一切都是在平凡、灰色、凝滞、混沌的生活之流中自然而然发生的,既没有悲剧的氛围,更没有浪漫的情调。多么简单、平凡却又真实的生活故事,同作品中对两次家宴不厌其详的描写相比,左拉甚至不愿在这上面花费任何多余的笔墨。在对这一线索的处理上,其笔法的简练和平淡确是到了令人吃惊的程度。

对"真实感"的追求,使自然主义作家把目光投向日常的平凡生活。而真实的生活总是混乱、琐碎、平庸的,五花八门、难以预料、矛盾荒唐、错综复杂的事物与事件充斥其中。显然,把这一切都叙述出来是不可能的,也是没有意义的。这决定了自然主义作家"只能在这充满着偶然的琐事的生活中采撷一些对他的主旨有用的特殊的细节,而把所有其他的一切扔在一边"①。由是,诸多零散的"有意味的"琐碎"细节",取代了总是在承载着"主旨意义"的情节链条上不断上演的重大"事件",成了文本叙事的基本构成单位。情节消弭后细节的彰显,导致故事转折的关键性事件被无关紧要的琐碎细节所取代,自然主义小说家们不再关注"使情节快速推进的事件;而转向描述一个个画面……这些画面展现了一个灰色的、弄人的命运如何将人导向毁灭"②。正因为自然主义文学文本的基础构成

---

① 莫泊桑:《论小说》,见莫泊桑著:《漂亮朋友》,王振孙译,上海译文出版社1993年版,第407页。

② 埃里希·奥尔巴赫:《摹仿论:西方文学中所描绘的现实》,吴麟绶等译,百花文艺出版社2002年版,第548页。

是大量看上去琐屑的生活细节,所以自然主义作家特别强调对生活的"观察"。"没有任何夸张,只有细小的事实,由准确观察所得到的无情的事实。这真实逐渐揪住你的喉咙,达到最强烈的激动。"[①]从对"细小的事实"的观察中达成"最强烈的激动",左拉在这里所强调的乃在观察中对生活的重新发现。自然主义作家相信:在最普通的生活中,在人们习以为常的生活中,隐藏着许许多多尚未得到认知的人之生存真相;这种真相不是散落在生活某个角落里的晶体赤金,而是蕴含在体现为无数最卑微的生活碎片的粗粝矿石之中。用持久、专注、热情的目光去穿透、融化"矿石"中体现为生活假象的杂质,获悉庸常生活琐事中的生存意味,这就是左拉等自然主义作家一再强调的"观察"。"要描写一堆在燃烧着的火和一棵平原上的树,我们就要两眼紧盯着这堆火和这棵树,一直看到这堆火和这棵树在我们眼中和任何其他的火和其他的树有所不同为止。"[②]"自然主义就是对现实的耐心研究,就是观察细节所得的整体。"[③]这种对生活的观察,是自然主义作家突破各种理论成见获得独特的、真切的生命体验的基本途径,也是他们独创性的来源。

在一个不知名的乡镇上发生的并不稀奇的婚外情故事所呈现出的强烈的悲剧感,深刻体现出福楼拜对平庸的精细描写带给读者的强大张力。左拉对福楼拜的《包法利夫人》赞不绝口:"每个细节描写得准确而生动,就是这部作品具有不同于所有其他想象作品的动人的强大魅力之奥秘所在。"[④]福楼拜对细节的着笔,给读者带来深刻冷峻的真实感,仿佛其正在

---

①　左拉:《论小说》,见朱雯等编选:《文学中的自然主义》,上海文艺出版社 1992 年版,第228 页。

②　莫泊桑:《论小说》,见莫泊桑著:《漂亮朋友》,王振孙译,上海译文出版社 1993 年版,第 412 页。

③　于斯曼:《试论自然主义的定义》,见朱雯等编选:《文学中的自然主义》,上海文艺出版社 1992 年版,第 326 页。

④　左拉:《法国六文豪传》,郑克鲁译,安徽文艺出版社 2011 年版,第 172 页。

经历充满偶然性的生活本身。他对每一处平庸之物的描写,都非速写画匠那样粗略描绘,而是如工笔画家一样认真细致地描摹。据左拉所述,福楼拜桌上的笔记叠成了山,所含的材料足以写出十本大开本的作品来,但是福楼拜对于这些材料运用得极为克制,一页材料往往只提炼出一句话来。左拉挪揄福楼拜本可以一年写出一本书,福楼拜之所以五年才写出一本书,是因为其余四年都在查阅资料和精简文字。左拉在谈到对福楼拜的印象时称这位前辈:"在阳光下唯一重要和永恒的事就是写出一个完美的句子。"①正是因为这种精细与节制的结合,福楼拜才能写出最凝练的人物语言和最精确的形象。例如《包法利夫人》中的新娘捧花和唱歌的盲人、《情感教育》中几经周转的小小银盒等,这些看似不经意的小细节串联了主人公从头到尾的生活经历。

自然主义者坚持认为应该使文学的立足点重新回归自然。左拉声称:"自然即是一切需要;必须按本来的面目去接受自然,既不对它做任何的改变,也不对它做任何缩减。"②这里所强调的是艺术不得"改变"或"缩减"自然或生活的"本来面目",强调作家不得背弃自然主义判断作品是否具有艺术价值的首要标准——"真实感",而绝非意味着要用生活代替艺术或要将原生态的生活直接移植到文本中。生活总是以其固有的形态或平淡或急骤地流逝,而艺术世界则不同,它必须赋予粗糙、混乱的生活以精致、均衡的秩序。文学文本中的细节,显然不同于生活中的偶然事件,它必须超越生活层面的平凡庸常、矛盾悖谬,显得生机勃勃、情趣盎然。这要求作家不仅要有善于发现"细节"的眼睛,还必须有能够赋予其意味与活力的高超叙事技巧,即作家要善于精心设置一些巧妙和隐秘的转变,以独特的结构突出主要事件,而对其他事件则根据各自的重要性有选择

---

① 左拉:《法国六文豪传》,郑克鲁译,安徽文艺出版社 2011 年版,第 208 页。

② Emile Zola:"Naturalism in the Theatre", in George J. Becker, eds.: *Documents of Modern Literary Realism*, Princeton University Press, 1963, p. 207.

地使用,从而确保作品整体上的真实感与感染力。自然主义小说的耸人听闻,尤其是它的暴力和性,有一种比通俗小说煽动情欲更深刻的吸引力。"自然主义小说中人物和事件的超常性创造了象征和寓言的可能性,因为具体和超常的组合即暗示着超越表面的意义。自然主义因此与浪漫主义密切相关,它依赖于耸人听闻的象征主义和寓言。"①对此,莫泊桑写道:"倘若作家想把一个人十年的生活包括在一本三百页的书里,指出它在环境之中所具有的独特意义是什么,那他就一定要懂得怎样在无数的日常生活琐事中剔除对他无用的事情,而用一种特殊的方法突出表现那些被迟钝的观察者所忽视、然而对作品却有重要意义和整体价值的一切。"②而左拉则称:自然主义文本所能描述的,只能是由作家基于自己的气质、个性所筛选出来的特殊的生活"片断"。"小说家满足于展现他从日常生活撷取的图景,在对细节的描绘中确立文本的整体感,从而让读者获得真切的感受,并由此开启他们的反思。自然主义的方法全在这里。作品只不过是对人和自然的强有力的追叙。"③亨利·詹姆斯很早就对左拉小说中缤纷绽放、精确传神的细节描写给予了高度评价。他称《小酒店》中的细节描写乃"描写风俗习尚的里程碑",不但"场面宏伟","生动如画","宛若荷马的手笔",而且"每一个细节都处理得很好","无懈可击",让人恍若亲历。他赞扬"左拉的雄才大略表现在他能从容地周旋于浅薄的及单纯的事物之间,我们当然也能看到,当(细节)价值很小的时候,就需要许多项目和组合才能构成一个总和"。他认定,经由别具一格的细节描写,左拉在西方小说叙事中已经"建立起一套新的措施和标准,具有新

---

① Donald Pizer: *The Theory and Practice of American Literary Naturalism: Selected Essays and Reviews*, Southern Illinois University Press, 1993, p. 15.

② 莫泊桑:《论小说》,见莫泊桑著:《漂亮朋友》,王振孙译,上海译文出版社1993年版,第406页。

③ 左拉:《论小说》,见朱雯等编选:《文学中的自然主义》,上海文艺出版社1992年版,第227页。

的生动性和精准性。从那一刻起,处理情节的老一套琐碎平凡和贫乏虚弱的方式,对于稍有才华和稍具自尊心的小说家来说,就变得不再适应了"①。显然,作为现代小说的重要奠基人和杰出的小说理论家,詹姆斯已经敏锐地意识到:左拉小说中这种非同寻常的细节描写意味深长,它表征着西方叙事文学从传统向现代的转型。

二

巴尔扎克和托尔斯泰等传统西方作家,总是按照某种"整体性""必然性"的"逻辑"规则叙述某个承载着人物性格、心理、命运的事件或故事,因此我们有理由推定:这些作家肯定大致相信世界与人生、心理与命运等都总是合乎某种"整体性""必然性"的"逻辑",而且他们本人像上帝一样清楚地洞悉这套"整体性""必然性"的"逻辑"运行机制。如果没有创世的上帝,那就是作家本人创造了这套"整体性""必然性"的"逻辑"。

反对从真实人生中"提炼"出不免虚假的情节和故事,自然主义作家创制了别具特色的"生活小说"。"情节"这一传统作家最为倚重的叙事元素在自然主义叙事中趋于瓦解,代之而起的则是"细节"在文本中的沛然绽放。左拉对传统作家受形而上学及社会意识形态观念主导在文本中所表现出来的那种"必然性"逻辑殊为不满。他高叫:"形而上学的人已经死去,由于对象已经成了生理学上的人,文学领地的面貌当然也就全然为之改观。"②在对左拉的评论中,卢卡契对其创作中"偶然性"的释出曾做过很多阐说。他认为在左拉的叙事文本中:"隐喻被膨胀成为现实。一种偶

---

① 亨利·詹姆斯:《爱弥尔·左拉》,见朱雯等编选:《文学中的自然主义》,上海文艺出版社 1992 年版,第 441—442 页。

② Emile Zola: "The Experimental Novel", in George J. Becker, eds.: *Documents of Modern Literary Realism*, Princeton University Press, 1963, p. 196.

然的特征，一种偶然的类似，一种偶然的情调，一种偶然的凑合，居然成了巨大社会关系的直接表现。"①因此，自然主义那种混成的、浑融的"小说的情节只是这样构成的，其中偶然事件被选择并且安排来按照某种和谐的发展顺序而依次发生。偶然事件本身都是平平常常的。……一切异乎常情的虚构都被排除掉了。……故事只是叙述日常发生的事情而不以出奇制胜的方法来展开"②。卢卡契最终得出的结论是，"按照事物的必然性还是按照它们的偶然性来塑造这些事物"乃左拉那种自然主义叙事与传统西方文学叙事的重要区别。③

　　斯特林堡热衷于通过"多种情况"来设定朱莉的行为，经由偶然性与多元解释塑造了一个真正的自然主义人物。相比于其笔下的大部分女性人物，其对朱莉的描写更为客观，其他的女性人物几乎都是他因报复性厌女而塑造的概念性对象。或许，更确切地说，朱莉被描绘得也没有那么客观——因为斯特林堡几乎从未达到过真正的客观——正如她是斯特林堡带着厌恶和同情两种情绪所描绘出来的。在剧本正文及序言中，斯特林堡都强调过，朱莉饱受遗传和环境的折磨，她是一个试图与自己本性抗争的悲剧性人物。在该剧的序言中，他罗列了造成朱莉悲惨命运的诸多原因——

　　　　朱莉小姐的悲惨命运是由多重情况造成的：母亲的本能；父
　　亲对她的不正当教养；她自己的天性；她未婚夫懦弱、颓废的迹
　　象；更深层、更直接的是——仲夏夜的节日气氛；她父亲的缺席；

　　①　卢卡契：《叙述与描写》，见朱雯等编选：《文学中的自然主义》，上海文艺出版社 1992 年版，第 488 页。

　　②　卢卡契：《左拉诞生百年纪念》，见朱雯等编选：《文学中的自然主义》，上海文艺出版社 1992 年版，第 470 页。

　　③　卢卡契：《叙述与描写》，见朱雯等编选：《文学中的自然主义》，上海文艺出版社 1992 年版，第 488 页。

她的生理期;她对小动物的爱护;舞会的激情感染;夜的昏暗;鲜花的强烈催情作用;以及最后迫使两人共处一室的机会,加之性兴奋的男人所具有的侵略性。①

"偶然性"爆炸炸出的现代叙事源自世界乃有机有序整体这一观念的崩溃,旨在粉碎的也是那种在虚妄之中沉睡了数百年的那一整套理性主义的观念体系。世界是荒谬的,它不再是理性观念系统所称的有机整体,而只是满地鸡毛,一堆碎片。而正是这些"鸡毛"与"碎片",在现代叙事文本中绽放为有着丰富审美意蕴的"细节"。反过来说,细节的缤纷绽放,决定了现代叙事必然要在很大程度上谋求摆脱"必然性"逻辑,而在"偶然性"中寻求出路。在西方传统文学叙事中的"必然性"原则向现代主义叙事之"偶然性"原则的转型中,自然主义文学叙事显然乃两者之间不可或缺的重要环节。

第四节 "断片连缀结构"的释出

在西方,传统的叙事作品中,总是有一个一以贯之的完整的故事情节,在结构上大都呈现出一种有序的"直线形格局"。人物自始至终,由生到死,性格一步一步向前发展,情节由开始、展开到进入高潮直至结局,随着矛盾的解决而收尾。在这一过程中,时间的顺序、空间的联系,是作家为使自己的故事显得圆满可信且合乎情理而恪守的一种理性逻辑法则。传统作家间或也使用倒叙或插叙,但其作为一种辅助性技法则必须以不

---

① Borge Gedso Madsen: *Strindberg's Naturalistic Theatre : It's Relation to French Naturalism*, Muksgaard, 1962, p. 77.

影响作品的整体结构为限度。"直线型"结构是一种整体贯穿,具有不可间断性和封闭性,显得极其严整,充满刚性。在一部作品中,每一章每一节都是整体组织中不可或缺的有机组成部分。如果将其中的任何部分挪动或删削,作品的情节便会遭到破坏,结构便会脱节破碎。显然,这种结构模式,是作家在创作时对情节苦心孤诣巧妙安排的结果。

西方传统叙事这种前后连贯严谨的"线型结构",在19世纪中后期那场主要在叙事文学领域展开的自然主义文学运动中趋于瓦解。

一

自然主义作家要写的是真实的生活,而生活真实的形态一般只不过是一系列小事的堆积。情节淡化了,这就使自然主义作家很大程度在布局结构上失去了凭依,那么,他们又是怎样来建构他们的作品的呢?

左拉的回答是:"小说家只要把事件合乎逻辑地加以安排。从他所理解了的一切东西中间,便产生出整个戏剧和他用来构成全书骨架的故事。小说的妙趣不在于新鲜奇怪的故事;相反,故事愈是普通一般,便愈有典型性。使真实的人物在真实的环境里活动,给读者提供人类生活的一个片段,这便是自然主义小说的一切。"[1]莫泊桑比左拉说得更为明确:"布局的巧妙绝不在于激动人心或富有情趣的情节展开,也不在于有一个使人看了欲罢不能的开端或是有一个惊心动魄的收煞,而在于把那些可信的小事巧妙地组合在一起以表现作品确定的含义。"[2]自然主义作家大都认定,生活里随处都有数不清的艺术素材,但艺术品的诞生在根本上来说却取决于对这些素材的艺术处理:重要的不是情节,而是对生活的艺术加

---

[1]　左拉:《论小说》,见柳鸣九编选:《法国自然主义作品选》,天津人民出版社1987年版,第778页。

[2]　莫泊桑:《论小说》,见莫泊桑著:《漂亮朋友》,王振孙译,上海译文出版社1993年版,第406页。

工。在排斥了妨碍形象真实展现的浪漫主义因素之后,自然主义作家不再把布局安排的重点放在杜撰和展开一个多少有些紧张的情节上,而是放在了从现实中选择采撷出来的一系列小事的逻辑展开上。把生活中的若干小事巧妙地组合起来,这使得自然主义小说和戏剧在结构上的基本格局呈现为一种"断片的连缀"。

在自然主义的奠基作《包法利夫人》中,福楼拜率先使用了这种结构方法。《包法利夫人》好像是由几个单独的故事组成的,每一个故事的中心都是关于爱玛同一个男人的关系:爱玛和查理、爱玛和赖昂、爱玛和罗道尔弗。在对爱玛同这三个男人的关系分别进行描写时,福楼拜所看重的也只是一些平淡无奇的小事。爱玛只是一个没有得到满足而苦闷的女人,查理、赖昂、罗道尔弗也都是平庸透了的男人;除了爱玛最后的自杀,全书没有任何重大事件和行动,丝毫不具浪漫小说那种离奇曲折、跌宕起伏的戏剧性和风花雪月、诗情画意的矫情。

"断片连缀式"的结构格局是一种组合,虽然基本保持了时空关系上的有序性,但在时间关系上已获得了一种可间断性,在空间关系上已获得了一定程度的独立性,因而已不再像直线型的结构格局那样严谨周密,在形式上略见松散。在《包法利夫人》中,爱玛同三个男人的关系(实际上是三个故事)彼此之间并没有一种逻辑发展上的因果关系,把其同赖昂或罗道尔弗的关系(故事)中的任何一个抽掉或者彼此换位,作品的结构并不会受到解体以致破碎那种程度的损害。同时,作品中的地点转换也开始有了较大的随意性,地点与地点之间也不再有明确的线索串联。《情感教育》一直为读者所诟病的是它的结构过于松散,读者找不到故事的高潮和矛盾发展的顶点,福楼拜仿佛罗列资料一样陈述了一系列事件:沉闷的拜访、虚伪的聊天、空洞的高谈阔论、连续的访问、无聊的舞会、不详细的革命事件、失败的演说、没有结果的决斗、乏味的散步、辗转的情妇、心不在焉的旅行……一连串的生活素材构成了这本书的内容,感到乏味单调的读者并不能怪罪到作品结构上去,因为作品所揭示的人生之本质就是平庸的和沉闷的。《情感教育》整本书都弥漫着一股烦躁沉闷的氛围,以至于读者很容易认为这本书"令人厌烦得要命"①。实际上,这种普遍的沉闷感正是福楼拜时期的普遍氛围。1844 年 6 月 7 日,他致信问朋友路易·科姆南:"您体验过烦闷吗? 不是一般的、平常的烦闷——此种烦闷来自游手好闲或疾病,而是那种现代的、腐蚀人内心的烦闷……啊! 假如您也体验过这种极易蔓延的恶劣心情,我真会同情您。"②

这种结构形态的改变,使以往只能紧紧围绕故事主干展开的叙述获得了相当程度的自由。由于时间关系的可间断性,作家常常可以为了最大限度地展现生活的真貌而旁枝斜出,放笔去对一些看上去貌似无足轻重的生活细节进行刻意的雕琢,作品因此也就平添了不少富有生机的生活气息。总体来看,在自然主义的小说和戏剧中,纵向情节主干明显被削弱甚至消解了,而横向的细节枝叶却蔓延丛生。福楼拜在《包法利夫人》中对"农业展览会"的那段详细描写,在很大程度上已经开启了左拉对"家庭宴会"(《小酒店》)那种恣肆于细枝末节描写的先河。

"断片连缀式"结构格局还改变了"直线型结构"的那种封闭性,而使作品获得了很大的开放性。基于现实的生活形态是一种绵延不断的流,自然主义作家对传统作品中那种往往体现着叙事者观念的故事的收结方式颇不以为然:"那位把始终是粗糙乏味的现实改头换面,从中提炼出一个不同寻常的、引人入胜的故事的小说家,必然不会过多地去考虑真实性。"③与传统作家在故事的结尾总要就主人公的命运向读者做出一个

---

① 左拉:《法国六文豪传》,郑克鲁译,安徽文艺出版社 2011 年版,第 202 页。
② 左拉:《左拉文学书简》,见福楼拜:《福楼拜小说全集》(下),刘益庚、刘方译,人民文学出版社 2002 年版,第 435 页。
③ 莫泊桑:《论小说》,见莫泊桑著:《漂亮朋友》,王振孙译,上海译文出版社 1993 年版,第405 页。

"结论性"的交代(例如,狄更斯笔下开始就受难的正面主人公总会有好报,而开始就嚣张的反面人物则总会有恶报)不同,自然主义小说往往更习惯于在叙事结束的地方,仍然让主人公的命运悬在"不确定"的空中。除了死亡,他们作品中的主人公在作品结束时往往仍在半空中持续着那种永远平庸无奇的生活。在德莱塞的《嘉莉妹妹》中,主人公嘉莉先后经历了三种生活环境:姐姐的工人家庭,推销员在芝加哥的住处,在纽约的困顿和成功。不管在哪里,她都受环境力量的摆布,随波逐流,毫无选择余地。小说最后以嘉莉坐在摇椅里茫茫然、无所适从地摇来荡去而戛然而止。这种开放性的结尾在自然主义戏剧中就更为常见。戏剧家易卜生说:"我们看到的大多数是人类的争端……戏剧并不以第五幕幕布落下为终结,真正的结局在这个范围之外。"[1]同为自然主义戏剧家的霍普特曼也指出:"真正的戏剧本身是没有结尾的,它是一场无休止的持续的斗争。在某件事发生的刹那,剧本结束了。因为我们不得不给予每个剧本一个结尾,一个解决办法。从这个意义上来说,戏剧本身就是公式化、概念化的。"[2]易卜生《玩偶之家》(1879)的结尾自然是众所周知的了;在霍普特曼《织工》(1892)的结尾,起义并没有完全失败,队伍也没被官兵打垮,只有"不间断的'乌拉'喊声渐渐远去"这句舞台提示暗示工人的斗争并没有结束。

"断片连缀式"的结构方法,在很大程度上是按照日常生活的形态和逻辑来建构作品的。它看上去貌似平直简单,事实上却需要作家更多独运的艺术匠心。从庸腐沉滞的生活里提炼出芬芳空灵的艺术之花,这绝不是一件轻而易举的事情。就传统叙事作品那种有序的"直线型结构"的

---

① 杨执东:《霍普特曼早期剧作中的创作方法问题》,见柳鸣九主编:《自然主义》,中国社会科学出版社1988年版,第249页。
② 杨执东:《霍普特曼早期剧作中的创作方法问题》,见柳鸣九主编:《自然主义》,中国社会科学出版社1988年版,第249页。

崩溃而言,自然主义叙事文本的"断片连缀式"结构乃一个开端。自然主义的"断片连缀式"结构的"可间断性"在现代主义那里完全开放,"可间断性"就变成了一种频率甚高的"跳跃性"。自然主义小说和戏剧中那种纵向情节主干削弱、横向枝蔓却丛生簇长的结构特征实乃现代主义那种"立体结构"的最初形态。

二

随着"情节"的瓦解,时间在叙事作品中对事件的组织结构功能日益衰退,而随着"细节"的缤纷绽放,对这些"细节"的空间措置方式也就日益成为作家在叙事展开过程中殚精竭虑、最费心力的问题。自然主义作家不再重视"讲述使情节快速向前推进的事件;而转向描述一个个画面……"[①]。在体现为"断片连缀式"的叙事结构中,通过对"情境"这一新的功能性结构元素的创设,自然主义的叙事作品开创了以"生活情境"为主的"空间性结构"形态。

在《包法利夫人》中,福楼拜第一次大规模地尝试运用这种叙事结构。福楼拜带我们进入观众的视角,展会中参议员、主席、药剂师、药房老板和村妇们忙忙碌碌、熙熙攘攘、嘈杂不绝的画面呈现在观众面前,令人眼花缭乱;而另一边,爱玛和罗道尔弗却在相互撩拨、暗通情愫,她感到"全身软绵绵的,回想起了沃比萨尔那位请她跳华尔兹的子爵,他的胡子也像这些头发一样,有一股香草和柠檬的气息;她情不自禁地眯起眼睛,想要更真切地闻到这股气息……一切都变得模糊起来,仿佛阵阵云雾在眼前掠过;她似乎还在跳着华尔兹,在枝形烛灯的光影里,由子爵挽着不停地旋转,而莱昂也离得不远,他就要过来了……然而她又始终感觉得到罗道尔

---

① 埃里希·奥尔巴赫:《摹仿论:西方文学中所描绘的现实》,吴麟绶等译,百花文艺出版社 2002 年版,第 548 页。

弗的头在她旁边。于是这种甜蜜的感觉渗入了昔日的渴念，犹如被阵风扬起的沙粒，在弥散心头、令人陶醉的芳香里旋转飞舞……而与此同时，她透过太阳穴汩汩的脉搏声，听见了人群中嗡嗡营营的嘈杂声响，以及参议员那单调的演讲声……"① 福楼拜事无巨细地把一切记录了下来，把爱玛仿佛被粉色玫瑰环绕、置身于奇幻小说中的浪漫感觉，与庸俗市侩、杂乱吵嚷的展会和人群融合起来，这是对爱玛"浪漫症候"和小镇庸俗风气的双重讽刺，达到了高度真实的效果。拆开来看，作者成功运用了类如当今电影中"蒙太奇"（Montage）的切换手法来铺排"农业展览会"一节的叙事，洋洋洒洒的笔触在三个空间层面上同时展开：第一层，写汹涌的人群、展览会上的家畜；第二层，写主席台上的演讲人在那里煞有介事地倾吐陈词滥调；第三层，写女主角爱玛与她的情人罗道尔弗在角落里"情话绵绵"。这里，每件事情看上去都是同时进行的，读者仿佛可以听见牲畜发出的声音，可以听见那对"恋人"的窃窃私语，同时还可以听见官员们那平庸透了的夸夸其谈。福楼拜大胆地打破传统叙事中"线性时间序列"的限制，将三组人、三种细部场景同时置放在一个大的共时性空间情境中，让叙述来回穿梭，轮流反复。空间之广延性得到自由伸张，时间之流动性却被凝滞，不同的场景细节、行为细节及看上去没有关系的人与事被一并植入某个特定的充满张力的"情境"之中，这就是自然主义小说叙事结构上的"情境"性空间结构模式。在这里，所谓"情境"是指渗透了人之生命"情感"的"环境"，即"人"与"环境"相遇所形成的情感性的空间。

在急剧变革的时代，左拉等自然主义作家对世界和人都有了某种新的现代意识。在时空观念上，这种现代意识的具体表现便是对空间—环境因素重要性的强调。"人不再像 17 世纪人们所理解的那样，仅是理性的抽象物；他是时时刻刻都有自己鲜活思想的动物，是大自然中的一个分

---

① 　福楼拜：《包法利夫人》，周克希译，上海译文出版社 2007 年版，第 144—145 页。

子,受到他所生长和生活的总体环境的影响。这就是何以某种气候、某个国家、某个具体的环境、某种生活条件往往对人都会有举足轻重的作用。"①因此,左拉称,"我们认为人不能脱离他的环境,他必须有自己的衣服、住宅、城市、省份,方才臻于完成;因此,我们决不记载一个孤立的思维或心理现象而不在环境之中去找寻它的原因和动力"②。显然,在左拉看来:我们的世界并不是作为人的"对立面"的"对象",而只是作为人的"境遇"的"环境";世界并不是给定的事实,而只有人与世界的交合——人是世界的一个组成部分,世界反过来也是人的一个组成部分——才是给定的事实。在人与世界的交合中,人既作为世界的构成性元素被动地、适应性地"承受"(Undergo)来自我外世界即所谓"环境"的刺激作用,又作为由世界/环境作为构成性元素之一的整体在主动的行动(Do)中给世界/环境以回应性的影响。这种相互的作用,使世界和人都永远处于动态的过程之中,即人的不断生成与世界的不断变化。

自然主义文学所要表现的正是人在其与世界交合的具体"境遇"或"情境"中所绽放出来的生命感受,而不再是那种经由"情节"得以向读者派发的抽象观念。"小说家遵循着现实,向这个方向展示场景,同时赋予这场景以特殊的生命……这便是在对我们周围的真实世界做个性描绘时构成独创性的方法。"③各式各样的人物、缤纷绽放的细节在左拉所谓"环境描写"所构成的"情境"性空间或错落铺排或并置叠加,纷至沓来的诸多印象性的生活"碎片"在自然主义文学叙事中共同奏出了"混成""浑融"的生命交响。由是,"情境"成了自然主义叙事作品结构中最具效力的功能

---

① Emile Zola:"Naturalism in the Theatre",in George J. Becker,eds.:*Documents of Modern Literary Realism*,Princeton University Press,1963,p. 225.

② 左拉:《论小说》,见柳鸣九编选:《法国自然主义作品选》,天津人民出版社1987年版,第788—789页。

③ 柳鸣九:《自然主义文学巨匠左拉》,见柳鸣九主编:《自然主义》,中国社会科学出版社1988年版,第43页。

元素;自然主义作家正是由此出发,创造性地用"情境性空间"结构模式置换了传统叙事中与"情节"相契合的那种"线性时间"结构模式。因为这种结构模式的创新,自然主义作家手中的笔似乎突然变成了乐队指挥手中的那根魔杖,显现出了驱动民众、驾驭细节的神奇效能。就左拉的小说创作而言,很多评论家早就注意到他似乎特别不擅长围绕某种"典型性格"的塑造来展开那种传统的"线型"叙述,而更善于对喧闹混乱的场面或各种生活情景按照绘画风格来进行"横断面"的描写。在进行这种描写时,他挖掘充满生活气息与饱含人情味的细节,以惊人的生动性与准确性加以描绘,并别具匠心地将它们组合在一起。从《小酒店》中底层市民的婚礼及生日宴会到《娜娜》中的舞台演出,再到《萌芽》中的罢工场面,这方面的例子可谓比比皆是。亨利·詹姆斯很早就注意到:"《卢贡—马卡尔家族》这套小说中所处理的事情都是涉及群众的。……《卢贡—马卡尔家族》小说中的画面都是熙熙攘攘的群体:阶级、人群、混乱、运动、工业……"①在1878 年 4 月 26 日写给左拉的信中,当时的法国文坛盟主马拉美对《爱情的一页》(1878)中的环境描写称道不已:"我非常欣赏你笔下的背景:巴黎和它的天空,它们同历史本身一起交替,充满厚重的美学意蕴;而且有着无可比拟的繁复和描绘的清晰。这使得读者不会有一刻离开你的作品,因为你给他们提供了视野和远景。"②拉法格则将类似的评价更为宽泛地赋予了所有自然主义作家:"福楼拜、左拉、龚古尔兄弟,以及自以为要在文学中扮演重要角色的大多数小说家,乐于做神采焕发的描写,这种描写令人想起钢琴能手的动人的弹奏。这往往只是以日常生活为题材……"③

---

① 亨利·詹姆斯:《爱弥尔·左拉》,见朱雯等编选:《文学中的自然主义》,上海文艺出版社 1992 年版,第 435 页。

② 拉法格:《左拉的〈金钱〉》,见朱雯等编选:《文学中的自然主义》,上海文艺出版社 1992 年版,第 336 页。

③ 拉法格:《左拉的〈金钱〉》,见朱雯等编选:《文学中的自然主义》,上海文艺出版社 1992 年版,第 338 页。

三

法兰克福学派(Frankfurt School)的一些批评家将传统文学作品的结构特征描述为一个"统一体"：结构原理支配着部分，并将它们结合成一个单一的整体；作品总是谋求整体的印象，其中的个别成分只有在与整体相关时才具有意义。在传统作品中，作者想要表达的政治或道德的内容必然从属于作品之整体的统一性，并且充当了这一整体的灵魂。这意味着在传统的文本中总是存在着外在于"形式—内容整体"的观念介入并对其起破坏作用的危险。更严重的后果则如阿多诺所反复表述的那样：具有整体统一性的文本不是在揭示现实社会的矛盾，而是在以其形式本身增强世界是一个整体的幻觉。

事实上，结构上这种对完整"统一体"的追求，在西方文学的叙事传统中刚刚形成时，古代希腊便已经形成。亚里士多德在《诗学》第七章中说："按照我们的定义，悲剧是对于一个完整而具有一定长度的行动(一件事物可能完整而缺乏长度)的模仿。所谓'完整'，指事之有头，有身，有尾。所谓'头'，指事之不必然上承他事，但自然引起他事发生者；所谓'尾'，恰与此相反，指事之按照必然律或常规自然地上承某事者，但无他事继其后；所谓'身'，指事之承前启后者。所以结构完美的布局不能随便起讫，而必须遵照此处所说的方式。"[①]在第八章中，他进一步明确说："在诗里，正如在别的模仿艺术里一样，一件作品只模仿一个对象；情节既然是行动的模仿，它所模仿的就只限于一个完整的行动，里面的事件要有紧密的组织，任何部分一经挪动或删削，就会使整体松动或脱节。某一部分要是可

---

① 亚里士多德：《诗学》，见亚里士多德、贺拉斯：《诗学·诗艺》，罗念生、杨周翰译，人民文学出版社1962年版，第25页。

有可无,并不引起显著的差异,那就不是整体中的有机部分。"①亚里士多德对叙事结构必须是一个具有"整一性"的"统一体"的要求,成为后来"三整一律"或"三一律"的根据。

如何处理文本世界的统一,这显然也是自然主义作家从一开始就非常关注的问题。弗兰克称:"福楼拜的小说不像现代诗一样由典故、意识的碎片堆砌而成,而是每个层次上的行为是一个统一体;它们相互混杂,最后却由强烈的反讽连在一起。"②左拉认为传统的文学"纯然是一种精神的娱乐消遣,一种机智的空谈诡辩,一种遵守某种法则的平衡与对称的艺术"③。而自然主义文学则是反人为平衡、反机械对称的艺术。在《戏剧中的自然主义》一文中,左拉对评论家夸赞小仲马的剧本《私生子》(1858)结构如何均衡、匀称、完美殊为不满和不屑,他轻蔑地将这样的作品称为"玩具"与"七巧板游戏",并讥讽说:"天啊!看这件家什的做工有多精美啊——刨得平、嵌得巧、胶得牢、钉得紧!这真是一个好得不能再好了的机械装置啊,部件与部件间严丝合缝,一个部件带动另一个部件,流畅平滑,恰到好处……不过,我对钟表没有兴趣,我倒是更喜欢真实。是啊,这确是一台出色的机器。但我宁愿它有丰饶的生命,有它的颤动、宽阔和力量。"④针对此种情形,左拉大声疾呼:小说家只应该"满足于展现他从日常生活撷取的图景,在对细节的描绘中确立文本的整体感,从而让读者获得真切的感受,并由此开启他们的反思。自然主义的方法全在

①　亚里士多德:《诗学》,见亚里士多德、贺拉斯:《诗学·诗艺》,罗念生、杨周翰译,人民文学出版社1962年版,第28页。

②　Joseph Frank，"Spatial Form in the Modern Novel"，in John W. Aldridge, eds.：*Critiques and Essays on Modern Fiction*，The Ronald Press Company，1952，p. 44.

③　Emile Zola："Naturalism in the Theatre"，in George J. Becker, eds.：*Documents of Modern Literary Realism*，Princeton University Press，1963，p. 228.

④　Emile Zola："Naturalism in the Theatre"，in George J. Becker, eds.：*Documents of Modern Literary Realism*，Princeton University Press，1963，p. 228.

这里"①。显然,对细节的重视,使自然主义作家对传统文本坚守的那种结构上的"整一"论持激烈的否定态度。在自然主义文本中,细节之间缺乏明显的逻辑关联,即它们不再服从线性因果律在纵向时间链条上的展开,而主要服从于现实并转而在空间的横断面上铺开;由此,其效果或意义的释出,不再受制于叙事者的某种观念意图而被设想为依赖自身,即它们作为单个因素具有独立的审美合法性。由是,对各种实验性叙事技巧的重视已然成为自然主义小说的一个重要特征。弗兰克·诺里斯在1896 年写道:"自然主义故事中的人物一定会遭遇可怕的事情。"②单个因素不必再从属于一种必须指向有机整体的组织原理,这绝不仅仅意味着叙事的解放,更表征着文学放弃了通过观念叙事再造社会整体的可能。自然主义通过这一艺术策略,既弥补了同时代唯美主义自绝于社会现实的不足,又将文学从日益凝固成为僵死体系的社会意识形态中成功地剥离出来,宣告了一种新的艺术介入类型或一种新的艺术介入模式的诞生。

马克思主义批评家卢卡契很早就指出,自然主义作家倾力于细节而相应地放弃整体视角的做法,在先锋派那儿达到了顶点。除去将这一历史性的发展解释为西方文学的"衰退"与"颓废"而不被接受,应该说,卢卡契对西方文学发展的观察与描述都是准确的。从观念统摄之下的严密、严整的整体,到心理活动的随意漫游和自由穿插,在文学文本结构从线性历史时间向瞬时心理空间的转换过程中,自然主义那种由感觉、体验的释放所带来的细节丛生,显然是一个过渡。

---

① 左拉:《论小说》,见朱雯等编选:《文学中的自然主义》,上海文艺出版社 1992 年版,第227 页。

② Donald Pizer: *The Theory and Practice of American Literary Naturalism : Selected Essays and Reviews*, Southern Illinois University Press, 1993, p. 15.

第三章

"真实感"：自然主义文学本体论

经由对"真实感"和"个性表现"的强调,自然主义作家事实上已经创造了一种新的"文学本体论",对此笔者尝试着将其命名为"显现说"。"显现",就是与世界融合的"作家主体"在文本中所达成的"再现"与"表现"的融合,它由体验而非观念主导,其最终达成的乃是一种笼罩着情感的意象呈现而非透显着理性的观念阐说。与前自然主义的"模仿"或"再现"相较而言,自然主义之"显现"所投射出来的只是一种"真实感"。此种"真实感"是在个体之人与世界的融合中达成的,并由此获得了它自身特有的一种"真实"品质——它并非纯粹客观的现实真实,而只是感觉中的现实真实。"显现说"所导出的文本自足观念及对读者接受维度的重视,乃是西方现代文学形态形成的基本标志。

第一节 "真实感"

与前自然主义"模仿"或"再现"的"真实"相比较,自然主义之"真实感"是在个体之人与世界的融合中达成的,并由此获得了它自身特有的一种"真实"品质——它并非纯粹客观的现实真实,即既非绝对真实的现实,又非绝对现实的真实,而只是感觉中的现实真实。由此,"模仿论"或"再现说"的"本质真实"就被颠覆了一半,同时也保留了一半。同时,"真实感"也有着自己特有的"主体"意识——它并非纯粹主观的主体情感意向,即既非绝对情感的意向,又非绝对意向的情感,而只是与世界融为一体的"真实"的情感意向。这样,浪漫主义的"情感表现说"中的那种绝对主观的"情感主体"便被吞没了半侧身子,又保留了半侧身子。经由"真实感",自然主义颠覆了在西方文学史上源远流长的"再现论"与浪漫主义刚刚确立不久的"表现说"。相对于"模仿论"对"本质"的坚定信仰或浪漫主义对"超验主体"和世界一致性的断言,自然主义(及后来的现代主义)所强调的是对"本质"和"超验"的"悬置"及其所释放出来的"怀疑";而相较于"模仿论"对"自我理性"的高度自信或浪漫主义时常宣称的"绝对自我"与世界的对立,自然主义所强调的则是面对世界的"谦卑"与"敬畏"。

一

在左拉看来,现代主义作家最重要的品质便是"真实感"。"今天,小说家最高的品格就是真实感。"[1]

而左拉所谓"真实感"是什么呢?——"真实感就是如实地感受自然,如实地表现自然。"[2]显然,自然主义作家与其所反对的浪漫派作家都主张"返回自然",但这个命题中的"自然"之所指却各有侧重。其一,华兹华斯等浪漫派作家坚信"自然是我们的家",这不仅是因为外部世界与人的心灵相契合,更是在说我们所得到的都来自我们自己,唯独在我们的生命中自然才存在;相比之下,自然主义作家念兹在兹的"自然"似乎要更现

---

[1] 左拉:《论小说》,见柳鸣九编选:《法国自然主义作品选》,天津人民出版社 1987 年版,第 778 页。

[2] 左拉:《论小说》,见柳鸣九编选:《法国自然主义作品选》,天津人民出版社 1987 年版,第 778 页。

实、更客观一些,至少在表面上如此。其二,作为现代性的第一次自我批判,浪漫派之"返回自然"意味着要回到"起源"里去发现生命的"意义";而自然主义之"返回自然"则是要挣脱观念的宰制,回到生活的现象之海,从中打捞出世界的"真实"。两者虽有关联——都是要摆脱某种观念化的东西,但旨趣却明显不同:前者是面对着工业革命所带来的天崩地裂的大变局及前所未有之意义的失落,要回到被工业文明断开的自然的源头上重构生命的"意义";后者则不满于前者简单的"意义"(观念)建构,要在生物学、生理学等重大科学进展所劈开的现实断面上重构人性及世界的"真实"。其三,"忠于'主观性'的浪漫主义者,对自我意识形成的过程极感兴趣"①。他们向内寻找,在主体与客体的纠缠争斗中确立起一个独立的、创造性的、作为"意义"之直接来源的"自我"。自然主义作家则向外探求,将膨胀的、孤立的个体"自我"重新融入脚下的大地,将无中生有、天马行空的主观创造摁回到真切的"感觉"的端口,而这端口则直接连通着既作为现象或表象又作为"真实"之直接来源的"自然"或"现实"。其四,无论是在浪漫派作家那里,还是在自然主义作家那里,都是以活生生的生命的"感觉"将"人"与"自然"连接在一起,但这里的"感觉"之于两派作家定然有着不同的意味。同样是"感觉",浪漫派更强调想象与主观性,而自然主义则是将其置入"观察"—"实验"的科学立场上。浪漫派用一句"自然是我们的家",不仅轻易地便消解—抹掉了主—客体二元结构中所包含着的自我—自然的对立,同时还忽略—取消了主体自我对客体世界在"感觉"中达成认知的外在过程与内在的机制——需要的时候则以更为模糊的"创造性直觉"敷衍了事,这直接造成了浪漫主义在"返回自然"的呼吁声中断开了与自然的真实关联,日益在人为的观念之渊中深陷—迷失。而

---

① 邓肯·希思:《浪漫主义》,李晖、贾倩译,生活·读书·新知三联书店 2019 年版,第75 页。

这正是后来左拉等人发起否定浪漫主义之自然主义文学运动的基本背景与逻辑前提。

正如 A. O. 洛夫乔伊所指出的,"自然"这个词在与"艺术"相对的意义上,指涉着两个主要的区域:用于描写外部世界时,它指的是宇宙中未经人类苦心经营而自动形成的事物;用于描述人的心灵时,它指的则是人身上那些与生俱来的特性,这些特性"最为自发,绝非事先考虑或计划而成,也丝毫不受社会的束缚"①。自然主义作家所要"返回"的"自然",绝不仅仅是有人所理解的那种外部的客观的"自然",而且是洛夫乔伊所指出的两种"自然";自然主义所要达成的描写的"真实",也不仅仅是有人所理解的外部的客观的"真实",而且是要同时达到外部和内部的两种"真实",甚至先是一种内在的真实。"如果我的小说应该有一种结果,那结果就是:道出人类的真实,剖析我们的机体,指出其中由遗传所构成的隐秘的弹簧……"②事实上,并不存在两种"真实",而只有洛夫乔伊所说的两种"自然"在"遭遇"中所达成的一种"真实感"。"真实感就是如实地感受自然",这是在哲学层面对所有人都成立的一个命题。这个命题意味着"如实感受着的自然"也就是(唯一)真实的自然,也就是自然的真实。也就是说,"真实"即"真实感",或者至少"真实"来自"真实感"。正因为如此,左拉才将"真实感"标举为现代小说家最高的品格。

左拉"真实感就是如实地感受自然,如实地表现自然"这一命题的后半句,即在"如实地感受自然"的基础上"如实地表现自然",显然不是对所有人而是针对作家(艺术家)提出的一个命题。这个命题意味着,作家(艺术家),不仅要"如实地感受自然",还必须将由此得到的"真实感"即"真

---

① M. H. 艾布拉姆斯:《镜与灯:浪漫主义文论及批评传统》,郦稚牛等译,北京大学出版社 1989 年版,第 311—312 页。

② 左拉:《关于家族史小说总体构思的札记》,见柳鸣九编选:《法国自然主义作品选》,天津人民出版社 1987 年版,第 735 页。

实"本身通过语言如实地"表现"出来,即在文本中达成一种可以与他人分享的"艺术真实"。也就是说,如果不能将"感受"中的"真实感"(即"真实")"如实地""表现出来"达成"艺术真实",则作家的创作就是失败的。"在今天,一个伟大的小说家就是一个有真实感的人,他能独创地表现自然,并以自己的生命使这自然具有生气。"①在其他地方,左拉还谈到了"艺术真实"的鉴定标准,即一个作家能否"如实地表现自然"的标准:"所有过分细致而矫揉造作的笔调,所有形式的精华,都比不上一个位置准确的词。"②"在这个世界上,没有比一个写得好的句子更为真实的了。"③直接为自然主义提供哲学—美学理论支持的泰纳也说"堪与想象力、天才相比的,是词汇的丰富和语言上不断的、大胆而又几乎总是成功的创新"④。这些明晰的表述,再次证明:左拉的"真实"即"真实感",——"真实"只存在于"语言"这条将人与世界连通起来的"绳索"之上,此外根本就没有什么所谓"客观真实"或"主观真实"或"先验真实"。而法国另一位重要的自然主义作家莫泊桑则说得更加清楚:"写真实就要根据事物的普遍逻辑给人关于'真实'的完整的意象,而不是把层出不穷的混杂的事实拘泥地照写下来。"⑤龚古尔兄弟也异口同声地说:"小说应力求达到的理想是:通过艺术给人造成一种最真实的人世真象之感。"⑥在他们的表述中,"真

---

① 左拉:《论小说》,见柳鸣九编选:《法国自然主义作品选》,天津人民出版社1987年版,第787页。

② 左拉:《论小说》,见朱雯等编选:《文学中的自然主义》,上海文艺出版社1992年版,第252页。

③ 左拉:《致居斯塔夫·福楼拜》,见左拉著:《左拉文学书简》,吴岳添译,安徽文艺出版社1995年版,第113页。

④ 泰纳:《给爱弥尔·左拉的信》,见朱雯等编选:《文学中的自然主义》,上海文艺出版社1992年版,第334页。

⑤ 莫泊桑:《〈皮埃尔与若望〉序》,见柳鸣九编选:《法国自然主义作品选》,天津人民出版社1987年版,第800页。

⑥ 诺维科夫:《"我们既是生理学家,又是诗人"》,见朱雯等编选:《文学中的自然主义》,上海文艺出版社1992年版,第316页。

实"或者只存在于"意象"之中,或者只存在于一种"人为的"或"人造的"
("艺术给人造成的")"感觉"之中,这与左拉的表述有异曲同工之妙。

既然"真实"即"真实感",那也就不再存在什么绝对的"真实",而只能
有相对的"真实"。对此,左拉等自然主义作家曾经给出大量论述:

> 在一部艺术作品中,准确的真实是不可能达到的。……存
> 在的东西就有扭曲。①

> 既然在我们每个人的思想和器官里面都有着我们自己的真
> 实,那再去相信什么绝对的真实,是多么幼稚的事情啊!我们的
> 眼睛、我们的耳朵、我们的鼻子和我们的趣味各个不同,这意味
> 着世界上有多少人就有多少真实。……我们每个人所得到的不
> 过是对世界的一种幻觉,这种幻觉到底是有诗意的、有情感的、
> 愉快的、忧郁的、肮脏的还是凄惨的,则随着个人的天性而有所
> 不同。作家除了以他所学到并能运用的全部艺术手法真实地描
> 摹这个幻觉之外,别无其他使命。②

"真实感",乃是人面对世界与存在唯一所能信靠的东西。借用克罗
齐的说法,"真实感""只是知识主凭感官印象创造出来的,而这感官印象
并非来自外物,而是来自知识主自己的经验,即实际活动所生的感受、情
感、欲念等等,经过心灵赋以形式而外射为对象。因此,知识主与知识对
象的对立并不是内心与外物的对立,而是主动与被动心灵活动所形成的

---

① 左拉:《左拉文学书信选》,见朱雯等编选:《文学中的自然主义》,上海文艺出版社 1992
年版,第 265 页。
② 莫泊桑:《论小说》,见莫泊桑:《漂亮朋友》,王振孙译,上海译文出版社 1993 年版,第
405—406 页。

形式与无形式的混沌的经验材料或内容的对立。"①左拉等自然主义作家之所以要反对各种逻格斯中心主义的形而上学,正是因为它们丧失了这种"真实感"。它们将"知识主"与"知识对象"的对立视为内心与外物的对立,哲学将主体心灵意向投射到客体对象之上的经验表象从客体对象那儿撕扯下来,经过孤立起来的一番抽象,使其走向独断与绝对,最终形成了传统"认识论中心"哲学二元对立的思维模式。在实证主义哲学拒绝这种思维模式和思维逻辑之后,现象学哲学经由现象学还原,开始弥合这种理性主义二元对立思维模式所造成的分裂。从根本上说,左拉反复强调的"真实感",就是要求文本应该给出关于生活"真实"的完整、鲜明的意象。经由"真实感"中的"感",所谓生活真实被赋予了一种胡塞尔现象学意义上的"现象真实"的性质,而非等待着认识主体去认识的、与认识主体相对的"对象"的真实。质言之,左拉高调标举的"真实感"乃是主、客体融会的产物;它所要求的"真实",显然并不是那种绝对的客观真实,也并非一种简单的主观真实,而是一种排除了"前见"的、在主体与现象世界的遭遇交合中"被给予"的、为我独有的感觉体验。

泰纳认为,艺术家"要以他特有的方法认识现实。一个真正的创作者感到必须照他理解的那样去描绘事物"②。由此,他反对那种直接照搬生活的、摄影式的"再现",反对将艺术与对生活的"反映"相提并论。他认为刻板的"模仿"绝不是艺术的目的。因为浇铸品虽可以有精确的形体,但却永远不是雕塑;无论如何惊心动魄的刑事案件的庭审记录都不可能是真正的戏剧。泰纳的这一论断,后来在左拉那里形成了一个公式:艺术乃是通过艺术家的气质显现出来的现实。左拉认为,要阻断形而上学观念对世界的遮蔽,便只有"悬置"所有既定观念体系,转过头来纵身跃进自然

---

① 朱光潜:《朱光潜美学文集 第二卷》,上海文艺出版社 1982 年版,第 398 页。
② 诺维科夫:《泰纳的"植物学美学"》,见朱雯等编选:《文学中的自然主义》,上海文艺出版社 1992 年版,第 68 页。

的怀抱。由此出发,自然主义作家普遍强调"体验"的直接性与强烈性,主张经由"体验"这个载体让生活本身"进入"文本,而不是接受观念的统摄以文本"再现"生活。在给好友安托尼·瓦拉布雷格的信中,左拉曾就艺术"再现"的真实性问题表达了自己的看法,提出了其独到的"屏幕说":在事物与作品之间,站着的是一个个秉有独特个性并认同某种艺术理念或艺术方法的作家;现象经过作家独特个性或气质这道"屏幕"的过滤后按特定的艺术规则以"影像"的方式进入文本。因而,所谓"客观再现"便永远只能是一个谎言。

意象主义(Imagism)的代表人物 T. E. 休姆曾将思维观念与思维方式从绝对到相对、从二元对立到价值多元论的转变看成现代艺术的标记。如果此言不谬,已经基本从二元对立的思维状态中摆脱出来的自然主义和象征主义,则都理应被视为属于现代艺术的范畴。经由对"真实感"的强调,自然主义使"真实"这样一个在西方文学传统——尤其是现实主义文学传统中构成"常数概念"的术语,被注入了新鲜的生命汁液,获得了崭新的精神质地,从而重新焕发出勃勃的生机。由此,自然主义以其确定的观念内涵、理论纲领及技巧革新与西方文学史上源远流长的只能作为"常数概念"的"现实主义"区别了开来。继浪漫主义激情洋溢的反叛之后,自然主义对亚里士多德以降长期主导西方文学的"模仿说"理念与"再现式"叙事从内部再次实施了成功爆破或革命性改造,开启了"体验主导型"的崭新叙事模式。这一新的叙事模式与象征主义所创造的新的诗歌模式一起,直接开启了现代主义。

二

如何才能做到"如实地感受自然,如实地表现自然"从而达成"真实感"? 左拉的回答是:

把人重新放回到自然中去,放到他所固有的环境中去,使分析一直伸展到决定他的一切生理和社会原因中,而不是把他抽象化。①

首先,对"真实感"的追求,使自然主义文学叙事的基本立足点定位于"感觉体验"②。这首先意味着——在挣脱了形而上学之绝对观念的统辖主导之后,自然主义作家文学叙事的起点便是"作家的感觉体验"。即左拉所谓"分析以感觉为先导,感知来自观察,描绘始于感动"③。感觉,是所谓"主体"与所谓"客体"交会融合之处;"感觉"印象的叠加,在主体内部积淀为独特的生命体验,而这正是发起并主导自然主义文学叙事的核心元素。拉法格曾敏锐地指出:"自然主义,在文学上它相当于绘画方面的印象派,禁止推理和概括。根据这种理论,作家应当完全站在旁观的地位,他接受某种感觉而加以表现,不能超过这限度。"④其次,在自然主义作家那里,文学叙事的对象集中指向"人物的感觉体验"。作家们普遍致力于研究并表现人的感觉与本能,此乃自然主义文学文本的突出特点。关于自己的第一部自然主义小说《戴蕾斯·拉甘》,左拉曾坦率地承认:"只要细心读一下这部小说,就会看到每一章都是对生理学上一种奇特病例的研究。……一丝不苟地记下他们的感

---

①　Emile Zola："Naturalism in the Theatre"，in George J. Becker，eds.：*Documents of Modern Literary Realism*，Princeton University Press，1963，p. 225.

②　在济慈等个别浪漫主义诗人作品中,"感觉主义"文学倾向已经露出端倪,但总体看来,浪漫主义的主要立足点乃是一种观念化了的情感。这在济慈的同代诗人雪莱的创作中有最典型的表现。所以,济慈当时才会慨叹:"要能够靠感觉而不是靠思想来过活,那该多好!"(济慈:《论诗书信选》,见刘若端编:《十九世纪英国诗人论诗》,人民文学出版社 1984 年版,第168 页。)

③　左拉:《论小说》,见朱雯等编选:《文学中的自然主义》,上海文艺出版社 1992 年版,第240 页。

④　拉法格:《左拉的〈金钱〉》,见朱雯等编选:《文学中的自然主义》,上海文艺出版社 1992年版,第 352 页。

觉和行为。"①而奥尔巴赫在谈论龚古尔兄弟的自然主义小说创作时也指出:"他们是感官印象的搜集者和表述者。"②

"今日,一个伟大的小说家就是一个有真实感,能独特地表现自然,并以自己的生命使自然栩栩如生的人。"③体验作为特定生命个体的感受,其具体展开在性质上总是独一无二的。"一切艺术的本质永远是美的事物通过每一个人的感情、热情和梦想而取得的表现。"④在《论小说》一文中,左拉曾拿自然主义作家阿尔封斯·都德、龚古尔兄弟等为例细致分析了"体验主导型"叙事的内在机理。在他看来:"作为一位在我们的当代文学中占有一个崇高位置的作家",都德是一位极富个性表现的作家,——"他叙述一个故事,表现一个人物,总是把自己整个放进这个故事和人物之中,带着生动的嘲讽和柔情蜜意。人们能从上百页中认出他的一页作品,因为他的作品有自己的生命"⑤。而作品中这种鲜明的个性表现源自哪里呢?左拉称源自深切的、独特的生命体验,并且,这种体验在经由作家的个性表现成为一部"独创性作品"之前,总是先凝结为某种鲜明强烈的"意象",——"阿尔封斯·都德先生看到了某个景象,某个场面。由于他具有真实感,他为这个场面所打动,对此保留了十分强烈的意象。年复一年过去了,脑子仍然保存这个意象,时间往往只会使这个意象更加深刻。它最后变成一种困扰,作家非把它传达出来不可,非把他见过和

---

① 左拉:《〈戴蕾斯·拉甘〉第二版序》,见柳鸣九编选:《法国自然主义作品选》,天津人民出版社 1987 年版,第 728 页。

② 埃里希·奥尔巴赫:《摹仿论:西方文学中所描绘的现实》,吴麟绶等译,百花文艺出版社 2002 年版,第 557 页。

③ 左拉:《论小说》,见朱雯等编选:《文学中的自然主义》,上海文艺出版社 1992 年版,第215 页。

④ 波德莱尔:《一八四五年的沙龙》,见伍蠡甫等编:《西方文论选(下卷)》,上海译文出版社 1979 年版,第 228 页。

⑤ 左拉:《论小说》,见朱雯等编选:《文学中的自然主义》,上海文艺出版社 1992 年版,第212 页。

保存下来的场面表现出来不可。于是出现了咄咄怪事,一部独创性作品诞生了"①。对于具体的创作过程,左拉进一步做了分析:

> 这首先是一种追忆。阿尔封斯·都德先生回忆起他的所见所闻,又看到人物和他们的姿态、景象及其线条。他非要表现出来。从这时起,他扮演这些人物、居住在这些环境中,把自己的个性与他要描绘的人物、甚至事物的个性相融合,变得情绪激动。最后,他和他的作品合而为一,把自己融化在作品里,同时再一次体验作品中的生活。②

> 这不再是关于一个特定主题而写出的完美句子;这是面对一幅图景勾起的感受。人出现其中,融合到事物里,以其热情澎湃使这些事物也活跃起来。龚古尔兄弟的全部天才就在对自然的这种极其生动的表达中,在这些记录下来的颤动中,在喃喃的絮语中和变得可以感觉的千百股气息中。③

左拉这里所说的"追忆"和他在别的地方所反复提及的"追述",都是在强调叙事必须是由强烈的生命体验所发起、主导的。但在作家与其作品描写对象的这种"合一"中,作家之"个性表现"与作品之"真实感"的关系是怎样的? 对此,左拉的回答是:

---

① 左拉:《论小说》,见朱雯等编选:《文学中的自然主义》,上海文艺出版社 1992 年版,第211—212 页。

② 左拉:《论小说》,见朱雯等编选:《文学中的自然主义》,上海文艺出版社 1992 年版,第212 页。

③ 左拉:《论小说》,见朱雯等编选:《文学中的自然主义》,上海文艺出版社 1992 年版,第222 页。

在这种紧密结合中,场景的现实和小说家的个性不再明晰可辨。哪些是绝对真实的细节,哪些是虚构的细节? 这就难以说清了。可以肯定的是,现实是出发点,是有力地促使小说家行动的推动力;然后小说家使现实延续下去,朝这个方向展开场景,同时赋予这场景以特殊生命,这生命是阿尔封斯·都德所独有的。[①]

"愉悦与教化的结合不仅在古典主义的所有诗学,特别在贺拉斯以后变得司空见惯,而且成为艺术的自我理解的一个基本主题。"[②]贺拉斯所谓"寓教于乐"的艺术原则往往体现为:"乐"所代表的艺术的审美功能是手段,而"教"所体现的艺术的教化功能则是目的。所谓"教化",无非就是通过文本向读者实施某种政治的或道德的或宗教的社会意识形态观念的渗透,因而从根本上说往往体现着所谓"本质真实"的"观念"才是传统文本的灵魂。经过宗教—伦理观念或启蒙政治理性一番"阐释"之后,历史主义的线性历史观将生存现实乔装打扮,转变为某种历史在通往终极目标过程中的一个特定历史阶段的意识形态图景;本质主义使处在历史活动中的人和活生生的人的生存被装进了某种观念系统的模型。人,很大程度上脱开了其"自然存在"的属性;"自在性"既已沦陷,"自为性"也就势必成为"观念"自身的虚热与虚妄。即随着现实成为历史叙事中的剧本,作为现实"生活主体"亦是"历史主体"的个人也就只能成为该剧中的一个远离自我本性的"角色"。大致说来,传统作家的叙事均是从"类主体"/"复数主体"之意识形态观念出发展开的;文句尽管流利,但由于缺少了真切的个体生命体验,失却了应有的生命质感与情感气韵。这种叙事注定是一种虚假的宏大叙事,一种缺乏个性表现的叙事,一种凌空蹈虚、煞有

① 左拉:《论小说》,见朱雯等编选:《文学中的自然主义》,上海文艺出版社 1992 年版,第212 页。

② 彼得·比格尔:《先锋派理论》,高建平译,商务印书馆 2002 年版,第 111 页。

介事的叙事。

难以容忍观念主导下的宏大历史叙事对"存在者"那繁复幽深的情感、扑朔迷离的体验之简单概括,不能接受其对"世界"那丰饶细密、缤纷多彩的无数现象细节的忽略和遗漏,19 世纪后半期的西方作家对此种"观念统摄型"叙事传统越来越表现出深刻的怀疑与鄙夷。对越来越多的现代作家来说,所谓客观世界的本来面目并不重要,重要的是作者对世界的主观体验或感应,"诗人把人类体验转化成为诗歌,并不是首先净化体验,去掉理智因素而保留情感因素,然后再表现这一剩余部分;而是把思维本身融合在情感之中,即以某种方式进行思维"①。针对"观念统摄型"叙事的强大传统,左拉等自然主义作家首先表现出了强烈的反叛姿态:

> 必须以现实来代替抽象,以严峻的分析打破经验主义的公式。只有这样,作品中才会有合乎日常生活逻辑的真实人物和相对事物,而不尽是抽象人物和绝对事物这样一些人为编造的谎言。一切都应该从头重新开始,必须从人存在的本源去认识人,而不要只是戴着理念主义的有色眼镜一味地在那里炮制范式,妄下结论。从今往后,作家只需从对基础构成的把握入手,提供尽可能多的人性材料,并按照生活本身的逻辑而非观念的逻辑来展现它们。②

> 自然主义小说不过是对自然、种种的存在和事物的探讨。因此它不再把它的精巧设计指向着一个寓言,这种寓言是依据

---

① 科林伍德:《艺术原理》,王至元等译,中国社会科学出版社 1985 年版,第 301 页。

② Emile Zola:"Naturalism in the Theatre", in George J. Becker, eds.: *Documents of Modern Literary Realism*, Princeton University Press,1963,p. 201.

某些规则而被发明和发展的。……自然主义小说不插手对现实
的增、删,也不服从一个先入观念的需要从一块整布上再制成一
件东西。①

在《戏剧中的自然主义》一文中,左拉还拿小仲马的《私生子》为例,指
斥传统文学是"辩词"和"布道书",是"冷冰、干巴、经不起推敲、缺乏生命
力的东西","里面没有任何新鲜空气可以呼吸"。左拉讥讽完全被"观念"
武装起来的文学家非驴非马:"哲学家扼杀了观察家,而戏剧家又损伤了
哲学家。"②在自然主义作家笔下,"善与美的情感的理想典型,总是用同
一个模子浇铸出来的,真实成了脱离了一切真实观察的闭门造车"③。左
拉认为,要阻断形而上学观念对世界的遮蔽,首先便要"悬置"所有既定观
念体系,转过头来纵身跃进自然的怀抱,即"把人重新放回到自然中
去"④,"如实地感受自然,如实地表现自然"⑤。由对自然的此种"感受"出
发,自然主义作家普遍强调"体验"的直接性与强烈性,主张经由"体验"这
个载体让生活本身"进入"文本,而不是接受观念的统摄以文本"再现"生
活。"体验"在自然主义叙事中迅速取代了传统叙事中居于中心地位的
"观念",成为主导叙事的新的核心元素。

左拉反复强调,只有以真切的个人"体验"为基础而不是一切从"观

---

① Emile Zola："Naturalism in the Theatre", in George J. Becker, eds.: *Documents of Modern Literary Realism*, Princeton University Press, 1963, p. 207.

② Emile Zola："Naturalism in the Theatre", in George J. Becker, eds.: *Documents of Modern Literary Realism*, Princeton University Press, 1963, p. 216.

③ Emile Zola："Naturalism in the Theatre", in George J. Becker, eds.: *Documents of Modern Literary Realism*, Princeton University Press, 1963, p. 217.

④ Emile Zola："Naturalism in the Theatre", in George J. Becker, eds.: *Documents of Modern Literary Realism*, Princeton University Press, 1963, p. 225.

⑤ 左拉:《论小说》,见柳鸣九编选:《法国自然主义作品选》,天津人民出版社 1987 年版,第778 页。

念"出发,作家在叙事中才能有效克服观念的虚妄与武断,文本中才会不再流淌着"师爷"那"政治正确"但却苍白干瘪的教诲与训诫。从个体真切的生命体验入手,用基于"体验"的"意象弥漫"取代基于"观念"的"主题演绎",以基于"体验"的"合理虚构"取代基于"观念"的"说理杜撰","想象不再是投向狂乱怪想的荒诞创作,而是对被瞥见的真实的追述"①,"作品只不过是对人和自然的强有力的追叙"②;而造成这种"强有力的追叙"的叙事动力,则"全都源于他们的体验和观察"③,"分析以感觉为先导,感知来自观察,描绘始于感动"④。如此,打开作品,人们才会感到它也有着自己悸动的脉搏、触摸可感的体温与节拍般的呼吸,文本中所描写的一切才会变得鲜活起来,有着自己的色彩、气味和声音。"这是真实的世界",因为一切都是"被一位具有既卓绝又强烈的独创性的作家体验过"⑤。"这就不光是拿到一个主题提笔便写出的一些完美的句子;而是对着一个图景心里兴起的感受。作品中有了人,他融合在事物之中,以他的热情的灵敏的振动使这些事物也活起来了。"⑥"在这种亲密结合中,场景的现实和小说家的个性不再明晰可辨。哪些是绝对真实的细节,哪些是虚构的细节?这就难以说清了。可以肯定的是,现实是出发点,是有力地促使小说家行动的推动力,然后小说家使现实延续下去,朝这个方向展开场景,同时赋

---

①　左拉:《论小说》,见朱雯等编选:《文学中的自然主义》,上海文艺出版社 1992 年版,第236 页。

②　左拉:《论小说》,见朱雯等编选:《文学中的自然主义》,上海文艺出版社 1992 年版,第227 页。

③　埃里希·奥尔巴赫:《摹仿论:西方文学中所描绘的现实》,吴麟绶等译,百花文艺出版社 2002 年版,第 557 页。

④　左拉:《论小说》,见朱雯等编选:《文学中的自然主义》,上海文艺出版社 1992 年版,第240 页。

⑤　左拉:《论小说》,见柳鸣九编选:《法国自然主义作品选》,天津人民出版社 1987 年版,第784—785 页。

⑥　左拉:《论小说》,见柳鸣九编选:《法国自然主义作品选》,天津人民出版社 1987 年版,第790 页。

予这场景以特殊生命……"①"体验"将作家个人推到了前台,由此,"类主体"之虚假的"观念统摄型"宏大叙事开始解体,新的基于感觉的"体验主导型"叙事范式在自然主义作家中得以确立。

针对传统叙事基于"本质真实"的观念化倾向,自然主义作家强调文学要回归自然、回归生活,"我们以绝对真实自诩,就是旨在让作品充满强烈的生活气息"②。"只有当人们从事描绘生活图景的时候,真实感才是绝对必要的。"③通过对"生活体验"的强调,自然主义将文学的立足点扳回到现实生活的大地,从而廓清了文学为宏大观念所统摄和为虚假情感泡沫所充斥的现状;"我希望把人重新放回到自然中去,放到他所固有的环境中去,使分析一直延伸到决定他的一切生理和社会原因中去,从而避免它的抽象化"④。显然,在"生活体验"本身所包含着的对生活(而非纯粹观念或绝对自我)作为文学唯一源头的执着认同中,自然主义文学本来就是孕育在"模仿说"或"再现论"娘胎里的事实昭然若揭。

第二节 "屏幕说"

1864 年,在给好友安托尼·瓦拉布雷格的信中,左拉曾就艺术再现的真实性问题表达了自己的看法,提出了其独到的"屏幕说"。左拉认为,在现实与作品之间,站着的是一个个秉有独特个性并认同某种艺

---

① 左拉:《论小说》,见朱雯等编选:《文学中的自然主义》,上海文艺出版社 1992 年版,第212 页。

② 左拉:《论小说》,见朱雯等编选:《文学中的自然主义》,上海文艺出版社 1992 年版,第234 页。

③ 左拉:《论小说》,见柳鸣九编选:《法国自然主义作品选》,天津人民出版社 1987 年版,第780 页。

④ Emile Zola:"Naturalism in the Theatre", in George J. Becker, eds.: *Documents of Modern Literary Realism*, Princeton University Press, 1963, p. 225.

术理念或艺术方法的作家。现实经过作家独特个性或气质这道"屏幕"的过滤后按特定的艺术规则以"影像"的方式进入文本。他强调说,"这些屏幕全都给我们传递虚假的影像"①,因而,所谓"再现"便永远只能是一个谎言。

写下表述"屏幕说"的这封长信时,左拉刚刚开始步入文坛。"屏幕说"作为其一生文学思想的起点,与其后来作为自然主义理论家所提出的"真实感""个性表现"等重大理论主张息息相关。迄今为止,左拉的这封信并没有得到国内外学界的重视,信中所提出的文学"屏幕说"当然也就一直沉睡在历史文献中,始终没有得到应有的阐发与评价。作为对模仿现实主义之"镜"的扬弃与浪漫主义之"灯"的矫正,"屏幕说"所开启的文学"显现论"拒绝以二元对立的思维模式来理解作家与世界的关系,坚持文学只能是在世界中的人对其在与世界交合境遇中的个人体验的直呈。

根据艺术规则的不同,左拉将文学史上的"屏幕"区分为"古典主义"、"浪漫主义"和"现实主义"三个"大类",并对它们各自"成像"的机制及它们之间的"影像"差别做了分析。结论是:所有"屏幕"所形成的"影像"对事物的本相都存在扭曲,只是程度或方式略有不同。他特别指出,尽管"现实主义屏幕否认它自身的存在","自诩在作品中还原出真实的光彩熠熠的美",但"不管它说什么,屏幕存在着","一小粒尘埃就会搅乱它的明净"②。他最后总结说:"无论如何,各个流派都有优缺点。""无疑,允许喜欢这一屏幕,而不是那一屏幕,但这是一个兴趣和气质的个人问题。我想说的是,在艺术上绝对没有被证明是必要的理由,抬高古典屏幕,压倒浪

---

① 左拉:《左拉文学书信选》,见朱雯等编选:《文学中的自然主义》,上海文艺出版社 1992 年版,第 269 页。

② 左拉:《左拉文学书信选》,见朱雯等编选:《文学中的自然主义》,上海文艺出版社 1992 年版,第 270 页。

漫主义和现实主义的屏幕,反之亦然。"①至于个人趣味,左拉声称:"我不会完全只单独接受其中一种;如果一定要说,那我的全部好感是在现实主义屏幕方面。"但他紧接着又强调:"不过,我重复一遍,我不能接受它想显现于我的样子;我不能同意它给我们提供真实的影像;我断言,它本身应当具有扭曲影像,并因此把这些影像变成艺术作品的特性。"②特别值得指出的是,左拉不仅否认文学能够达成对"客观真实"与"本质真实"或"先验真实"的再现,还直称——对世界的"扭曲"或"歪曲"乃是所有艺术作品的特性。

对经验主义的古典哲学家来说,世界是给定的事实,而哲学甚至包括文学在内的整个文化系统的任务就是解释关于世界的知识的源泉,而最终他们将关于作为"对象"的世界的一切认识或知识的源泉归诸人的经验。就坚持主观与客观二元对立的思想立场而言,经验主义古典哲学家与认定理性乃一切认识或知识源泉的大陆唯理主义古典哲学家并没有本质区别。自然主义所开启的"体验主导型"叙事中的"体验",不同于传统经验主义者之"经验"。与一般意义上的"经验"相比,自然主义文学所看重的"体验"之特点可以概括为"三一性":第一,一体论。我外世界并不是作为人的对立面的"对象",而只是人的"环境";世界并不是给定的事实,而只有人与世界的交合——人是世界的一个组成部分,反过来,世界也是人的一个组成部分——才是给定的事实。在人与世界的交合中,人既作为世界的构成元素被动地、适应性地"承受"来自我外世界即所谓"环境"的刺激作用,也作为由世界/环境作为构成元素之一的整体在主动地行动中给世界/环境以回应性的影响。这种相互的作用,使世界和人都永远处

---

① 左拉:《左拉文学书信选》,见朱雯等编选:《文学中的自然主义》,上海文艺出版社 1992 年版,第 269 页。

② 左拉:《左拉文学书信选》,见朱雯等编选:《文学中的自然主义》,上海文艺出版社 1992 年版,第 271 页。

于动态的过程之中,即人的不断生成与世界的不断变化。这样,所谓"体验",便只能是人在其与世界交合的具体"境遇"或"情境"中所绽放出来的生命感受,它既不是纯粹客观的,"完全来自客观方面的印象是没有的,事物之所以给我们留下印象,只有当它们和观察者的感受力发生接触并由此获得进入脑海和心灵大门的手段时方能产生"①,又不是纯粹主观的,"实际上,一个情感总是朝向、来自或关于某种客观的,以事实或思想形式出现的事物。情感是由情境所暗示的,情境发展的不确定状态,以及其中自我为情感所感动是至关重要的。情景可以是压抑的、危险的、无法忍受的、胜利的。如果不是作为自我与客观状况相互渗透,一个人对自己所认同的群体所赢得的胜利的喜悦,或者对一个朋友的死亡的悲伤就是不可理解的"②。对人而言,只有这种综合了"主观情感"与"客观印象"的"体验"才是第一性的:有了这种体验,才可能有对体验所展开的反思,才可能产生一切关于所谓"自我"与"对象性世界"的意识、认知、理论及体系。"那些天真地发现自然主义只不过是摄影的人,这回也许会明白:我们以绝对真实自诩,就是旨在让作品充满强烈的生活气息。"③第二,整一性。人的存在被卷裹于他与世界交合所构成的混乱的生活之流中,诸多生活片段所构成的生活印象纷至沓来,在形形色色、零乱繁复的生活感受中,体验必定是那种深切、鲜明、富有整体感的感受,而不是那种不具有累积性的、转瞬即逝的拉杂印象。体验的整一性,既来自具有累积性的感受的积淀,更来自内在于生命的某种索求"意义"的"完形"冲动。整一性使体验获得某种不同于一般感觉印象的鲜明的"形式感"——虽然仍具有很大

---

① 桑塔亚那:《审美范畴的易变性》,见朱立元、张德兴等著:《西方美学通史(第六卷):二十世纪美学(上)》,上海文艺出版社 1999 年版,第 82 页。

② 杜威:《艺术即经验》,高建平译,商务印书馆 2005 年版,第 72 页。

③ 左拉:《论小说》,见朱雯等编选:《文学中的自然主义》,上海文艺出版社 1992 年版,第215 页。

的模糊性而在本质上有别于"理式"，同时赋予体验以某种不同于一般感觉印象的强烈的"意念"——虽然仍处于浓重的混沌中而在本质上有别于"概念"，从而使其具有丰富的生长动能、生长空间与巨大的反思价值。第三，个体性。体验作为特定生命个体的感受，其具体展开在性质上总是独一无二的。"在今天，一个伟大的小说家就是一个有真实感的人，他能独创地表现自然，并以自己的生命使这自然具有生气。"[①]"绝对真实——干巴巴的真实并不存在，所以没有人真的企图成为完美无缺的镜子。……对这个人来说好像是真理的东西，对另一个人来说则好像是谬误。企图写出真实——绝对的真实，只不过是一种不可实现的奢望，作家最多能够致力于准确地展现个人所见事物的本来面目，即致力于写出感受到的真实印象。"[②]

传统文学的立足点或在于理性观念或在于情感自我，而且两者有时候会构成合流——19世纪中叶巴尔扎克、狄更斯等人所代表的文学创作大致属于这种情形。但这种"合流"，因其并非内在的融合而只是外部的叠加，又因其始终难以摆脱宏大理性观念的内在统摄，所以并没有避免情感逸出生命本体而流于空泛、矫饰、泛滥乃至虚假；而一旦失却与本真生命的血肉联系，那种统辖叙事的观念也就只能流于粗疏、外在、干瘪乃至虚妄。自然主义文学的基本文学背景大抵如此，文学运动与文学革命的历史使命也就在于改变这种现状。"体验主导型"叙事的主张与实践，既反对浪漫主义的极端"表现"，又否认"再现"能达成绝对的真实。自然主义由此开拓出了一种崭新的"显现"文学观："显"即现象的直接呈现，意在强调文学书写要基于现象的真实，要尊重现象的真实，不得轻易用武断的

---

① 左拉：《论小说》，见柳鸣九编选：《法国自然主义作品选》，天津人民出版社1987年版，第787页。

② 莫泊桑：《爱弥尔·左拉》，见朱雯等编选：《文学中的自然主义》，上海文艺出版社1992年版，第367页。

结论否定现象的真实;"现"即作家个人气质、趣味、创造性、艺术才能的表现。

不同于黑格尔之"理念的感性显现",自然主义之"显现"由"体验"而非"观念"主导,其最终达成的乃是一种笼罩着情感的意象呈现而非透显着理性的观念阐说。显现出来的意象,包孕着某种意念,这种意念含有成为观念的趋向,但却绝非观念本身。即艺术作品中的观念因素,是经由意象来表达的,这正如德国美学家费希尔所分析的:观念像一块糖溶解在意象的水中,在水的每一个分子里它都存在着、活动着,可是作为一整块糖,却再也找不到了。"在感受的表达完成之前,艺术家并不知道需要表现的经验究竟是什么。艺术家想要说的东西,预先没有作为目的呈现在他眼前并想好相应的手段,只有当他头脑里诗篇已经成形,或者他手里的泥土已经成形,那时他才明白了自己要求表现的感受。"[①]"诗人把人类体验转化成为诗歌,并不是首先净化体验,去掉理智因素而保留情感因素,然后再表现这一剩余部分;而是把思维本身融合在情感之中,即以某种方式进行思维。"[②]没有情感,也许会有工艺,但不会有艺术;仅有情感,不管这种情感多么强烈,其结果也只能在直接传达中构成宣泄或说教,同样不会有艺术。"当说起某人要表现情感时,所说的话无非是这个意思:首先,他意识到有某种情感,但是却没有意识到这种情感是什么;他所意识到的一切是一种烦躁不安或兴奋激动……他通过做某种事情把自己从这种无依无靠的受压抑的处境中解放出来,这种事情我们称之为表现自己。这是一种和我们叫作语言的东西有某种关系的活动:他通过说话表现自己。这种事情和意识也有某种关系:对于表现出来的情感,感受它的人对于它的性质不再是无意识的了。这种事情和他感受这种情感的方式也有某种关

---

① 科林伍德:《艺术原理》,王至元等译,中国社会科学出版社 1985 年版,第 29 页。
② 科林伍德:《艺术原理》,王至元等译,中国社会科学出版社 1985 年版,第 301 页。

系:未加表现时,他感受的方式我们曾称之为无依靠的和受压抑的方式;既加表现之后,这种抑郁的感觉从他感受的方式中消失了,他的精神不知是什么原因就感到轻松自如了。"①科林伍德所说的"表现",不同于"再现"对某种既定本质理念或观念的"阐说性"表达,也不同于浪漫派清晰的对观念性情感的"传达性"的"表现",它只是"感觉"或"直觉"的直呈及在这种直呈中的自我"显现"。

在作家—作品—世界—读者的四维文学构成中,"再现说"和"表现论"是对"作家"或"世界"占绝对主导地位的古典文学形态所做的理论表述;而"显现说"的出现,则表征着此前在西方文学中一直被忽视的另外两种文学构成元素地位的提升。首先,自然主义作家对各种唯理主义形而上学及社会意识形态的拒斥,对观念叙事的否定及其"非个人化"的主张,都内在地蕴含着他们对文本及构成文本的语词之独立性的重视。让所描述的对象自己说话,让其意义在自身的直呈中在读者面前自我显现,这是自然主义文学在叙事艺术上的基本追求,其中就包含着对"文本"/"作品"维度的强调。其次,自然主义作家反对"愉悦"大众,更反对通过作品实施对读者的"教化",而强调"震惊",强调不提供任何结论而高度重视由"震惊"所引起的读者的"反思",在审美范式上直接开启了从传统文学文本在"教化"中"训话",向现代主义文学文本在"对话"中"反思"的现代转型。显然,在自然主义文学中,作者与读者关系的重构已经开始,文学四维结构中的"读者"一维第一次受到真正的重视。质言之,自然主义"显现说"所导出的文本自足观念及对读者接受维度的重视,是西方现代文学形态形成的基本标志。在20世纪西方文坛上,"接受美学""阐释学美学""语言学美学""结构主义美学""解构主义美学"等各种现代美学理论纷纷出现,至少在叙事文学领域,这一切理论无疑是发端于通

---

① 科林伍德:《艺术原理》,王至元等译,中国社会科学出版社1985年版,第112—113页。

常被人们看成是现代主义文学对立面的自然主义文学思潮的观念创新与创作实践之中。

在达尔文进化论发表所标志着的 19 世纪中叶以降的现代西方文化语境中,正是因为正统文化失去了它惯有的整体性和力量,作家才被迫去尝试以唯一堪用的武器——语言——去重新整合这个在风雨飘摇中的文化。具备整合功能的观念/信念系统已经失灵,对作家而言,只有语词及其所构成的文本来承担对世界和文化进行整合的使命。文本呈现为一个五彩缤纷的、好像是混沌初开的世界,里面充斥着的一切似乎都是难以确定的,而唯一可以信赖的只有语词。"显现在词语和意象之间的张力中达成,语词在变形的描述中所涉及的中心性事物本身不再重要。"①文学可以描绘现实,但这种描绘不可能也不应该像镜子一样完全准确,这一观念越来越成为现代作家和文学理论家们的共识。俄国形式主义坚决反对"反映论"的文学观,什克洛夫斯基认为:"艺术是一种体验事物之创造方式,而被创造物在艺术中已无足轻重。"②鲍桑葵则指出:"凡是不能呈现为表象的东西,对审美态度说来就是无用的。"③"为了返回真实的经验,有必要返回事物的表面。……这一点在尼采关于希腊人的表述中早就可以见到——希腊人非常深刻,因为他们停留在事物的表面。"④在否定了艺术作为某种抽象观念本质的"再现"或"表现"之后,作为"显现",艺术成了感觉体验或直觉体验的直呈,它基于一种自我与世界融通中的生命直观,使世界与存在的意义自动析出。

---

① Charles Taylor: *Sources of the Self: The Making of the Modern Identity*, Harvard University Press, 1989, pp. 465-466.

② 什克洛夫斯基:《作为手法的艺术》,见什克洛夫斯基等著:《俄国形式主义文论选》,方珊等译,生活·读书·新知三联书店 1989 年版,第 6 页。

③ 鲍山葵:《美学三讲》,周煦良译,上海译文出版社 1983 年版,第 5 页。

④ Charles Taylor: *Sources of the Self: The Making of the Modern Identity*, Harvard University Press, 1989, p. 467.

第三节 "显现论"

既是人的自我显现,又是世界在人之显现中的显现,既反对浪漫主义的极端"表现",又否认"再现"能达成绝对的真实,"显现论"不仅达成了对"再现论"与"表现论"所代表着的本质主义诗学的颠覆,而且汲取"再现"与"表现"各自的合理成分实现了对两者的融合。这种融合在本质上乃是一种新质的诞生而非旧质的简单叠加。可见,"显现论"完成了西方现代文学本体论的重构。

一

西方文学理论的基石乃是在古希腊便已经成形的"模仿说"。在长达两千多年的时间里,"模仿说"或"再现论"一直为传统的西方文学提供着基本的本体论说明。

在《理想国》中,柏拉图称:艺术家可以随心所欲地进行创作,因为他只消拿面镜子四处照照就大功告成了,"拿一面镜子四方八面地旋转,你就马上造出太阳、星辰、大地、你自己、其他动物、器具、草木以及我们刚才提到的一切"[①]。"模仿说"由此又被称为"镜子说"。显然,单纯的模仿,只能达到外形的逼真,但再逼真也赶不上自然本身。"模仿只是一种玩意,并不是什么正经事。"[②]这意味着,从一开始古希腊哲学家用素朴的"模仿说"来阐释艺术就有着巨大的局限。

亚里士多德对柏拉图"模仿说"的批判性发展,集中表现为相互联系

---

① 柏拉图:《柏拉图文艺对话集》,朱光潜译,人民文学出版1959年版,第65页。
② 柏拉图:《柏拉图文艺对话集》,朱光潜译,人民文学出版社1959年版,第74页。

着的两个方面：其一，通过强调"行动中的人"（人的性格与行动）①使"文艺模仿自然"这一含混的命题变得明确。"亚里士多德的《诗学》没有一字提及自然，他说人、人的行为、人的遭遇就是诗所模仿的对象。"②这一方面开启了"文学即人学"的西方文学理论传统，另一方面为营造"情节"为第一要务的西方文学叙事传统奠定了基础。其二，通过强调"应然"的观念将"普遍性""必然律"植入"模仿"之中，使"模仿"的对象被定位于"内在本质"而非事物外形，最终为"模仿说"注入了灵魂。在《诗学》第九章中，亚里士多德说："诗人的职责不在于描述已发生的事，而在于描述可能发生的事，即按照可然律或必然律可能发生的事。"③在《诗学》第二十五章中，他又强调："如果有人指责所描写的事物不切实际，也许他可以这样反驳：'这些事物是按照他们应当有的样子描写的。'"④总体来说，通过"人"的引进，亚里士多德的"模仿论"顺利抵达"本质"；而且在"模仿"中由作家注入事物外形中的所谓"本质"因其对普遍性的要求，则只能来自一种公共的思维视角："一般说来，写不可能发生的事，可用'为了诗的效用''比实际更理想''人们相信'这些话来辩护。"⑤

　　"文学就是对现实生活的模仿，这种模仿以揭示普遍性的本质为宗旨"的文学本体论，在亚里士多德这里臻于成熟后一直延续到 19 世纪，主导西方文坛长达两千多年。其间，各种对文学本体论的探讨虽然没有终结，但却始终没有根本的突破，所谓"再现说"或"反映论"只不过是亚里士

---

　　① 亚里士多德：《诗学》，见亚里士多德、贺拉斯：《诗学·诗艺》，罗念生、杨周翰译，人民文学出版社 1962 年版，第 7 页。
　　② 车尔尼雪夫斯基：《美学论文选》，缪灵珠译，人民文学出版社 1957 年版，第 144 页。
　　③ 亚里士多德：《诗学》，见亚里士多德、贺拉斯：《诗学·诗艺》，罗念生、杨周翰译，人民文学出版社 1962 年版，第 28 页。
　　④ 亚里士多德：《诗学》，见亚里士多德、贺拉斯：《诗学·诗艺》，罗念生、杨周翰译，人民文学出版社 1962 年版，第 93—94 页。
　　⑤ 亚里士多德：《诗学》，见亚里士多德、贺拉斯：《诗学·诗艺》，罗念生、杨周翰译，人民文学出版社 1962 年版，第 101 页。

多德"模仿说"的变形,有时甚至使"本质论"的文学本体论越发登峰造极。在中世纪,经院哲学辩称,艺术家通过心灵对自然进行模仿之所以可能,乃是因为人的心灵与自然均为上帝所造,因而对观念的模仿当然就比对物质世界的模仿来得更加重要,这把古代希腊具有唯物主义倾向的"模仿说"进一步推向了纯粹上帝观念的神学"模仿说"。圣·奥古斯丁甚至断言:艺术家的作品只应该来自上帝至美的法则。在文艺复兴时期,达·芬奇、莎士比亚等大家均曾重提"镜子论",艺术家们更加强调艺术应关注自然,但这种"自然"更多时候意味着的却依然是自然的本质与规律。在 17 至 18 世纪的新古典主义时期,作家们似乎比上一个时期更青睐"模仿自然"的口号,但同时也进一步把"自然"的概念明确为一种抽象理性或永恒理性。"首先须爱理性:愿你的一切文章,永远只凭着理性获得价值和光芒。"①

"在浪漫派作家看来,能够与机械论世界观和功利主义人生观相抗衡的力量,只能是自然的、未被扭曲的人类情感。"②情感的表现,在浪漫主义之后成为文学理论中反复被提起的一个问题。按照列夫·托尔斯泰的说法,艺术就是艺术家在内心唤起情感,再用动作、线条、色彩或语言来传达这种情感。这似乎暗示着情感的表现即创作"主体"情感的表达,经由各种媒介材料将某种已经存在于"主体"内心之中的情感传达出来,而与"主体"之外的世界不存在什么关系。看上去,此种"表现说"与"再现说"完全南辕北辙,事实上,这两种理论观念却运用了相同的思维方式和思维逻辑,即都是在作家和世界二元对立的视域下来界定文学:"表现论"强调文学的本质是情感的表现,将文学的本体设定为所谓作为主体的作家;而"再现论"强调文学是对现实世界的模仿,将文学的本体设定为所谓作为

---

① 布瓦洛:《诗的艺术》,任典译,人民文学出版社 1959 年版,第 37—38 页。

② Charles Taylor:*Sources of the Self*:*The Making of the Modern Identity*,Harvard University Press,1989,p. 456.

客体的世界。两者在同一二元对立的思维框架下展开对文学本质的探讨,看上去截然对立,事实上却并无根本不同,最后甚至可以殊途同归。正如冈布里奇在《艺术与幻觉》(1960)一书中所言,世界上永远"不存在未加阐释的现实"①,在"本质"被注入"模仿"并成为其灵魂之后,"再现论"所谓作为客体的世界乃文学本体、本源的立场早已神不知鬼不觉地归于作为创作主体的作家,因为"本质"作为观念只能由作家主体赋予世界客体,世界客体本身是无所谓什么"本质"可言的。就此而言,所谓"按本来样子的"再现与所谓再现"客观世界的"本质,便永远只能是理性主义自欺欺人的神话。而"表现说"固然强调"一切好诗都是强烈情感的自然流露"②,但同时也声称,"诗是思维领域中形象化的语言,它和自然的区别就在于所有组成部分都被统一于某一思想或观念之中"③,"艺术的一切庄严活动,都在隐约之中模仿宇宙的无限活动"④。由此可见,所谓"表现说"中的"情感"在很大程度上也是一种观念化的情感。这样,表面上势不两立的两种对文学本质的界定便不但在作家主体那儿相遇,而且在作家主体的"本质观念"中握手言欢。由此,人们应该意识到:不管是诉诸"再现"还是经由"表现",两种文学理念所达成的艺术创作的开端和终点事实上却是完全同形同性之物;不管是"再现"还是"表现",均由作家主体之某种本质观念所统摄、主导。或许,正是基于这样的文学史事实,黑格尔才做出了"艺术乃理念的感性显现"这样的理论概括。

"表现","express",即"press out",其基本语义为"压出",这意味着它

---

① 冈布里奇:《艺术与幻觉》,见彼得·福克纳:《现代主义》,付礼军译,昆仑出版社1989年版,第56页。

② 华兹华斯:《〈抒情歌谣集〉序言》,见马新国主编:《西方文论史》,高等教育出版社2002年版,第211页。

③ 柯勒律治:《文学生涯》,见马新国主编:《西方文论史》,高等教育出版社2002年版,第212页。

④ 弗里德里希·施勒格尔:《断片》,见马新国主编:《西方文论史》,高等教育出版社2002年版,第205页。

天然地含有两个构成要素:外在的阻力和内在的冲动。没有被"压"的东西和"压力"的存在,所谓表现就不可能存在。这提示我们:与所谓专事对外部世界进行"再现"对立的艺术活动中的"表现",从一开始便不是仅与"主体"情感相关;在真正的创作过程中,并不存在一种等待着用文字或其他符号"表现"的、具有明确意义的情感,而只有一种意义混沌的、创作主体并不清楚的生命—情感冲动。这种冲动,本能地趋向在外化中得到"显现",而正是这种"显现",才使得生命—情感冲动"表现为"某种明确的情感,即艺术是在"显现"这一"表现性"动作或行为中达成的。这正如杜威在《艺术即经验》(1934)一书中所说:"艺术家不是用理性与符号来描绘情感,而是'由行动而生出情感'。"[1]这也就是说:第一,艺术乃是某种"生命—情感冲动"的具有"表现性"的"显现",而非某种既定"情感"的"表现",后者作为某种特定情感的"表达"或"传达",只是一种"发泄""喷发""流溢"所构成的简单"释放"行为而不能被称为"艺术"。一番号啕会带来安慰,一通破坏也许会使内心的怒火释放出来,一阵直抒胸臆的咆哮或许会使人感到舒服一些,但它们都不是艺术。"显现"则是某种混沌的"生命—情感冲动"在"表现性"的动作中被赋予形式而得以澄清的。"通过表现,显现得以达成;但这并不是说对象表现事物。……对象建立了某种框架、空间或场域——人们可以在这些框架、空间或场域中见出显现。"[2]第二,真正的"艺术显现"作为一个具有"表现性"的"外化"过程,总要借助"外部的材料"来"直呈"作为"内在材料"的主体之"生命—情感冲动",即主体的"生命—情感冲动"只有在它"间接地被使用在寻找材料之上,并被赋予秩序,而不是直接被消耗时,才会被充实并向前推进"[3],形成"意义

---

[1] 杜威:《艺术即经验》,高建平译,商务印书馆 2005 年版,第 72 页。

[2] Charles Taylor: *Sources of the Self*: *The Making of the Modern Identity*, Harvard University Press, 1989, p. 477.

[3] 杜威:《艺术即经验》,高建平译,商务印书馆 2005 年版,第 75 页。

性"的"情感",并被称为"艺术"。这就是说,如果所有的意义都能被"叙述性"的语词充分地阐说,则艺术就不会存在。有些价值或意义——尤其是那些新的、未经阐说过的价值或意义,只能由直接可见或可听的方式在"直呈"中来"显现","在很大程度上,显现与对明晰和特征的强调相冲突"①。这注定艺术在本质上只能是一种描述性的"显现",而不是简单的"叙述"式的"再现"或简单的"释放"性的"表现"。第三,在"显现"中,内在的"生命—情感冲动"与"外部的材料"是血肉相连、不可拆分的。在情感"表达"或"传达"意义上的"表现"中,外部材料或客观情况乃是某种情感爆发的直接刺激或原因。例如,一个人在看到分别很久的亲人时,高兴得大叫或流下激动的热泪,这种"表现"显然不能称为艺术。而在艺术的"显现"中,外部材料或客观情况则成了情感的内容和质料,而绝不仅仅是唤起它的诱因。在这个过程中,某种"生命—情感冲动"像磁铁一样将适合的外在材料吸向自身(所谓适合,是指它对于已经受感动的心灵状态具有一种契合共鸣),而且是它自身而非主体的观念意识承担着对材料进行选择和组织的功能。结果,特定的"生命—情感冲动"与外部材料或客观情况完全融合为一体,"它们共同起作用,最终生出某种东西,而几乎不顾及有意识的个性,更与深思熟虑的意愿无关。当耐性所起的作用达到一定程度之时,人就被一个合适的缪斯所掌握,说话与唱歌都像是按照某个神的意旨行事"②。

"再现总是达到一定目的的手段。"③它或者为了传达某种观念,此时的"再现"事实上乃是观念的形象阐释;或者为了唤起某些情感或释放情感,此时的"再现"在本质上接近于情感的表现。两种情形,不管哪一种,

① Charles Taylor: *Sources of the Self: The Making of the Modern Identity*, Harvard University Press, 1989, p. 467.
② 杜威:《艺术即经验》,高建平译,商务印书馆 2005 年版,第 78 页。
③ 科林伍德:《艺术原理》,王至元等译,中国社会科学出版社 1985 年版,第 58 页。

均由一个站在世界之外的、对自我的情感或观念高度自信的独立主体来达成。"我要按事物本来的样子呈现事物。我自己并不在其中。"①因此,所谓"再现"与"表现"的对峙,只不过是前者偏重主体观念的传达,而后者偏重主体情感的表现而已,两者均建构于传统理性主义那种主体与客体、现象与本质之二元对立的思维框架之中。基于此,西方现代文学的奠基人波德莱尔才既反对浪漫主义自说自话式的情感"表现",认为酣畅淋漓的情感表现只不过是无所顾忌的逃逸与拒绝担当的放纵,又反对写实派对观念大于真相的"再现","我认为再现任何存在的事物都是没有好处的、讨人厌的"②。事实上,主体的观念总是包含着个人情感色彩的观念,而主体的情感也总是承载着某种个人意向的观念性情感,即从主体之投放物来考察,"再现"与"表现"间的区别也绝对不像那些习惯于二元对立思维模式的人所说的那样泾渭分明。这就如同灵与肉在绝对理性主义的思维中被判定为一种二元对立的状态,事实上根本不是那么回事。抛开那些不管是来自激情洋溢的"表现"还是出于观念刻板的"再现"的平庸之作,一部文学史所表明的基本事实只是:任何伟大作家的作品总是"再现"与"表现"的统一,而所谓"再现"与"表现"的对立永远都是一些不谙艺术创作个中真味的理性主义理论家自以为是的逻辑裁定而已。

就"显现"同时也汲取了"再现"与"表现"各自包含着的合理成分而言,我们可以将其看成"再现"与"表现"的融合。在"再现说"与"表现论"两者同时被颠覆之后,这种融合夷平了原先曾存在于"再现说"与"表现论"之间的森严壁垒。"只有通过逐步将'内在的'与'外在的'组织成相互间的有机联系,才能产生某种不是学术文稿或对某种熟知之物的说明的

---

① 保尔·瓦雷里:《象征主义的存在》,见胡经之、张首映主编:《西方二十世纪文论选(第一卷)》,中国社会科学出版社 1989 年,第 77 页。

② 波德莱尔:《一八五九年沙龙》,见吴蠡甫等编:《西方文论选(下卷)》,上海译文出版社1979 年版,第 231 页。

东西。"①另外，因为摒弃了二元对立的思维模式，这种融合在本质上乃是一种新质的诞生而非旧质的简单叠加。但应该再次强调，这种"融合"，并不是"统一"，尤其绝非"社会主义现实主义"自我标榜的一厢情愿式、"拉郎配"式、"捏合"或"勾兑"式的统一。并不存在着真正的"再现"与"表现"在"显现"中的统一，因为在达成所谓"统一"之前，两者均被粉碎，不再作为整体存在了。

二

按照黑格尔在《美学》中的表述，作为"感性显现"的一种重要方式，象征就是将外界存在的某些形式直接呈现给感官。"象征一般是直接呈现于感性观照的一种现成的外在事物，对这种外在事物并不直接就它本身来看，而是就它所暗示的一种较广泛、较普遍的意义来看。"②即"象征是物和观念、在场和不在场的混合物"③。象征主义奠基人波德莱尔认为，文学家首先应当去做参透"自然"这部"象形文字字典"的功课，洞察隐藏在万事万物背后的"感应"关系，从而"创造一个新世界，产生出对于新鲜事物的感觉"④。与自然主义者一样，象征主义者也注意到了传统的西方文学在传统的理性主义二元对立思维模式影响下所形成的弊端，转而强调主体与客体联通融合的思想立场。两者一致认为只有从这种联通融合的视野出发才有可能"打捞"被绝对理性观念所阻断了的生命经验，澄清被绝对理性观念所遮蔽了的世界真相或存在本质，拯救被绝对理性观念所窒息了的生命意义，但两者激活这种联通融合的方式明显有所不同：自

---

① 杜威：《艺术即经验》，高建平译，商务印书馆 2005 年版，第 81 页。

② 黑格尔：《美学》（第二卷），朱光潜译，商务印书馆 1979 年版，第 10 页。

③ 克莱夫·斯科特：《象征主义、颓废派和印象主义》，见马·布雷德伯里、詹·麦克法兰编：《现代主义》，胡家峦等译，上海外语教育出版社 1992 年版，第 184 页。

④ 波德莱尔：《1846 年的沙龙》，见波德莱尔：《波德莱尔美学论文选》，郭宏安译，广西师范大学出版社 2002 年版，第 355 页。

然主义者基本诉诸感觉,而象征主义者则更强调通过直觉。两者这种不同的策略选择,在很大程度上也许与各自的活动领域相关:自然主义者主要在叙事文学领域耕耘,而象征主义者则主要活跃在抒情文学领域。就此而言,自然主义与象征主义的分野,先是"叙事"与"抒情"两种文体的差异,接着才是由"抒情"与"叙事"两者的比较所决定的——自然主义更"客观",更强调诉诸内在情感与外部世界遭遇时所共同产生的"印象";而象征主义则更"主观",更强调诉诸内在情感与外部世界遭遇时所共同产生的"意象"。印象属于更外显的、粗朴的"感觉"层面,似乎更是外部事物对内在心灵的"加印";而"意象"则属更内隐的、细致的"直觉"层面,更源自主体情感意向对外部世界的投射。正因为如此,历史才在"19 世纪 90 年代把象征主义和自然主义、唯美主义和社会道德、颓废绝望和尼采或易卜生式的希望熔为一炉"[①]。毫无疑问,对绝对理性观念一致否定的态度,对二元对立思维方式的一致摒弃,使自然主义和象征主义同时站在了非理性主义文化思潮的前沿,而这也正是两者表面对立、内里相通并最终在两个世纪之交会合成为现代主义的基础。

主体与客体、人类与自然、普遍与个别、必然与偶然、本质与现象……传统理性主义世界观总是习惯于将纠缠于无尽矛盾之中的世界与存在概括为种种玲珑剔透的二元对立,然后再使基于历史主义的逻辑去判定前项对后项享有无可争议的历史优先地位,而本质主义的文化冲动则总是不失时机地将处于优先地位者不断地加以绝对论式的观念抽象。受制于这种理性主义文化框架,传统西方文学在将世界与存在进行形式化的文本叙事时,习惯于将在理性主义文化建构中处于优先地位的观念化的本质、必然、普遍、主体等置于核心地位。从柏拉图的"理式"到基督教的"上

---

① 马尔科姆·布雷德伯里:《伦敦(1890—1920)》,见马·布雷德伯里、詹·麦克法兰编:《现代主义》,胡家峦等译,上海外语教育出版社 1992 年版,第 162 页。

帝",从布瓦洛的"理性"到黑格尔的"绝对理念",传统西方诗学对文学本质的定义均莫不如是。在基于这种诗学理念而创作出来的文学文本中,由于缺乏真切的个人体验来引导所呈现的材料的选择和结合,人们"会很快就从故事中感到,小说中男女主人公的命运会很悲惨。这种悲惨不是由于小说中的情况和人物性格,而是由于作者的意图——他要使人物成为一个木偶,从而展现他所珍爱的思想"①。大致来说,在传统的西方文学创作中,由于作家总是站在一个"类主体"的宏大立场上思维,在抽象的理性观念与鲜活的生命体验之间,他们的叙事总是习惯性地贴近前者潜行。一旦细致的感性生命体验被忽略,所谓"对现实的真实再现"也就只能宿命般地沦为观念统摄下的"对观念的抽象演绎"。

传统西方文学之"观念统摄"的病症来自传统西方文化中理性主义者主、客体二元对立的思维逻辑。基于这种逻辑,被判定为"主体"的思维自我,总是本能地冲动着要用自己的主体观念去解释被判定为"客体"的世界,从而在这种解释中求得被判定为"对立"的两者的统一,尔后方可心安。但由此所达成的统一,只不过是一种一己观念的独断,一种将本来复杂的世界简单化的虚妄,一种将多元、相对的观念绝对一体化的梦呓。独断、虚妄的梦呓严重遮蔽了世界的真相,阻断了思想活力的绽放。现代作家受时代文化思潮的影响放弃了二元对立的理性主义的思维模式,这不仅意味着他们不再用"对立"的思维逻辑去面对世界和自我,从而接受了世界与自我在不无矛盾与悖论的融合状态中的并存,由此彻底解除了既往总欲用主体观念统一世界的病态冲动,还意味着他用"多元论"的相对主义置换了"二元论"的绝对主义。事实上,这种"二元论"从其诞生的第一天起内里便潜藏着一种奔向"一元论"的强大冲动——经由"绝对化"抽象从而推断出某种"统一"一切的终极"本质"。也正因为如此,二元对

---

① 杜威:《艺术即经验》,高建平译,商务印书馆 2005 年版,第 73 页。

立的思维模式才永远会本能地奔向本质主义的绝对独断论。

在"上帝死了"之后,现代西方哲学普遍认为,意识只是主体从未完全知晓或控制的、社会的和无意识的过程中所产生的效果;意识所达成的理解、理解体系化所构成的理论则主要是理性自动推演的结果。任何绝对化的理论所施加给世界的一般性解释模式,从某种程度上讲,都是理论自身的虚构,并不具有本质意义,更遑论终极的本质意义。而且,观念体系或体系化了的观念固然乃是对世界的某一细小侧面的澄清,但在更多的时候却是对世界浩渺真相的一种遮蔽。因此,被观念统摄的叙事便不再是对世界充满活力与好奇的探究与澄清,而更是对真相不无懒惰与消极的阻断与遮蔽——遮蔽的遮蔽。就此而言,从某种既定观念出发并由这种观念所统摄的文学叙事之对世界本质的所谓"再现",从根本上来说只不过是对"观念造就现实"这一过程的拙劣演示。"再现"即"再造",而且是"再造"的"再造"。"一般性地说一件艺术品是不是再现的,是没有什么意义的。再现这个词具有许多意义。对再现性质的肯定也许会在一个意义上讲是假的,而在另一个意义上讲,则是真的。如果严格字面意义上的再造被说成是'再现的',那么艺术作品则不具有这种性质。这种观点忽视了作品由于场景与事件通过个人的媒介而具有独特性的可能性。马蒂斯说,照相机对于画家来说是很大的恩赐,因为它使画家免除了任何在外观上复制对象的必要性。"①

自然主义以降,随着风起云涌的非理性主义文化思潮对传统理性思维模式的消解,现代西方文学理论的革命性进展就在于消融了传统理性主义理论家演绎出来的"再现"与"表现"的对立。这种进展,不仅表现为"再现"与"表现"在新的思维模式下走向综合,还尤其表现为理论家们普遍意识到:原先在理论构想中承担着或"再现"外部客观世界或"表现"内

---

① 杜威:《艺术即经验》,高建平译,商务印书馆 2005 年版,第 89 页。

在主观情感艺术使命的作家主体,其所谓的"主体"地位纯粹只是一种乌托邦式的理论想象而已。真实的情形永远是,与常人一样,作家"主体"与世界"客体"的关系类如鱼在大海之中,甚至是水滴在大海之中。正是现象学所开启的这种思维模式的转变,带来了"再现论"与"表现论"的融合。作家还存在,"主体"消解了,这意味着不管是"再现"还是"表现",理论上都失去了"使动者"。文学,只能是在世界中的人对其在与世界交合境遇中直呈体验的"显现"。这种"显现"既是人的自我显现,又是世界在人之显现中的显现——两者在语言中迎面相遇;既是个人的显现,又是人类在个人之显现中的显现——个体与个体在和共同的世界融合中联通。独立的"主体"消解了,原先由"主体"所决定并承担的"再现"或"表现"便只能成为一切均在语词中自呈的"显现"。随着浪漫派自我中心的退场,"显现的重心开始从自我转向被体验的生活的碎片……转向各种各样新奇的语言乃至是'结构'实验。一个'去中心化'的主体间性的时代开始了。"①

　　"显现"文学本体论,不仅认定文本既是想象的产物又是现实生活材料的产物,还基于"不确定"之怀疑主义的思想立场强调:"主观"心理现实和"客观"物理世界在想象中固然相互关联融合,但它们绝非统一的。正是后者,从根本上将"显现"与"再现""表现"区别开来:因为它们虽方式不同,但却都是用冶炼得金光闪闪的想象将"主观"心理现实与物理"客观"世界统一起来。在"显现"的文本中,作家拒绝以二元对立的思维模式来理解自我与世界的关系,主体自我也就失去了用自身来吞并客体世界的内在冲动,文本由此获得了含有悖论、对立和矛盾的巨大包容性。"显现"文学本体论揭示出了一种文学文本与世界的新型关系:"它既不是对世界

---

　　① Charles Taylor: *Sources of the Self*: *The Making of the Modern Identity*,Harvard University Press,1989,p. 465.

原封不动的模仿,也不是乌托邦的幻想。它既不想解释世界,也不想改变世界。它暗示世界的缺陷并呼吁超越这个世界。"①

在现代主义的经典文本《尤利西斯》中,两个男主人公某种程度上分别代表着"模仿/再现"的模式和"表现"的模式,但又并不完全如此。真实的情况也许是乔伊斯对两种模式均给予了拆解,尔后又在部分继承的基础上力图达成一种融合——尽管是一种容纳了悖谬、充满着张力的融合。《尤利西斯》的文本叙事显然主要指向布卢姆,这在一定程度上表明了"写实"乃是这部叙事作品的基础。在对布卢姆夫妇诸多生活细节的叙述中,人们不时会产生某种印象——"写实"体现了传统叙事所孜孜以求的对经验现实的"模仿/再现",但叙事中流溢着的对传统叙事常规的不断挑衅与嘲弄,很快又会使人们对自己的判断产生怀疑——经验现实的"模仿/再现"不断被大量对人物"意识流"的描写、表现主义式的梦幻夸张、怪诞的滑稽戏所阻断并陷入瘫痪。在与布卢姆构成对照的斯蒂芬身上,人们可以清晰地见出与"模仿/再现"模式相对立的浪漫主义"表现"模式的叙事格调——自我与平庸现实的不协调展现出人物高耸的"主体性";但人们同时也很容易读出他身上不断流露出来的并不完全等同于浪漫主义主人公的虚无感与挫败感。这种建立在"上帝死了"这一文化标志下的虚无感与挫败感旋即摧毁了斯蒂芬那矫饰、虚假的"高耸主体"。在丧失了确定的信念/观念作为精神的支柱之后,事实上他根本就不具备与现实相对抗的意志力。因此,彼得·福克纳如下精辟的见解便不禁使人有醍醐灌顶之感:"《尤利西斯》曾被视为自然主义的顶峰,比左拉更善于纪实,也被视为最广博最精致的象征主义诗作。这两种解读中的每一种都站得住脚,但只有和另一种解读联系起来才言之成理,因为这部小说是两种解读交

① 罗杰·加罗蒂:《卡夫卡》,见罗杰·加洛蒂:《论无边的现实主义》,吴岳添译,百花文艺出版社1998年版,第109页。

互作用和相互流通的场所。恰恰是这些本质上互不相容的解读之间的关系,构成了阅读《尤利西斯》的经验。这种关系通过斯蒂芬和布卢姆相遇的过程戏剧式地体现在叙述之中,主题式地体现在尤利西斯式的三位一体中的第三个人身上,情欲造就的莫利·布卢姆。通过结合这两种对立的模式(它们在历史上已经互相分离),《尤利西斯》在结构和题材上对其中的任何一个模式都根据另一个模式加以批判,以至于两者的局限性和必要性都得到了肯定。"①

结构主义者罗兰·巴特在《S/Z》中曾将巴尔扎克的一部中篇小说拆成五百多个词句单元进行分析,揭示了所谓"现实主义"小说也并非"一个透明的、纯洁的窗口,透过它来观察文本之外的现实。相反……它充满隐蔽的造型手法,是一个哈哈镜长廊,还犹如一扇厚厚的彩色玻璃窗,这窗户把自己的色彩、形状毋庸置疑地强加于通过它可以瞥见的事物身上"②。这再次印证了本文开篇时提到的左拉的论断——"这些屏幕全都给我们传递虚假的影像","在一部艺术作品中,准确的真实是不可能达到的。……存在的东西都有扭曲"。由是,"小说表明自己从根本上和表面上都是一个语言问题,涉及的是词语、词语、词语"③。也正是从这个时候开始,一直处于附庸地位、承担着"愉悦"与"安慰"差事的文学叙事,明确地具有前所未见的文化创建的功能和照亮世界的功能——

> 艺术创造出一个并不存在的世界,一个"显现"、幻象、现象的世界。然而,正是在这种把现实变为幻象的转化中,也只有在这个转化中,表现出艺术倾覆性之真理。在这个天地中,任何语词、任何色彩、任何声音都是"新颖的"和新奇的,它们打破了把

---

① 彼得·福克纳:《现代主义》,付礼军译,昆仑出版社1989年版,第86—87页。
② 特伦斯·霍克斯:《结构主义和符号学》,瞿铁鹏译,上海译文出版社1987年版,第122页。
③ 彼得·福克纳:《现代主义》,付礼军译,昆仑出版社1989年版,第87页。

人和自然围蔽于中的习以为常的感知和理解的框架,打破了习以为常的感性确定性和理性框架。由于构成审美形式的语词、声音、形状以及色彩,与它们的日常用法和功用相分离,因而,它们就可逍遥于一个崭新的生存维度。①

① 赫伯特·马尔库塞:《审美之维:马尔库塞美学论著集》,李小兵译,生活·读书·新知三联书店 1989 年版,第 170 页。

| 第四章 |

"审丑":"震惊"效应的释出

　　在西方文学传统的审美机制中,"教化"是通过输出"愉悦"的文本策略达成的;现代文学不再将"教化"设定为创作的目的,无须迎合读者的趣味。面对着现代社会人文精神失落所造成的大众读者的精神麻木,现代作家义无反顾地诉诸"震惊"的文本效应。现代艺术文本所特有的"震惊"效应,直接发端于自然主义文学文本常有的那种冷峻、粗犷与狞厉。"震惊"召唤"审丑","审丑"使西方现代文学与"纯粹的美"发生断裂,文学不再是对现实的"反映",而是"反应";不再是情感的"抒发",而是"理解"。"震惊"不再直接提供观念化的"真理"或"意义",却导入"体验"并由此开启深沉的"反思"与积极的"理解",由此"启示"成为可能。文学从此不再是"说服""动员""教诲",即不再"训话",而是进行"对话"。在文学文本"震惊"之审美效应问题上,西方现代作家普遍接受了自然主义作家的观念。

第一节 "共同经验的破裂":从"愉悦"到"震惊"

在工业革命的早期阶段,伴随着传统教会的式微,宗教和哲学领域内所有共识性正统观念的影响力日趋衰退,富于想象力的作家们为读者提供了绝大部分价值观念。很大程度上"诗人和小说家承担了以前属于教士的角色",由此,"作家成了文化英雄"。[①]

在由此上溯的传统文学中,"总的说来,作家与读者之间具有一种稳固的关系,作家能够设想他与读者具备一致的态度和共同的现实感"[②]。而在这种关系之中创作的作品,被亨利·詹姆斯形象地称为一块爽心甜嘴的"布丁"。1884年,他在《虚构小说的艺术》(1884)中称:狄更斯和萨克雷的文学时代"广泛地存在着一种舒适愉快的感觉,感到一部小说就是一部小说,正如一块布丁就是一块布丁那样,我们同它的唯一关系就是把它吞下去"[③]。

这种"共同的现实感"或"共同经验",决定了传统作家在措置自己的文学叙事时往往或直接或间接或公开或潜在地采用一种公共视角。这就是说,明明是作家个人的叙事,却总是要僭取"我们"的名义,因此我们不妨将此等情形下的"作家主体"称为"复数主体"或"类主体"。总喜欢将自己置于"我们"之中的作家,习惯于设想读者的生活经验与他们的充分相同,普遍有对读者直接说教的习惯。请看萨克雷《名利场》(1848)一书的结尾:

---

① 罗兰·斯特龙伯格:《西方现代思想史》,刘北成、赵国新译,中央编译出版社2005年版,第354页。

② 彼得·福克纳:《现代主义》,付礼军译,昆仑出版社1989年版,第5页。

③ 彼得·福克纳:《现代主义》,付礼军译,昆仑出版社1989年版,第13页。

> 唉,浮名浮利,一切虚空!我们这些人里面谁是真正快活的?谁是称心如意的?就算当时遂了心愿,过后还不是照样不满意?来吧,孩子们,收拾起戏台,藏起木偶人,咱们的戏已经演完了。①

狄更斯《艰难时世》(1854)一书的结尾:

> 亲爱的读者!你我的活动范围虽然不同,但是像这一类的事情能否实现就要看我们的努力如何了。最好是让它们实现吧!那样,我们将来坐在炉边,看着我们的火花化为灰烬而又冷却了的时候,我们的心也就可以轻松一些。②

19世纪末叶,工业革命的持续推进与社会结构的不断革新,使得作家与读者之间的这种由作家越俎代庖人为设定出来的"共同经验"破裂了。美国早期自然主义文学的代表人物弗兰克·诺里斯激烈反对"带着目的去写作"的传统文学,声称小说家应当展示出生活的真实性,其所关注的焦点应该是人本身而非理论观念,而避免宣传说教乃是小说家高于一切的律令……为此,他蔑视没有坚定艺术立场的作家所炮制的那些"令人愉快的小说,具有娱乐性的小说……一本用纸包好的关于刀和剑的轻浮的小说,被带上了去旅行的火车,读完之后连同嚼过的橘子和吃剩的坚果壳一起被扔出了窗外"③。现代主义的代表人物沃尔夫在抨击传统文学审美的这种内在机制时曾称:作家的"装腔作势"与读者的一味"谦卑"

---

① 萨克雷:《名利场》,杨必译,人民文学出版社1957年版,第874页。
② 狄更斯:《艰难时世》,全增嘏、胡文淑译,上海译文出版社1978年版,第361页。
③ Charles Child Walcutt:*American Literary Naturalism*,*A Divided Stream*,University of Minnesota Press,1956,p. 116.

构成了他们之间非常"误事"的隔阂,而这种"隔阂"使得本来应该由作者与读者的亲密平等的结合而产生的健康作品受到了破坏和阉割。由此产生了那些舒舒服服的、表面光滑的小说,那些耸人听闻的、可笑的传记,那些白开水一样的批评,那些用和谐的声音歌颂玫瑰和绵羊的、充作文学的冒牌货。①

"共同经验的破裂"直接源自文学活动四维构成中的读者一维发生了急剧而又重大的变化:其一,读者的人数以几何级数迅猛增长。文学阅读,尤其是小说阅读,在报纸连载这种新的小说发布方式的推动下,迅速成为新兴中产阶级的基本文化生活方式。其二,读者人数的大增带来了读者的分裂。而今蜂拥而起的普通大众读者群,与原先由贵族精英组成的读者群在审美能力、审美趣味等各个方面均存在着巨大差异,这种差异直接带来读者的分裂。其三,大众读者越来越成为现今"文学产品"的主要"消费者",这一现实悄悄地从总体上改变了文学作品阅读的方式与性质——阅读越来越由"小众"的精神—艺术"鉴赏"蜕变为"大众"的文化—生活"消费"。其四,"因为他(指大众读者——笔者注)不实践任何一种写作形式,因为他对于风格和文学体裁没有先入之见,因为他期待从作家的天才得到一切"②,大众读者在审美活动中处于被动无为的痴迷状态,他们的思维与趣味常常被一种麻木的、简陋的、粗俗的惰性所控制,非但缺乏对原创性艺术文本的敏感,而且往往天然地对其采取一种野蛮的拒斥姿态。

在此等情形之下,作为"知识分子",作家与大众读者的关系状态也就自然而然地发生了变化。此前,两者处于"分立—策动"的协同关系状态:

---

① 弗吉尼亚·沃尔夫:《班奈特先生与勃朗太太》,见崔道怡等编:《"冰山"理论:对话与潜对话(下册)》,工人出版社 1987 年版,第 640 页。

② 萨特:《什么是文学》,见萨特:《萨特文学论文集》,施康强等译,安徽文艺出版社 1998 年版,第 141 页。

作家是主动的观念生产者和灌输者,大众是被动的观念的需求者和接受者。而今,两者的关系愈来愈演变成"分裂—平等"的非协同状态:先是由"上帝之死"所开辟出来的"相对主义"文化语境弥合了上述"主动者"与"被动者"之间的鸿沟,建构起一种模糊的、暧昧的"平等"关系;继之大众"麻痹"的"沉默"与"麻醉"的"满足"这一心理语境又解构了两者之间曾经存在的良好"策动"协同关系。而一旦往昔这种构成作家创作重要动力的与读者间的"策动"协同或被需求的状态消失,自命为或被公认为"精神导师"与"文化英雄"的作家便立刻失去了既往的神圣和辉煌。就此而言,在新的社会—文化机制中,文学在主流文化坐标系中的地位越来越"边缘化"便成了难以规避的历史宿命。

由是,作家的心态或创作姿态也就合乎逻辑地发生了巨变:一方面,作家们显然一时尚不能适应自己被"边缘化"的新的历史语境,而难免越发愤世嫉俗;另一方面,与生俱来的自由、反叛天性又使他们几乎本能地接受当下"诸神退隐"的文化情景——事实上,他们中的很多人本身就是这一文化情景的始作俑者,由是他们虽略微心有不甘但又分明透着一份理性的洞明,开始主动调整经由叙事所投射出来的艺术家与大众读者的关系——由先前揪着别人耳朵训话的"师爷"转变为与读者处于平等地位的"对话者"。"教化"向"对话"的转换,使得西方现代文学文本有了不同于传统文本的文化立场与现实姿态:一方面,文学批判的锋芒似乎收敛了不少——作家们普遍变得含蓄起来,不再直接赤膊上阵以自己的激扬文字或忧心忡忡或义愤填膺地审判现实;另一方面,文学批判的功能非但没有减弱反而越发加强——作家们普遍以一种更为激进的、更为自觉的姿态站在了既定社会—文化的对立面,对其进行一种更为彻底的、决绝的解构与反抗。换言之,基于某种观念而大义凛然与振振有词之"批判现实"的姿态,被不再持有任何普世主义的观念武器而仅凭一己感受体验之"颠覆现实"立场的姿态所置换。

作家与读者之间从作家自居上位对读者"训话"(在如上所引萨克雷的那段话中，作者甚至将读者称为"孩子们")变成了彼此平等的"对话"，这是西方文学在19世纪末叶完成现代转型的重要标志。在传统的文学审美机制中，"教化"是通过输出"愉悦"与"安慰"的文本策略达成的，"教化"被煞费苦心地卷裹在"愉悦"与"安慰"的糖衣之中，即所谓"寓教于乐"。现在，"教化"的"良药"功能终止了，那层"愉悦"与"安慰"的糖衣自然也就随意义的失落而剥落。由此，作家的创作获得了空前的自由，他们无须再苦心孤诣地揣摩并迎合读者的心理趣味或精神口味。而"不迎合"的创作立场一旦确立，面对现代商品社会人文精神失落所造成的大众读者的精神麻木，那些真正严肃的现代作家便义无反顾地诉诸"震惊"的文本效应，并希望由此开启读者的"反思"，从而在"思"之场域中最终达成心灵的"对话"。

第二节 "冒犯"与"震惊"

对现代作家来说，其与读者间平等关系的达成，是从传统作家始终揣在心头的"迎合"读者的创作心态与"教化"大众的创作动机之消解发端的。但不无悖谬的现代艺术情景是，力图达成与读者"平等对话"而不再对读者"强行训话"的现代作家，由于其颠覆现实的激进文学立场往往对大众读者的日常经验构成严峻的挑战，他们与读者的关系反倒骤然变得紧张起来了。

这种紧张关系，一方面表现为往昔大众读者对作家信赖有加的感人情景从此不再出现，另一方面表现为不再为如何"迎合"读者的审美趣味而绞尽脑汁、煞费心机的现代作家，常常以一种自由不羁的冷峻姿态，有意识地"冒犯"或挑衅大众的思维习惯与审美趣味。作家不再以迎合读者的心理趣味为策略,通过或批判或褒扬的方式直接向读者宣示规范和价值,而是在平等的前提下,主动间离他们与读者之间曾经存在的密切关系,从而最大限度地站在客观中立的立场上将不再有观念性主题紧紧卷裹的事实赤裸着显现给读者。作家非但不再在迎合读者之社会心理趣味(道德的、宗教的、传统审美的等等)这一传统文学创作的"潜在规则"支配下去"愉悦"大众①,而且主动"选择骚扰观众,危及他们的最珍视的情感的主题。……现代作家发现他们是在文化已被流行的知觉和感受样式打上烙印的时刻开始他们的工作的;而他们的现代性就体现在对这种流行的样式的反抗,对官方程序的不屈服的愤怒之上"②。未来主义(Futurism)、达达主义(Dadaism)等现代派中之最激进者,纷纷在新世纪伊始公然宣称他们的目标就是向公众挑战——"给公众趣味一记响亮的耳光"。

作为个案,作家对大众读者的这种公然"冒犯"或挑衅的姿态最早可以追溯到19世纪中叶的波德莱尔③。但作为一种普遍的文学症候,其大

---

① 左拉、德莱塞等自然主义作家对笔下人物悬置道德评判,乃至表现出质疑传统宗教伦理的非道德立场,在19世纪末的西方文坛堪称是最易触发中产阶级读者道德义愤引来"众怒"的事项。(Charles Child Walcutt: *American Literary Naturalism*, *A Divided Stream*, University of Minnesota Press, 1956, pp. 189-192.)

② 彼得·比格尔:《先锋派理论》,高建平译,商务印书馆2002年版,第8页。

③ 《恶之花》(1857)像一声惊雷,给法国诗坛带来一阵"战栗"。"波德莱尔并不仅仅是要让读者感到惊奇(Astonishing),而是要震惊(Shock)读者的道德感。"(Mario Praz: *The Romantic Agony*, Oxford University Press, 1951, p. 38.)波德莱尔的作品被后来者"最看重的是那些震惊当代人的元素:永远摆在第一位的感觉(Primacy of Sensation)、对奇异和恐怖事物的嗜好(Taste for the Bizarre and Horrible)、人工性的培植(Cultivation of the Artificial)、沉溺于忧郁中难以自拔的自我(Abandonment of the Self to Melancholy)和感官享受(sensuality)"。(Jean Pierrot: *The Decadent Imagination*, *1880 -1900*, The University of Chicago Press, 1981, p. 27.)

规模的出现则发端于 19 世纪末叶自然主义、象征主义[1]、唯美主义[2]、颓废主义[3]等先锋文学的"反传统"大合唱。若给该"反传统"大合唱添加一个副标题，那定然是"我憎恶群氓"。[4] "即使那些艺术立场完全南辕北辙的作家，他们恐惧与愤怒的对象也都出奇地一致——中产阶级。"[5]

自然主义作家对待读者的态度，明显开始从那种甜腻腻的"协同一

---

[1] "到了 19 世纪 80 年代，法国象征主义者已然公开表明其对悲观主义的迷恋和对退化意象的钟爱，以此显示他们反抗布尔乔亚习俗/观念的立场。"（Härmänmaa, Christopher Nissen：*Decadence, Degeneration and the End*, Palgrave Macmillan, 2014, p. 3.）无论是主张"恶中掘美"的波德莱尔，还是高标晦涩"纯诗"的马拉美，无论是用《十二个》"吹来革命旋风"的勃洛克，还是那在心头卷起漫天荒原黄沙的艾略特，象征派诗人着力书写的往往是能引起人们厌恶和恐怖的东西，如昏黄的都市、阴暗的街道、衣衫褴褛的乞丐、暧昧招摇的娼妓乃至腐烂的尸体、可怕的骷髅等，无不让人震惊莫名。象征主义不仅全面反叛主流社会，而且全面反叛上一代知识分子和艺术家（那一代知识分子和艺术家希望通过批评社会来改变这个社会）。它反叛一切可以想象得到的社会，这表现在，易卜生在《野鸭》中从攻击幻想转向攻击幻想的需要。（罗兰·斯特龙伯格：《西方现代思想史》，刘北成、赵国新译，中央编译出版社 2005 年版，第 365 页。）

[2] 唯美主义者大都"蔑视中产阶级和大众读者群，憎恶迎合流行趣味的传统观念与做法——王尔德在《社会主义下人的灵魂》一文中坚称，那些像'商人'兜售商品一样招徕读者的作家，绝不是艺术家。"（Kirsten MacLeod：*Fictions of British Decadence*, Palgrave Macmillan, 2006, p. 10.）"为了实现其同胞艺术鉴赏力的提高，王尔德热情地致力于经由震惊和刺激来转变他们的趣味。甚至《道林·格雷的画像》对精神变态的那种细致的描摹与揭示，其旨趣亦在于通过震惊来达成趣味的转变。"（Robert L. Peters："Toward an 'Un-Definition' of Decadent as Applied to British Literature of the Nineteenth Century"，*The Journal of Aesthetics and Art Criticism*, Vol. 18, No. 2, 1959, p. 261.）

[3] 在震惊—冒犯大众读者方面，颓废主义在 19 世纪末诸思潮中走得最远。"颓废派作家常常以迷惑布尔乔亚公众为乐趣，他们的'颓废'有时不过是一种文学姿态而已。"（Koenraad W. Swart：*The Sense of Decadence in Nineteenth-Century France*, Martinus Nijhoff, 1964, p.165.）为了抵抗中产阶级消费文化，颓废派作家通常诉诸两种人格面具：波希米亚人和花花公子。"尽管这两种身份在阶级层面上极其不同（波希米亚人被描绘为贫穷的、住在阁楼上的，而花花公子，尽管不是贵族的典型，却采取了一种贵族式的傲慢），但是这两种人格面具的目标都是震惊资产阶级。"（Kirsten MacLeod：*Fictions of British Decadence*, Palgrave Macmillan, 2006, p.12.）"颓废派最为人诟病的一点是，他们培养了对于一切通常被视为反自然的或退化的事物——性变态、神经疾病、犯罪和疾病的迷恋，所有这些都展现在意图颠覆或者在某种程度上去震惊传统道德的高度审美化的背景中。"（Ellis Hanson：*Decadence and Catholicism*, Harvard University Press, 1997, p.3.）

[4] 罗兰·斯特龙伯格：《西方现代思想史》，刘北成、赵国新译，中央编译出版社 2005 年版，第 367 页。

[5] Cesar Grana：*Bohemian Versus Bourgeois*, Basic Books Inc., 1964, p.161.

致"陡然转变为一种前所未有的敌对"冒犯"姿态。自然主义者普遍认为："小说不是一件普通的取悦人们的玩意,而是一种用于勘探并发现真相的工具。"①向大众读者的整个价值体系发起挑战而非追求一种"和谐一致",为此甚至不惜对读者的观念体系与思维方式展开大肆攻击,乃是自然主义作家在作家—作品—读者关系维度上所呈现出来的一种基本的文学姿态。龚古尔兄弟公然声称："写书的目的就是要使读者不习惯看,而且看了要生气。"②《戴蕾斯·拉甘》一书出版后,批评界充斥着一片粗暴的、愤慨的喧嚣,那些"道德感"极强的大众读者更是视之如洪水猛兽。对此,左拉在为该书再版写下的那篇著名序言中不无得意地慨然承认："看着他们那副深恶痛绝的样子,我内心还是感到满意的。"③在自然主义作家为自己作品写下的序、跋、书信或其他辩论性文字中,这种充满嘲讽——乃至比这更甚的蔑视与辱骂——的句子,可谓比比皆是。莫泊桑在谈到作为自然主义文学领袖的左拉时曾深有感触地说："在文坛没有谁比左拉挑起过更多的仇恨。"④毋庸置疑,在写下那些挑衅性文字的时候,左拉们并非不清楚自己的做法会引起轩然大波;然而,他们还是义无反顾地将那些裹挟着蔑视与辱骂的文字掷向了自己的读者大众。

自然主义作家似乎习惯于对大众读者进行肆无忌惮的公然冒犯与挑衅,这在当时的文坛的确是令人瞠目结舌、震惊不已的新奇景观。在作家依靠王侯、贵族资助的数百年间,这种挑衅是无法想象的;而在他们作为职业作家要依靠稿费生存的市场经济时代,想来也就更加令人惊讶莫

---

① Haskell M. Block：*Naturalistic Triptych：The Fictive and the Real in Zola*，*Mann and Dreiser*，Random House，Inc.，1970，p. 11.

② 龚古尔兄弟：《〈翟米尼·拉赛特〉初版前言》,见朱雯等编选：《文学中的自然主义》,上海文艺出版社 1992 年版,第 293 页。

③ 左拉：《〈戴蕾斯·拉甘〉第三版序》,见柳鸣九编选：《法国自然主义作品选》,天津人民出版社 1987 年版,第 727 页。

④ 莫泊桑：《爱弥尔·左拉》,见朱雯等编选：《文学中的自然主义》,上海文艺出版社 1992 年版,第 370 页。

名——产品的"生产者"怎可如此放肆地冒犯自己的"客户"？

但文化—文学生态的演变使得严肃的现代作家不得不认真地审视工业革命中出现的这些中产阶级读者：

> 他们爱看那些好像把读者带进了上流社会的书……爱看黄色书籍，少女回忆录，向女雅士献殷勤的才子写的忏悔录，及其他淫秽的书……读者还爱看无害而又令人欣慰的书，爱看结局好的惊险小说以及幻想小说，但要以不影响他们的消化能力和宁静生活为前提。[①]

> 真实的形式使人不自在，人们不能接受不说谎的艺术。[②]

> 这些假装害羞和智力有限的观众只想看到傀儡，他们拒绝生活的严酷真实。我们的民众需要美的谎言、老一套的感情、陈词滥调式的境遇。[③]

> 他们发誓说，要是有朝一日戏剧不再是一种逗人发笑的谎言——用来在晚上安抚白天的现实所留给他们的烦闷忧伤，那它就不再有存在的理由了。[④]

---

① 龚古尔兄弟：《〈翟米尼·拉赛特〉初版前言》，见朱雯等编选：《文学中的自然主义》，上海文艺出版社 1992 年版，第 293 页。

② 左拉：《左拉文学书信选》，见朱雯等编选：《文学中的自然主义》，上海文艺出版社 1992 年版，第 290 页。

③ 左拉：《致路易·乌尔巴克》，见左拉：《左拉文学书简》，吴岳添译，安徽文艺出版社 1995 年版，第 80 页。

④ Emile Zola："The Experimental Novel"，in George J. Becker，eds.：*Documents of Modern Literary Realism*，Princeton University Press，1963，p. 221.

那些假正经的抗议和愚蠢的狂吠都绝望地喊道："我们需要能安慰自己的纯洁作品；生活已够悲伤的了，为何还要向我们揭示它的真相呢？学学狄更斯吧，写一些经过观察的、腼腆的小说和可供我们消遣的，在最后几页美德终于战胜腐恶的小说。"①

读者习惯于既存事实，只在消闲时关心文学，不去了解艺术的奥秘，对于不能立刻引起兴趣的东西十分冷漠，不喜欢自己已经确定的欣赏规则受到干扰，凡是迫使他在日常事务以外转换脑力活动的东西，他都感到恐惧。②

当他们从这种对中产阶级读者文学趣味的省察转向对此等现状成因的探求时，对传统作家创作心态—姿态的批判也就变得不可避免：

理想主义的策略扮演着把鲜花掷向他的垂死病人的医生这种作用。我更喜欢的是展示这种垂死状态，即人们在如何生活和怎样死去。③

艺术不能被压缩在光颂扬那些羞怯得低着眼睛或咬着自己指头的好青年和可爱小姐们举行的婚礼上；艺术也不能只局限于重复狄更斯所倡导的以下作用：晚上能引起团聚在一起的全

---

① 于依思芒斯：《试论自然主义的定义》，见朱雯等编选：《文学中的自然主义》，上海文艺出版社 1992 年版，第 326 页。

② 莫泊桑：《爱弥尔·左拉》，见朱雯等编选：《文学中的自然主义》，上海文艺出版社 1992 年版，第 365 页。

③ 左拉：《致伊夫·居约》，见左拉著：《左拉文学书简》，吴岳添译，安徽文艺出版社 1995 年版，第 228 页。

家人的感动；能使长期卧病者觉得快乐。①

　　他们所看见、观察和表现的，只是他们认为特别地可以吸引他们所面对的公众的兴趣的一切。②

　　与法国的情形相似，许多既彼此呼应又相互冲突的有关艺术和文化的观念大量涌现，同样也是 19 世纪末叶英国文坛的特征。这些观念——不管是自然主义的还是象征主义或者唯美主义的——均将攻击的矛头指向了 19 世纪中叶文坛普遍流行的作家与读者的媾和一致或作家向大众趣味的献媚。托马斯·哈代以其颇具自然主义色彩的小说创作激起读者的广泛震惊与愤慨，其与大众读者的冲突最终导致他放弃小说写作而逃到诗歌的领地。作为这一时期英国文坛最重要的作家，他的这一遭遇显现着叙事文学领域风气的巨变。1895 年，英国自然主义文学的代表人物乔治·摩尔发表了极具讽刺性的小册子《文学即保姆或传播道德》，大肆攻击维多利亚时期占主导地位的文学伦理化倾向，宣告了安逸的维多利亚式的作者—读者"意见一致"状态的终结。就连在艺术风格上颇为保守的萧伯纳，也给自己在 1898 年发表的三个剧本上加上了"不愉快的戏剧"的标题，以表明其对读者感情的直接攻击。在"前言"中，他明确表示："无论如何，我必须警告我的读者，我的攻击是针对他们的，而不是针对我的舞台人物。"③

　　新的文学生态决定了严肃文学似乎必须诉诸激进的形式，以某种声

---

　　①　于依思芒斯：《试论自然主义的定义》，见朱雯等编选：《文学中的自然主义》，上海文艺出版社 1992 年版，第 326 页。

　　②　布吕纳介语，拉法格：《左拉的〈金钱〉》，见朱雯等编选：《文学中的自然主义》，上海文艺出版社 1992 年版，第 345 页。

　　③　彼得·福克纳：《现代主义》，付礼军译，昆仑出版社 1989 年版，第 11 页。

势上的"震惊"先从接受意识上刺激读者大众,而"冒犯"无疑是一种最快捷、最方便、最经济的"震惊"和激活读者大众接受意识的方式。但此种"冒犯"所激起的大众读者的敌对情绪不会让他们彻底拒绝接受新文学吗？事实是,审美判断力的匮乏决定了大众读者在审美活动中的惰性,这种惰性只对来自外部的"震惊"与"刺激"才会做出基本的反应。而"反应"机制一旦被激活,缠绕于审美活动中的"好奇"心理便会将之直接导向"刺激源",尔后经过一段时间的适应,慢慢从拒斥到茫然再到接受。"读者只会久而久之才敬重和承认那些先是使他们大吃一惊的人,即带来新东西的人,作品和绘画的革新者,——最后,是那些在世上事物不断的普遍发展和更新中,敢于违反现成观点的怠惰和一成不变的人。"[1]所以,在现代社会,对一个前卫作家及其独创性作品来说,"最严重的威胁不是读者的反对,不是批评者的恶意中伤,甚至也不是来自官方的压制,——所有这些际遇虽有时难免带来阻碍,令人烦恼,但它们却并非不可克服——且事实上它们常常还会增加作品的知名度。一部艺术作品最严重的危险莫过于激不起任何反应"[2]。

在 19 世纪末叶自然主义文学运动展开的过程中,左拉及其他自然主义作家之所以敢于主动地不断用自己的作品与言论"震惊"—"冒犯"读者和批评界,在很大程度上也是因为他们有着发起并推进文学运动的自觉意识。年轻时曾在广告界打拼的左拉显然比其文坛前辈更深谙时代的文化逻辑,更清楚当代文学生态正悄然发生着巨大变化,因而也就更明白新的文学需要命名,需要纲领,需要宣言,需要宣传造势,需要用广告性的语词乃至行为来宣示自己的存在,而这一切都是因为大众的神经需要"刺

---

① 爱德蒙·德·龚古尔:《〈亲爱的〉序》,见朱雯等编选:《文学中的自然主义》,上海文艺出版社 1992 年版,第 304 页。

② Erich Auerbach: *Mimesis: The Representation of Reality in Western Literature*, Princeton University Press, 1953, p. 500.

激"和"震惊"。在很多国家,自然主义都是在与文学传统及公众—社会的激烈冲突中以文学"革命"的"运动"方式展开的。或松散或紧密的作家社团的大量出现、标新立异乃至排斥异己的同人杂志或丛书或文集的刊行、连接不断的笔墨官司及真正的司法诉讼、党同伐异及与大众的冲突、媒体上的"围剿"与"反围剿"、宣言与纲领、领袖与追随者……所有这些都是自然主义文学"革命""运动"存在的标志。

第三节 "审丑"与"震惊"

美国学者丹尼尔·贝尔曾在其《资本主义文化矛盾》(1976)一书中写道:"十九世纪下半叶,维持秩序井然的世界竟成了一种妄想。在人们对外界进行重新感觉和认识的过程中,突然发现只有运动和变迁是唯一的现实。审美观念的性质也发生了激烈而迅速的改变。"[1]伴随着农业文明迅速被工业文明所取代的历史巨变,作家与读者之间关系的急剧转型直接带来文本审美效应从"愉悦"向"震惊"转换;同时,"令人惊异而又不可否认的事实是,正是那些追求全新的审美印象的人发现了丑陋和病态的魅力"[2]。为了"打捞"被传统文学叙事所遮蔽、阻断了的人生经验,重建读者的感觉机制,现代作家认为自己有责任反传统文学之道而行之,回避"乐感",铺陈"痛感",即大量描绘那些被传统审美观念判定为"丑""恶"的事物。

现代艺术文本所特有的"震惊"效应,直接发端于自然主义文学文本

---

[1] 丹尼尔·贝尔:《资本主义文化矛盾》,赵一凡、蒲隆、任晓晋译,生活·读书·新知三联书店1989年版,第94页。

[2] Erich Auerbach: *Mimesis: The Representation of Reality in Western Literature*, Princeton University Press, 1953, p. 505.

常有的那种冷峻、粗犷与狞厉。"自然主义作家是以科学家的精神来寻求真理的,左拉和他的追随者不承认任何神秘的东西,他们认为现实必须通过精准的细节来表达,尽管这样显得艰苦而残酷。"①自然主义作家大都将文本看成"一件精工制作的利器,它一下子穿透衣服和皮肤,直接进入鲜活的心脏"②。"要大胆复大胆,露骨复露骨,直至让读者战栗。"③自然主义作家通过客观冷静的笔调描写严酷的生活现实,用锐利的"痛感"穿透了被高度发达的物质文明所包裹着的现代西方文明的表象世界,以残酷的"真实感"触动着人们日益麻痹的感觉系统,常常令那些在生活的"习惯"中早已丧失真实的生命感觉的大众读者惊愕莫名。1877 年 2 月 3日,读了新近出版的《小酒店》后兴奋不已的马拉美在写给左拉的信中盛赞该书是"一部非常伟大的作品",因为它体现了审美在当代的最新演进,"真实成为美的通俗形式"。④

"大自然的残酷往往会被放大,以攻击理想化的小说⋯⋯暴力、痛苦和震惊被提供作为净化的体验。痛苦和震惊是通往真正自然主义成就的大门。"⑤对"真实感"的追求,使自然主义作家的笔触从一般"庸常"题材大踏步地挺进到了所谓"反常"题材的领域,从而开了西方现代文学"审丑"的先河。在自然主义作家看来,用来排愁解闷与劝善说教的传统文本,既是甜蜜地激荡心灵软肋的痒痒挠,又是不知不觉间麻痹人们

---

① Lars Ahnebrink: *The Beginnings of Naturalism in American Fiction*, Harvard University Press, 1964, p. 23.

② 弗兰克·诺里斯:《浪漫小说的请愿》,见柳鸣九主编:《自然主义》,中国社会科学出版社 1988 年版,第 422 页。

③ 田山花袋:《露骨的描写》,见柳鸣九主编:《自然主义》,中国社会科学出版社 1988 年版,第 543 页。

④ 马拉美:《给爱弥尔·左拉的信》,见朱雯等编选:《文学中的自然主义》,上海文艺出版社 1992 年版,第 336 页。

⑤ Harold Kaplan: *Power and Order: Henry Adams and the Naturalist Tradition in American Fiction*, University of Chicago Press, 1981, p. 128.

神经的鸦片。"当人们想自我安慰和安慰别人时,需要的是说谎的最新例证。"①而与此相反,实话实说所抵达的真实却每每让人在震惊中感到残酷。奉"真实感"为最高原则的自然主义作家拒绝"撒谎",宁愿选择直面残酷,这自然就形成了自然主义叙事文本在内容上的"震惊"效应。"自然主义小说总是将人(更多的是女人)置于一种充满嘲弄和屈辱的命运中,并借此暴露日常生活中常常不为人察知的生命空虚与人性腐败。"②这用左拉的话来说就是"我们要说出人民的真相,让人震惊……人所共知,但出于利害关系而说谎,如此而已。我们的藐视要压过他们的虚伪"③。

自然主义文学诞生之前,西方文学叙事在几千年的时间里少有对底层社会生活的描写。早在 19 世纪 60 年代中期自然主义发轫之时,龚古尔兄弟便在《〈翟米尼·拉赛特〉初版前言》中公然提出:"生活在 19 世纪,在已实现了普选、民主和自由主义时代的人……我们想知道穷人哭泣的泪水会不会和富人的泪水是一样的。"④对普罗大众平凡生活的关注,是自然主义文学在题材上对传统文学过于囿于上流社会狭窄范围的革命性突破。在上流社会的宫廷、沙龙之外,自然主义作家开始将笔触深深地探进了乡村、矿山、监狱、荒原、贫民窟……自然主义给西方文学所带来的这种突破性进展,从根本上说也许并不在于题材的选择本身,而在于作家审视生活世界时观念与方法的革新:这一方面表现为他们已开始将底层社会的各色小人物作为自己作品的主人公进行正面描写,另一方面表现为

---

① 左拉:《论小说》,见朱雯等编选:《文学中的自然主义》,上海文艺出版社 1992 年版,第 252 页。

② David Baguley:"The Nature of Naturalism", in Brian Nelson, eds.: *Naturalism in the European Novel*:*New Critical Perspectives*, Berg Publishers, 1992, p. 19.

③ 左拉:《论小说》,见朱雯等编选:《文学中的自然主义》,上海文艺出版社 1992 年版,第 234 页。

④ 龚古尔兄弟:《〈翟米尼·拉赛特〉初版前言》,见朱雯等编选:《文学中的自然主义》,上海文艺出版社 1992 年版,第 293—294 页。

他们已开始将日常生活中琐屑的小事置于时代、历史的进程中。生活不再充满疯狂的喧嚣，不再令人极度兴奋，它不过是在流动、流淌、流逝，——一种机械的空转，一种寂寥的持续，一种虚空的轮回。在庸常题材的处理上，自然主义作家"将习俗变成诗歌，将惯例写成喜剧，将庸常琐事谱成历险记"①，既表现出了对传统文学中盛行的那种美化的理想化的崇高文体的否定——此种崇高文体虽早已没落，却仍支配着当代一般读者的鉴赏习惯，又体现了对把文学当作惬意的抚慰性愉悦工具的传统文学叙事模式的强烈抗议。自然主义作家能够在平凡琐屑的事物和平淡无奇的生活现象中发掘出一般人熟视无睹的意味并加以表现，这既是其叙事文本的突出特点，又体现着其非凡的艺术成就。"作者具有被人称为才能的那种特殊的禀赋，就是说，一种强烈的、紧张的、因作者兴趣之所在而专注于某事物的能力，一个具有此种能力的人因此就能够在他所注意的事物中看出别人所不能看到的某些新的东西。"②

　　左拉认为："只有满足了真实感要求的作品才可能是不朽的，而一部矫情的作品却只能博取时人的一时之欢。"③为了达成"真实感"，"我们要描绘整个世界，我们的意愿是既剖析美也剖析丑"④。在《实验小说论》(1880)一文中，左拉借用贝尔纳的话来为自己笔下有时难免残忍的真实进行辩护："除非人们亲自在医院的梯形解剖室或其他实验室去翻搅那恶臭的或跳动的生命之躯，否则对于生命现象便永远很难得到真正深刻、丰富、全面的见解……如果一定要打个譬喻来表达我对生命科学的感情的

---

① David Baguley："The Nature of Naturalism"，in Brian Nelson，eds.：*Naturalism in the European Novel：New Critical Perspectives*，Berg Publishers，1992，p. 25.
② 列夫·托尔斯泰：《〈莫泊桑文集〉序言》，见朱雯等编选：《文学中的自然主义》，上海文艺出版 1992 年版，第 427 页。
③ Emile Zola："Naturalism in the Theatre"，in George J. Becker，eds.：*Documents of Modern Literary Realism*，Princeton University Press，1963，p. 208.
④ 左拉：《论小说》，见朱雯等编选：《文学中的自然主义》，上海文艺出版社 1992 年版，第 247 页。

话,我愿说这是一个富丽堂皇的客厅,一切都光辉夺目;而要进入其中,却必须走过一个长长的令人厌恶的厨房。"①"我们的分析始终是严酷的,因为我们的分析一直深入人的尸体内部。上上下下我们都遇到粗野的人。当然,面纱或多或少;但当我们依次描绘它们并撩开最后一块面纱时,总是看到后面污秽多于鲜花。正因如此,我们的作品这样灰暗,这样严峻。我们并没有寻找令人厌恶的东西,我们却找到了;如果我们想隐藏起来,那就必须说谎。"②对人性中的阴暗面即"兽性"的大肆描写,在自然主义之前殊为鲜见,而左拉等自然主义作家却从生物学、遗传学乃至病理学的角度出发,把人丑的、恶的那些过去文学家们竭力"隐蔽""隐饰"的生命本相尽数如实地揭示出来。"疾病是一种杰出的自然主义材料,对它的描写达成了一种恐怖的审美。"③"当一个生物的更高的伦理本性要么被否定要么被无视的时候,重点必然被身体的、种族的、本能的残忍一面所取代。没有精神价值观念的人,其身体行为便趋向于为本能所驱动。"④在《娜娜》(1880)中,高贵的莫法伯爵为情欲所驱使,为了讨娜娜欢心,身着尊贵的官服,趴在地上装狗熊;在《土地》(1887)中,被财产的占有欲所驱使,姐姐竟协助丈夫强奸、杀死了自己怀有身孕的妹妹,而儿子为了财产则放火烧死了自己的父亲。这些令人发指的场面描写,揭示了人的动物性,撕下了蒙在所谓"正人君子"脸上的遮羞布,第一次把传统形而上学所赋予人的伪饰的尊严踩到了脚下,把生活残酷的真实赤裸裸地展现在读者的面前。"退化、瓦解和放荡俨然成了自然主义文学

① Emile Zola："The Experimental Novel"，in George J. Becker，eds.：*Documents of Modern Literary Realism*，Princeton University Press，1963，p. 178.

② 左拉:《论小说》,见朱雯等编选:《文学中的自然主义》,上海文艺出版社 1992 年版,第 249 页。

③ Charles Child Walcutt：*American Literary Naturalism*，*A Divided Stream*，University of Minnesota Press，1956，p. 128.

④ Charles Child Walcutt：*American Literary Naturalism*，*A Divided Stream*，University of Minnesota Press，1956，p. 95

的基本诗学。"①通过自然主义作家的笔触,虽常常可以看出其对丑陋、反常状态的病理学兴趣,但总体来看,这种兴趣却并没有像同时期的颓废派作家一样凸显为美学意义上的迷恋。奥尔巴赫认为,左拉对底层社会各种反常、丑陋事物的描绘,并非为了愉悦审美家,而是为了激发读者的共鸣性理解:"几乎每个句子都在表明左拉创作的高度严肃和道德意义;小说整体上不是一种娱乐消遣或者艺术性的室内游戏,而是将他亲眼所见的现代社会像画一幅肖像画那样描绘出来,活灵活现地传达给读者公众。"②

在自然主义作家等19世纪末先锋派作家看来,人性本来就是善与恶的混合,只有让人认清人自身丑、恶的东西,才能真正彻底地认识自己。自然主义文学文本以其常有的冷峻、粗犷与狞厉,直接产生了一种与既往"愉悦"相区别的文本"震惊"效应。"审丑论"使现代文学与"纯粹的美"发生断裂。文学不再是对现实的"模仿""再现",而是"消解""去蔽";不再是对现实的"反映",而是"反应";不再是情感的"抒发",而是"理解"。由此,传统美学中的"审美距离说"受到挑战,审美活动与生命活动的同一性得到强化,这就有了尼采所谓"残忍的快感",即"震惊"。西方现代文学中作家与读者之间关系的巨大变化及其所带来的文本审美效应从"愉悦"向"震惊"的偏移,在叙事文学中均直接发端于自然主义。

逻格斯中心论的崩溃,使人不再作为"中心"的"万物之灵",而只成为"中介"的"不确定"的"存在者"。主体与客体、感性与理性、灵与肉、善与恶、美与丑等诸范畴的二元对立不再存在,以前所谓"丑"与"恶"也就不再被断定为纯然消极,而成了"存在者"之创造力的一个组成部分。"美"与

---

① David Baguley:"The Nature of Naturalism", in Brian Nelson, eds.: *Naturalism in the European Novel*: *New Critical Perspectives*, Berg Publishers, 1992, p. 26.

② Erich Auerbach: *Mimesis*: *The Representation of Reality in Western Literature*, Princeton University Press, 1953, p. 510.

"善"的逻辑关联正在不断展开中趋于瓦解,"美"与"真"的联系却得到了空前强化。但这"真"却不再是合"理"的"真理",而是经由"现象还原"才能开启的"真相";不再是绝对客观或纯粹主观的"外在真实"或"超验真实",而只是在人与世界遇合时迸发出来的"真实感"。由是,人与世界的分离在"现象"中达成融合,灵与肉的分离在"生命"中达成融合;"美"之标准开始由伦理学意义上的"善"向现象学意义上的"真"偏移,一种以生命为核心的新的美学——"生命美学"因此得以确立。这种美学使传统的"美"与"丑"融为一体,"丑"及被传统美学判定为"丑"的"恶"不再是"美"的对立面,而是"美"的一种特殊存在形态,甚至是"美"的起源,而原先中庸、适度、和谐所构成的"乐感之美"及被判定为"美"的"善",则统统被认为是与"美"关联不大的元素,并在艺术中被削弱。显然,在西方现代美学中,"美"的反面,不再是"丑",而是"不美"或者是美学上的漠不关心。①

---

① 斯泰司:《美的意义》,见李斯托维尔:《近代美学史评述》,蒋孔阳译,上海译文出版社1980年版,第91页。

第五章

"非个人化"：自然主义的创作方法

　　既要"非个人化"，又要"个性表现"，尤其要"真实感"，看上去左拉的论述似乎非常矛盾。事实上，"非个人化"与"个性表现"两者在"真实感"中得到了很好的统一，而且"个性表现"作为"真实感"的内在规定和必然要求，它与后者也并非一种二元对立的关系。有多少人就有多少"个性表现"，就有多少"真实感"，就此而言，"个性表现"甚至堪称"真实感"的前提。但这并不意味着"个性表现"可以睥睨一切肆意放纵，它必须接受"现实因素即自然"这个"大地"的牵引，否则便会堕为浪漫派的那种"虚妄"。而"个性表现"恭谨地朝向"自然"这个"大地"，这就是"非个人化"的实质。因此，"非个人化"绝非要抹杀"个性"或"个性表现"。

第一节　"非个人化"

一

　　"艺术的最高境界，亦即其最难之处，不在于让人哭笑，让人动情或发怒，而是要得自然之道，使人遐想。一切杰作，莫不具有这种性质。外表很沉静,实际深不可测。"①"没有高贵的主题或不神圣的主题;从纯粹艺术的观点来看,几乎可以确立一个公理,即没有一个主题或风格本身是绝对的。"②"我的原则是:小说家绝对不能把自己写进作品。小说艺术家应该像正在创造世界的上帝那样,隐身于作品中,但又无所不能;读者可以在作品中处处感觉到他的存在,但却看不见他。"③福楼拜很早就提出文学科学化与"非个人化"的主张,并身体力行,绝不在创作中表露自己的思想立场或情感倾向。这也正是《包法利夫人》甫一发表便被告上法庭的重要原因。当时的著名批评家圣伯夫与其交好,但依然批评其作品冰冷无情、残忍诡谲④,乃至把他和性虐作家萨德相提并论;亨利·詹姆斯的意见和圣伯夫无二,且更进一步指斥其作品题材冷血怪诞、人物平庸乏味⑤。

在1866年12月5日致乔治·桑的信中,福楼拜明确反对作者随意露面评论的做法:"我认为小说家没有权利对任何事发表自己的看法。上帝说过自己的意见吗?正因为如此,我感觉有许多东西令我窒息,想将它们一吐为快,却又咽了下去。其实,说出来又有何用处?任何一个人都比居斯达夫·福楼拜先生更值得注意。"⑥福楼拜用清醒的自我认知和高明的艺术技巧,完成了作者在作品中的隐身,坚持让故事中的人物自由发声、自由发展,给予艺术真实以最恰切的尊重。詹姆斯评价福楼拜的叙事

---

① 福楼拜:《福楼拜文学书简》,丁世中译,北京燕山出版社 2012 年版,第 94 页。

② Nicole L. Brownfield: *Style as A "Manner of Seeing": The Poetics of Gustave Flaubert*, Liberty University School of Communication, 2010, p. 7.

③ James Harry Smith: *The Great Critics: An Anthology of Literary Criticism*, Norton, 1967, p. 887.

④ Gustae Flaubert: *The Letters of Gustae Flaubert, 1857-1880*, Belknap Press of Harvard University, 1980, p. 45.

⑤ Henry James: *Selected Literary Criticism*, Penguin Books, 1968, p. 281.

⑥ 福楼拜:《福楼拜文学书简》,丁世中译,北京燕山出版社 2012 年版,第 168 页。

时认为他在故事外"保持一种超然,使作品拥有自己的生命"①。威尔逊也称:"他是那种想象力丰富的作家,直接以具体的形象创作,而不涉及任何思想。"②

左拉在比较福楼拜和巴尔扎克的风格时,把福楼拜的这种无动于衷与巴尔扎克的雄辩明显地区分开来:

> 作者不是一个道德家,而是一个解剖学家,他只满足于说出他在人这具尸体中找到的东西。如果读者愿意,他们可以下结论,尽力得出作品的教训。至于小说家,他站在一边,尤其出于艺术原因,让他的作品成为客观的东西,它的记录性质永远刻写在大理石上。他认为自己的激动会妨碍他的人物激动,他的判断会减低事实的严峻教训。整个新诗艺就在这里,运用这个新诗艺改变了小说的面貌。③

美国自然主义作家弗兰克·诺里斯提到小说应当具有"非介入性"时表示,像萨克雷那种在小说里不断地出现声音、做出解释或者随意评论的做法是对写实文学整体真实性的干预和破坏,诺里斯举出画家拿着画作进行解释或剧作家在戏剧放映时不断评论的做法无疑会令观众生厌的比喻来说明这一观点。他十分赞同福楼拜在作品中抽离的做法,认为"小说家越是将自己从故事中抽离出来,他与故事之间的距离就越遥远,他创造的事物、人物就显得越真实,宛如拥有了自己的生命"④。美国小说理论

---

① Henry James: *Selected Literary Criticism*, Penguin Books, 1968, p. 238.
② Edmund Wilson: "The Politics of Flaubert", in John Lehmann, eds.: *The Triple Thinkers: Twelve Essays on Literary Subjects*, 1952, p. 77.
③ 左拉:《法国六文豪传》,郑克鲁译,安徽文艺出版社 2011 年版,第 165 页。
④ Donald Pizer: *The Literary Criticism of Frank Norris*, Russell & Russell, 1976, p. 55.

家韦恩·布斯在说明这一情况时，援引了作者与读者在小说中亲切对话的典型案例《十日谈》来加以比较："首先，我们必须除去所有对读者的直接致辞，所有以作者本人身份做出的议论。当《十日谈》的作者以引言和结论的形式向我们直接说话时，我们可能有的正直接与菲亚美达和她的朋友们打交道的一切幻觉便都被破坏了。从福楼拜以来，数量惊人的作家和批评家都一致认为，这种直接的、无中介的议论是不行的。甚至于那些承认这种方法的作家，像 E. M. 福斯特，也经常禁止它出现，除了在某些有限的主题方面。"①

文学作品中人物的所作所为、所思所感归根到底无不来自作者。"我们在一个国王、一个杀人犯、一个强盗或是一个伪君子身上，在一个娼妓、一个修女、一个少女或是一个女菜贩身上所表现的始终是我们自己，因为我们总是要问自己：'如果我是国王、杀人犯、强盗、娼妓、修女、少女或是女菜贩，我会做什么，我会想什么，我会怎样行动？'。"然而，一个不可回避的困难是无论如何，作者都不可能完全确定地把握器官、肌肤、血液、神经、体质、心理与其殊异的各色人物那姿态万千的生命—心理冲动，因为"我们的看法，我们依靠感觉得来的对世界的认识，我们对生活的想法，我们只能将它们部分地移植到我们声称要揭露他们不为人知的内心秘密的所有的人物身上"②。可这又如何能保证叙事的"真实感"呢？莫泊桑给出的答案是："小说家的能耐就在于不让读者认出藏在面具后面的自己。"③而左拉则在《福楼拜及其作品》一文中，明确提出了"作家应完全消失在所叙述的情节的后面"这一重要的自然主义文学规则。在他看来，因

---

① 韦恩·布斯：《小说修辞学》，华明、胡晓苏、周宪译，北京联合出版公司 2017 年版，第15 页。

② 莫泊桑：《论小说》，见莫泊桑：《漂亮朋友》，王振孙译，上海译文出版社 1993 年版，第409—410 页。

③ 莫泊桑：《论小说》，见莫泊桑：《漂亮朋友》，王振孙译，上海译文出版社 1993 年版，第410 页。

为采取"没有呐喊,没有激动,只有深思的目光盯着前方"①的叙事姿态,福楼拜的小说以不偏不倚、就事论事、客观冷静、拒绝主观倾向等为特点,为新的小说叙事规则提供了典范。福楼拜明确提出了小说创作的"科学化"原则:"艺术家不应当在其所创作的作品中出现,正如上帝不应当在其所创造的世界上出现。"②

在《戏剧中的自然主义》一文中,左拉明确提出了其自然主义的"非个人化"主张:"自然主义小说的特点之一就是它的非个人化。我的意思是说,小说家只是一名记录员,他必须严禁自己做评判、下结论。……所以他本人就消失了,他把他的情绪留给自己,他仅仅陈述他所见到的东西。接受现实而不是逃避现实是一切的前提;作为一个人,他当然可以在这事实面前颤抖,欢笑,也可以从中得出随便怎样的一个教训;但作为一个作家,他唯一的工作是把真实的材料放在读者的眼前。"③而意大利自然主义的领袖人物路易吉·卡普安纳也断言:"一个小说家的职责就是忘记自己,磨掉自己的个性。"④将作家主体"藏在面具后面",即"隐匿叙事主体"的"非个人化",从根本上说乃是自然主义作家为了确保"真实感"而刻意实施的一种叙事策略。由此,他们不仅反对作家在作品中通过直接的议论或通过情节的编造来对读者进行说教,还反对作家在文本中用自己过于直露的感情倾向去影响读者。为此,他们坚持主张作家在叙事时应该像科学家在进行实验分析时那样保持客观冷静的态度,秉持超然中立的立场,即使写到最悲惨的事件或最可歌可泣的壮举,作家也应该始终如一地无动于衷。

---

① 埃里希·奥尔巴赫:《摹仿论:西方文学中所描绘的现实》,吴麟绶等译,百花文艺出版社 2002 年版,第 550 页。

② Edmund Wilson: "The Politics of Flaubert", in John Lehmann, eds.: *The Triple Thinkers*: *Twelve Essays on Literary Subjects*, 1952, p. 78.

③ Emile Zola: "Naturalism in the Theatre", in George J. Becker, eds.: *Documents of Modern Literary Realism*, Princeton University Press, 1963, p. 208.

④ 路·卡普安纳:《当代文学研究》,见柳鸣九主编:《自然主义》,中国社会科学出版社 1988 年版,第 546 页。

二

采取客观中立的叙事姿态之第一要义便是杜绝作者的"议论",尤其要避免作家本人在文本叙事中乱下结论。因为一位感到有必要对邪恶表示愤怒、对美德大加赞赏的小说家,往往不但会因自己的判断与情绪扭曲事实,从而丧失"真实感",而且可能对读者构成误导,并败坏他们的审美兴味,最终丧失作品的艺术力量。在永远怀疑而且怀疑一切的科学精神消解了一切权威的桎梏之后,自然主义作家获得了拒斥形而上学与社会意识形态陈规成见的巨大动能,由此所有体系化的思维模式均被判定是对人类真正理性的封闭与僵化。对一切体系的拒绝和所有结论的质疑,包括对自身的质疑,使自然主义作家拒绝在作品中做出任何"确定的"结论。"我禁止自己在小说里做出结论,因为在我看来,结论不是艺术家所能做的。"①"我只是一个法院的书记官,这职务不允许我下结论。但我让道德家和立法者去思索和找药方。"②"我们的小说不支持任何论点,而且在大多数情况下,它们甚至连结论也没有。"③

采取客观中立的叙事姿态之第二要义便是杜绝作者的"说教",最先的乃是超越传统文学文本中充斥着大量的"道德说教"的诉求。针对有人声称这种主张和做法"不道德",左拉亮出科学主义的招牌反驳说:"所谓不道德的责难,在科学的领域内,绝对不能证明什么。"④"理念主义者诡辩——为了道德就必须撒谎;自然主义者则宣称——没有了真实就不会

---

① 左拉:《致阿尔贝·米罗》,见左拉著:《左拉文学书简》,吴岳添译,安徽文艺出版社1995年版,第196页。

② 左拉:《左拉文学书信选》,见朱雯等编选:《文学中的自然主义》,上海文艺出版社1992年版,第285页。

③ 于依思芒斯:《试论自然主义的定义》,见朱雯等编选:《文学中的自然主义》,上海文艺出版社1992年版,第324页。

④ 左拉:《〈戴蕾丝·拉甘〉再版序》,见朱雯等编选:《文学中的自然主义》,上海文艺出版社1992年版,第122页。

再有道德。"①自然主义者的艺术道德不但捍卫了作家本人道德上的严肃性,而且捍卫了艺术的力量;"只有满足了真实感要求的作品才可能是不朽的,而一部矫情的作品却只能博取时人的一时之欢"②。这里,左拉显然肯定了艺术中道德元素的存在。即自然主义作家之"非道德",并非要否定道德元素在文本中的存在,而只是反对其在文本中主导着叙事的"目的论"的存在方式。在"体验主导型"叙事文本中,"作者的情感和我们被激发的情感,都由那个世界中的场景所引起,并与题材混合在一起。由于同样原因,我们厌恶文学中的任何道德设计的侵入,而同时,如果实现了与对材料控制的真诚情感的结合的话,我们又在审美上接受任何量的道德内容。怜悯或义愤的白热化状态可以找到供它燃烧的材料,熔化一切,集合成一个有生命的整体"③。在艺术与道德的关系上,左拉与波德莱尔的观点非常接近。后者对此曾有过大量论述,其基本观点是道德并不应该作为目的而进入艺术,它介入其中并与之混合,如同融进生活本身之中,艺术家因其丰富而饱满的天性成为不自觉却是最高超的道德家。

采取客观中立的叙事姿态之第三要义便是杜绝作者采用感伤主义的笔法泛滥"抒情"。用左拉的话来说就是:"谁告诉您④我是个无动于衷的人?……我只是认为感情应该自动地从一部作品中流露出来。一位作家哭泣或让人哭泣都毫无用处。那些'哦!'和'啊!'丝毫增加不了一本书的感染力。自己出头露面,自作多情,对他的人物说话,自己插进来或笑或

---

① Emile Zola: "Naturalism in the Theatre", in George J. Becker, eds.: *Documents of Modern Literary Realism*, Princeton University Press, 1963, p. 209.

② Emile Zola: "Naturalism in the Theatre", in George J. Becker, eds.: *Documents of Modern Literary Realism*, Princeton University Press, 1963, p. 208.

③ 杜威:《艺术即经验》,高建平译,商务印书馆 2005 年版,第 74 页。

④ 路易·布塞·德·富尔科(1851—1914),报刊撰稿人,文艺评论家,曾著文对《小酒店》做尖刻的批评。

哭,我认为这些都是一位庄重的艺术家不应该采用的花招。当然,这只是个美学问题;实际上,我为自己是一个热情的人而自豪。"①这就是说,尽管作家都是一些生性热情的人,但他们应该把自己的热情或情绪留给自己。以观念及其推演判断为直接推动力的"观念统摄型"叙事,其文本往往难以避免阐说的僵硬和论理的雄辩。雨果的《悲惨世界》乃是这方面的经典例证。为弥补由此造成的艺术缺陷,很多传统作家经常乞灵于在文本中人为地加塞"感伤"情调。在这方面,从18世纪的一大批感伤主义小说家一直到19世纪中叶的狄更斯——文化气质上以理性见长的英国作家,提供了大量"成功"的范例。而今,自然主义作家不仅摒弃传统作家叙事中确然无疑、不容争辩的"雄辩"而释放出不确定的、小心翼翼的"犹疑",还连"雄辩"的"帮办"——"伪饰的感伤"也要一起摒弃,转而主张叙事的"冷静"和"无动于衷"。

拉法格在《左拉的〈金钱〉》一文中曾称:自然主义作家不但反对参加当前的政治斗争,而且强调对人类的各种情欲保持局外人的态度。这个观点,如果是用来指称自然主义作家的创作态度即他们对自己艺术作品的非意识形态定位,显然无误;而如果用来描述自然主义作家本人在社会生活中的个人立场与作为,则实属大谬。众所周知的历史事实无情地嘲弄了拉法格的论调,就在他写下这篇文章六年后的1898年,左拉便因自己在当时社会政治生活中的英勇表现,成了社会良知与政治正义的化身。在"德雷福斯事件"中,左拉鲜明的自由主义与民主主义的政治立场、义无反顾挺身而出的社会担当与拍案而起慷慨激昂的斗士姿态,不仅使这位极力在创作中反对政治倾向性的自然主义文学领袖成了勇于捍卫真理的知识分子英雄,而且也向历史表明:作为社会人,自然主义作家显然绝非

---

① 左拉:《致路易·布塞·德·富尔科》,见左拉著:《左拉文学书简》,吴岳添译,安徽文艺出版社1995年版,第198页。

"局外人",也不可能成为"局外人";他们在社会生活中与其他人一样有着自己各不相同的社会政治立场、态度和作为。

拉法格的错误在于将作家的艺术家身份与社会人身份等同,将作家的艺术观甚至叙事策略与其社会政治立场等同,其本质在于将生活与艺术、政治与艺术混为一谈。其实,早在19世纪70年代,针对有人将其称为"有社会主义倾向的民主主义作家",左拉就对这种将艺术与政治混为一谈的荒谬做法给出过非常明确的回应:"我不愿接受您贴在我背上的标签。我完完全全是个小说家。您如果坚持要给我定性,就称我是自然主义小说家,这不会使我发火。我的政治见解与此无关,我作为新闻工作者和我是小说家也丝毫不能混为一谈。"①

第二节 "非个人化"与"个性表现"

一

众所周知,"真实感"被左拉标举为自然主义文学的最高原则。与对"真实感"的高度强调相呼应,左拉"客观中立""非个人化"的诉求充分表征了自然主义文学的"科学化"倾向。但"科学化"显而易见并不是要将文学"化"为科学,而是为了避免作品流于观念的虚妄与描写的虚幻,主张作家在创作时应学习科学家的求实精神、平实态度、扎实方法与务实作风,并在他们对世界与人的研究发现中审视新的视角与灵感。在这个问题上,左拉当然没有如诸多左拉的阐释者那么幼稚可笑,他在强调"真实感"

---

① 左拉:《致阿尔贝·米罗》,见左拉著:《左拉文学书简》,吴岳添译,安徽文艺出版社1995年版,第195页。

与"非个人化"的同时,从来就没有否定人的"个性表现"之于艺术创作的重要作用:

> 一个作品有两种因素:现实因素即自然,个性因素即人……现实因素即自然是固定的、始终如一的……而个性因素即人则是变化无穷的,有多少作品,也就呈现出多少不同的精神面貌。[1]

> 艺术只是一种人格、一种个性的体现。[2]

> 除了真实感以外,还要有作家的个性。一个伟大的小说家应该既有真实感,又有个性表现。[3]

> 在今天,一个伟大的小说家就是一个有真实感的人,他能独创地表现自然,并以自己的生命使这自然具有生气。[4]

"非个人化"并非要抹杀"个性"或"个性表现"。杜威在《艺术即经验》一书中曾断言:浪漫主义"那种表现是在自身之中完成的情感的直接喷发的观念,从逻辑上导致个性化是表面而外在的结果"[5]。而自然主义作家正是要经由"非个人化"的努力对浪漫主义过度膨胀的个性表现进行矫

---

① 柳鸣九:《自然主义文学巨匠左拉》,见柳鸣九主编:《自然主义》,中国社会科学出版社1988年版,第38页。

② 柳鸣九:《自然主义文学巨匠左拉》,见柳鸣九主编:《自然主义》,中国社会科学出版社1988年版,第37页。

③ 左拉:《论小说》,见朱雯等编选:《文学中的自然主义》,上海文艺出版社1992年版,第210页。

④ 左拉:《论小说》,见柳鸣九编选:《法国自然主义作品选》,天津人民出版社1987年版,第787页。

⑤ 杜威:《艺术即经验》,高建平译,商务印书馆2005年版,第72页。

正,并由此达成一种"深沉而内在"的"个性表现"。

在"体验主导型"叙事中,自然主义作家经由"非个人化"所达成的高度自律使其显得颇为低调。但这种叙事自律所带来的低调,并非要消解作家的自我,而只是要让在观念高空高蹈了太久的"作家自我"回到现实世界与真实生存的大地;对人们习以为常的"大地"的感知,需要作家更敏感、更独到的眼光,而这恰恰需要更强的自我意识、更强的个性,只不过这种自我意识和个性体现为文本叙事时应有比以前(浪漫派时)更多的自知之明和更严格的自律罢了。也就是说,叙事自律使文本所显现出来的"客观性",并非要消解作家的"主观性",而只是要让在观念的领域独舞了太久的"作家主观性"重新与现实世界和真实生存的大地融合;这种融合不再是主观对客观的征服和统一,当然也非主观对客观的臣服与屈从,它要求"主观性"和"客观性"两种元素同时在场,而且要求"主观性"与"客观性"均须超出一般的强度,舍此,便不会有超越庸常、令人震惊的"本相"在融合中析出。即就叙事的展开而言,若无"主观性"强度的提升所带来的强烈的个人意向,则文本叙事便失去了动力之源;若无"客观性"强度的提升所带来的"非个人化"效应设定,则文本叙事便会重新堕入"观念统摄型"叙事的老路。

美国第一代自然主义作家加兰称:作家对现实的描写,一定要"面对面地、迅速地、坚定地、始终站在个别艺术家的立场上","记叙你最了解也最关心的事情。只有这样做,你才能忠于你自己、你的位置和你的时间"①。"我的卢贡人和马卡尔人都被欲望燃烧着。"左拉在他早期给塞尚的一封信中如是说:"他们的确欲望炎炎,但这欲望却是源自塑造了这些人物的作者。小说创作背后的推动力是对权力的渴望,是胆小的小人物

---

① Lars Ahnebrink: *The Beginnings of Naturalism in American Fiction*, Harvard University Press, 1964, p. 141.

想要出人头地的渴望,是想要让人们的童年'创伤'得到补偿的渴望……。"[1]值得指出的是,在"实验小说"的创作过程中,自然主义作家明确反对作家感情倾向的流露,这也绝非否定情感之于文学创作的重要意义。"只是由于情感,事物才摆脱了抽象变成具体的和个别的事物。"[2]这意味着完全撇开情感来谈论艺术当然是荒谬的。左拉曾明确指出,"感情是实验方法的出发点"[3],因为"文学艺术之所以永远不会衰老,乃是因为它是人性中永恒情感的体现"[4]。事实上,左拉等自然主义作家所反对的,并不是某种程度上乃是文学本质的情感本身,而只是错误的情感表现方式——浪漫派作家那种"几近神经错乱"的"激昂""狂放""浮夸"的情感倾泻,其实质在于强调情感的真挚。因为只有用情感的真挚取代情感的泛滥,文学才能有效克服观念的虚妄与武断,文本中才会不再流淌着"师爷"那"政治正确"但却苍白干瘪的教诲,而是叙事人娓娓道来的叙说。如此,打开作品,人们才会感到它也有着自己悸动的脉搏、触摸可感的体温与节拍般的呼吸,文本中所描写的一切才会变得鲜活起来,有着自己的色彩、气味和声音。"这是真实的世界",因为一切都是"被一位具有既卓绝又强烈的独创性的作家体验过"[5]的。总之,在这种文本中,情感的血脉非但没有变得纤细黯弱反而因为表达的含蓄与真诚越发挚重深沉。由此,"观念书写"的墨水似乎已被纯粹生命体验的热情灼干,每个句子都是活泼的生命的跳跃,而整个作品则成了一种人性的呼声。虽极力强调作家在叙事时应持客观、中立、无动于衷的姿态,但自然主义由此所达成的

---

① Martin Turnell: *The Art of French Fiction*, Hamish Hamilton Ltd., 1959, p. 104.

② 大卫·贝斯特:《艺术·情感·理性》,李惠斌等译,工人出版社 1988 年版,第 256 页。

③ Emile Zola: "The Experimental Novel", in George J. Becker, eds.: *Documents of Modern Literary Realism*, Princeton University Press, 1963, p. 183.

④ Emile Zola: "The Experimental Novel", in George J. Becker, eds.: *Documents of Modern Literary Realism*, Princeton University Press, 1963, p. 192.

⑤ 左拉:《论小说》,见柳鸣九编选:《法国自然主义作品选》,天津人民出版社 1987 年版,第 784—785 页。

"体验主导型"文本,却总会让读者为之激动——不管是否喜欢作品所描写的题材,他们对作品绝不会真的"无动于衷"。

首先,自然主义作家客观中立的叙事策略,摒弃掉的是传统作家那种拙劣的道德教化方式,但绝没有否定道德元素本身在文本中的合理存在;其次,自然主义作家反对的是传统作家那种自比上帝或上帝代理人式的道德优越与道德独断,但绝不否认作家当然会有自己的道德判断;最后也是最重要的,自然主义作家反对传统作家公然肆无忌惮地将自己的道德倾向强加于读者,但绝不认为一个作家或一个文学文本不该有自己的道德倾向。在《小酒店》《嘉莉妹妹》等最具代表性的自然主义文学文本中,人们不难发现,作家本人那种基于人道主义立场的悲悯情怀始终潜藏在字里行间。一直被指因极端追求"摄影般的客观真实""绝对真实"而糟蹋了文学的左拉,事实上从未只把"真实"与"客观"联系在一起。对他来说,"真实"就是"真实感";而且,由于情感/情绪、意志/意愿等完全主观的元素被"计入"了认识/认知过程,左拉的这种"体验性"的"真实感"从一出场便注定只能是相对的而非绝对的,主观的而非客观的(事实上,严格说来是主客融于一体的)。至于左拉理论文献中出现频率很高的"客观"这一语汇,就其常常与"中立""冷静"等词连接并用或交替换用而言,其实际所指与其说是对外部世界纯粹客观性的确认,倒不如说是对一种现代作家之创作态度或小说家叙事立场的指称。

这就是说,自然主义作家所谓"客观中立"只是相对于那种作者直接出面议论评价、干涉情节发展的叙事方法而言的,并不意味着自然主义作品是无观点、无倾向的纯自然展示。在自然主义作家貌似不偏不倚、无动于衷的客观冷静中,人们见到的往往是他们蘸着自己的血液与胆汁写就的文字。以《萌芽》而论,"萌芽"这个题目本身就无言地表明了作者对劳工斗争的肯定。关于作品的这一题名,左拉曾这样回忆当时的情景:

　　我一直在寻找一个名字,表达新人的成长和劳动者为了摆脱至今仍在挣扎的艰苦劳动环境,甚至是不自觉地作出的努力。有一天,我偶然说出了"萌芽"这个字。起先我不想要这个名字,觉得它太神秘,太有象征性,但它包含了我所要寻找的东西:革命的四月,老朽的社会在春天里焕然一新……倘使它对某些读者有些隐晦,对我来说,却像一注阳光,照亮了整个作品。①

　　并且,"萌芽"这一孕育希望和前途的象征始终隐隐约约地贯穿于整个文本叙事当中,成为作品的主题意象之一。在小说的最后,人们可以看到作者富有诗意的笔触越发卷裹着难以遏止的生命激情:

　　现在,四月的太阳已经高高悬在空中,普照着养育万物的大地。生命迸出母胎,嫩芽抽出绿叶,萌发的青草把原野顶得直颤动。种子在到处涨大、发芽,为寻找光和热而拱开辽阔的大地。草木精液的流动发出窃窃的私语,萌芽的声音宛如喷喷的接吻。同伴们还在刨煤,尖镐声一直不断,越来越清楚,好像接近地面了。这种敲击声音,使大地在火热的阳光照射下,在青春的早晨怀了孕。人们一天一天壮大,黑色的复仇大军正在田野里慢慢地生长,要使未来的世纪获得丰收。这支队伍的萌芽就要冲破大地活跃于世界之上了。②

　　小说最后一页的这种乐观态度使得整部作品的基调变得轻快而富有希望,作者没有用低沉的调子表现罢工的失败,而是充满了对未来的憧

---

① 左拉:《萌芽》,黎柯译,人民文学出版社 1982 年版,译本序,第 8 页。
② 左拉:《萌芽》,黎柯译,人民文学出版社 1982 年版,第 531 页。

憬。就此而言,我们应该明白,所谓文本叙事的客观效果,所谓作家在价值判断上的中立立场,作为自然主义作家的主观追求,这两者的存在本身显然都是相对的而非绝对的。因此,传统作家与自然主义作家在这个问题上的真正分野,显然并不在于前者主观而后者客观,而仅仅在于后者基于对文学功能及作家创作使命的崭新认识,能主动、自觉地去追求叙事的客观效果和作家在价值判断上的中立立场。和所有文学文本一样,《萌芽》当然不是一个绝对客观中立的文本,作家的价值立场、作家的感情乃至情绪还是在其中得到了表现。只不过这样的情况在全篇中并不多见,而且即使存在也是高度含蓄隐晦而非肆意流露的。罗兰·斯特龙伯格曾指出:"尽管口口声声要达成科学的客观性,但事实上,不管是素材的选择,还是它们在文本中的安排,左拉显然有他自己的标准。无论多少事实都不可能消解其道德感,因而他也就必须时时刻刻面对其无可规避的道德选择。在各种神话、原型以及价值判断的运用上,左拉与其他小说家并无根本区别。"①

二

为了达成"非个人化",左拉等自然主义作家创造性地运用了"转换叙事角度""使用自由间接引语"等叙事手法,体现了自然主义作家在叙事艺术上的创新。

在传统的"观念统摄型"叙事中,由于作家本人往往就是叙事人,这就有了人们熟知的上帝般"全知全能"叙事视角的广泛流行。自然主义作家要将自己这个真正的叙事主体"隐匿"起来的企图,为其叙事角度的变革提供了直接的动力。在自然主义的叙事文本中,作家作为叙事的"发起者"除了从侧面交代环境、描述事件外,往往较少以"我"的身份介入故事

---

① Roland N. Stromberg:*Realism,Naturalism,and Symbolism:Modes of Thought and Expression in Europe*,1848—1914,Macmillan,1968,p. xvii.

的发展进程，也拒绝对事件的发展进行评论和判断。因此，"全知"的单一作家叙事视角便开始向多元的"人物"叙事视角转变。特定的人物往往既是"故事中人"，又在实际中很大程度上担负了"故事叙述人"的角色。在不同的场景中，都有特定的人物带领读者进入故事的进程之中，借助他们的所看、所说、所思、所为，读者可以更直接、更全面地领略故事和叙事的展开。乍看上去，作者仿佛不存在似的，这正是自然主义作家所要达成的"叙事主体的隐匿"。叙事角度或视角的这种变换，不但使得整个文本叙事的"客观性"急剧提升，而且大大增强了作品的"真实感"。在《萌芽》中，为了达到客观性的要求，作家作为叙事的发起者是高度隐蔽的，即尽管他是整个故事的导演，但他始终潜藏在幕后。小说一开始，主人公艾蒂安就把读者带入了一个陌生的环境——蒙苏矿区：

> 夜，阴沉漆黑，天空里没有星星。一个男人在光秃秃的平原上，孤单单地沿着从马西恩纳通向蒙苏的大路走着。这是一条十公里长、笔直的石路，两旁全是甜菜地。他连眼前黝黑的土地都看不见，三月的寒风呼呼刮着，像海上的狂风一样凶猛，从大片沼泽和光秃秃的大地刮过来，冷得刺骨，这才使他意识到这里是一片广漠的平原。举目望去，夜空里看不到一点树影，脚下只有像防波堤一样笔直的石路在伸手不见五指的夜色中向前伸展着。①

这段场景描写中前两个句子是作者的侧面陈述，而后面的部分通过"冷得刺骨""举目望去……"等表述，以及书中人物的所见和所感从另一个角度对当时的环境进行了描述。虽然实际上全是作者在叙述，但却丝毫不见这位叙述人的影子。这并不是作者喜欢和读者捉迷藏，而是他希

---

① 　左拉：《萌芽》，黎柯译，人民文学出版社 1982 年版，第 3 页。

望自己的陈述要尽量显得客观冷静，像"科学家做实验一样"，不掺杂个人的感情，不用自己的情绪去影响读者，而由读者自己去感受和评判。

这样的叙述方式贯穿《萌芽》全篇。例如，写到罢工队伍游行的场景时，作者并没有直接对我们讲述什么，而是借用罢工者、资本家、资本家太太、资本家小姐、工程师等多重视角来进行描述。下面是工程师内格尔眼中的罢工人群：

妇女们出现了，将近一千个妇女，由于奔跑，一个个披头散发，身上穿的破烂衣服，露出由于生养儿女而松弛的女人皮肤。有一些女人怀抱孩子，她们把孩子举得高高的，挥动着他们，好像打着一面出丧和复仇的旗帜。另一些比较年轻的女人，像战士似的挺着胸膛，挥动着棍棒。年老的女人们样子也很可怕，她们拼命地吼叫着，精瘦的脖子上的青筋都好像要胀裂似的。随后男人们拥过来，两千个狂怒的徒工、挖煤工、修理工密密麻麻地混作一群，像一大块什么东西似的滚动着，只见一片土灰色，几乎分辨不出哪是褪了色的裤子，哪是烂得一片片的毛线衣。所能看出的只有冒着火的眼睛和唱着《马赛曲》的黑洞洞的大嘴，在乱哄哄的吼叫声和木屐踏在坚硬的土地上的咔咔声中，歌词也分辨不清。在他们头上，在一片林立的铁棍中间，有一把被高高举起的斧头；它好像人群的旗帜，在晴朗的天幕下宛如一把锋利的砍头刀的侧影。①

通过这幅由远及近的画面，作者向我们展现了资产者眼中的罢工工人："密密麻麻"的一群人，样貌"可怕"，好像"战士"一样，"狂怒"而"拼命

---

① 左拉：《萌芽》，黎柯译，人民文学出版社 1982 年版，第 353 页。

地吼叫着"。面对这样一个震撼人心的场面,作为工人斗争对象的资产者显然心惊胆战,他们眼中的工人也失去了正常人的面容,变成了令人害怕的群体。在这段描述中,作者借用心怀恐惧的资产者的所见所闻,描绘出了罢工队伍的壮观场面。

除了转换叙事角度,自由间接引语的大量使用也是实现"非个人化"叙事的重要手段。自由间接引语是对人物言语和思想的模仿和引用,不过,这是一种间接的引用,作者不指明这是谁讲的话,也不用引号限定。这种话语的重要语法特征是以第三人称代词来代表说话的人物。由于叙述的话语不指明具体的说话人,因此给人一种话语自由流淌的印象,使得思想的表达更为流畅自然。同时自由间接引语是人物话语与叙述人话语的结合,叙述人借用书中人物的言语或思想进行叙述,但又没有留下任何自己在场的痕迹,因此这种叙述方法的使用增强了作品的客观性。《萌芽》中自始至终存在着自由间接引语的大量运用,如第一章写到艾蒂安到煤矿找工作,老马赫告诉他矿上不需要人,但他仍然不肯走：

> 艾蒂安重新拿起他的小包,并没有立即离开。他对着火烤得胸前发热,同时又感到后背被阵阵寒风吹得冰冷。也许,无论如何应该到矿井去问问,老头可能不知道;再说,他也不挑挑拣拣了,什么工作他都准备干。在这失业闹饥荒的地方,往哪儿去呢? 他会落个什么下场? 难道让自己像丧家犬似的死在墙脚下吗?[①]

这一段中,前两句是作者的叙述,后面几句既像是艾蒂安的自言自语,又像是作者对人物话语的引用,是典型的自由间接引语。这种叙述

---

① 左拉:《萌芽》,黎柯译,人民文学出版社 1982 年版,第 13 页。

方法使得人物的心理活动得以自然展现,读者能够感同身受地体会人物的内心感受,体会到艾蒂安走投无路的沮丧心情。由于这种话语没有指明讲话者的身份,没有诸如"他想"或"艾蒂安想"这样的提示语表明作者在叙述,使得作者的叙述痕迹消失了,整段文字变得更加客观。这样的客观性叙事话语在主人公艾蒂安身上的频繁使用,使得他有时几乎成了作者实际上的代言人,如第三章中写艾蒂安在向工人们进行宣传时的情景:

> 这下子艾蒂安激动起来。怎么,难道不许工人思考么!嗯!正因为现在工人懂得思考了,事情才快要改变。在老爷爷那个时代,矿工像牲口一样生活在矿井里,像采煤的机器一样在地下转动着,对外面的事物不闻不问。因此有权有势的富人们才能为所欲为,买他们,卖他们,吸他们的血,吃他们的肉,而他们对这些却毫无所知。但是,如今矿工们彻底觉悟了,他们像埋在地下的一颗良种,开始萌芽了。总有那么一天早晨我们会突然看到它在美丽的田野上破土而出的。是的,要长出许许多多人,长出一支为恢复公正而战斗的大军。……啊!一代人正在茁壮成长,一点一点地成长,在阳光的普照下逐渐成熟!既然人们不一定终生要死守在一个地方,而且也能有占据别人位置的雄心,为什么不挥起拳头,想法子当强者呢?①

乍看这段话,会以为是作者在评判,而接着往下看,就会意识到这是书中人物的话语:

---

①   左拉:《萌芽》,黎柯译,人民文学出版社1982年版,第168—169页。

马赫虽然被说动了,但心里不免仍充满疑团。①

　　显然,说动他的是艾蒂安,但是这段话所表达的观点也确实代表了作者的观点。作品的名字是"萌芽",在此段中多次出现"萌芽"的表述,无疑是与作品主题相呼应。可将这段话放到上下文中来看,又确实是人物的观点,似乎与作者无关。这就是自由间接引语的作用,它使得作者话语与人物话语自然结合,既表达了作者的观点,又没有留下作者在场的痕迹,从而增强了作品的客观性。

第三节　自然主义的"想象"

　　以左拉为代表的自然主义作家反对文学创作中的想象及与想象相关联的虚构,这似乎是长期以来人所共知的"公论",也是很多人诟病自然主义文学的一个重要理由。检视左拉等人的自然主义文学理论文献,人们的确可以发现他们有很多鄙薄的"想象"与"虚构"的言论。例如,在《论小说》一文中,左拉就曾说:"以往对一个小说家最美的赞词莫过于说:'他有想象力。'今日,这种赞词几乎要被看作一种批评。"②"想象在写作中的作用微乎其微。"③在《戏剧中的自然主义》一文中,左拉又称:"想象不再有用武之地,情节对小说来说也无关紧要了,他不再去操心故事的编排、前

①　左拉:《萌芽》,黎柯译,人民文学出版社1982年版,第169页。
②　左拉:《论小说》,见朱雯等选编:《文学中的自然主义》,上海文艺出版社1992年版,第205页。
③　左拉:《论小说》,见朱雯等选编:《文学中的自然主义》,上海文艺出版社1992年版,第206页。

后承接和结局。"①

作为自然主义文学的领袖和主要理论家,左拉在西方文学史上的地位早已无人能够撼动。这一切都提示我们,自然主义作家在文学想象问题上的见解不可能像有些人所理解的那样简单。左拉为什么要反对想象及与想象相关联的虚构？或者说,他那些鄙薄"想象"的言论的真正用意是什么？我们不妨继续看左拉在"想象"问题上的表述:

> 如果小说还只是一种精神消遣,雅致而有趣的娱乐,那么,人们必定认为小说的最高品格就是丰富的想象。②

> 我们父辈们所理解的小说乃是一种纯想象的作品,其目的只限于取悦和吸引读者。③

> 是科学的调查研究和实验性的推理,不断地打击着唯理主义的假说,并以注重观察和实验的小说取代了既往那种纯想象的小说。④

这里所谓"纯想象",显然是指抛开事实"现象"而执着于先验"本质"所进行的理性推理或观念演绎,是一种为了迎合读者的审美趣味和思维惰性而刻意为之的对生活与生命的虚饰。因而,左拉在其他地方

---

① Emile Zola: "Naturalism in the Theatre", in George J. Becker, eds.: *Documents of Modern Literary Realism*, Princeton University Press, 1963, p. 207.

② 左拉:《论小说》,见柳鸣九编选:《法国自然主义作品选》,天津人民出版社 1987 年版,第776—777 页。

③ Emile Zola: "Naturalism in the Theatre", in George J. Becker, eds.: *Documents of Modern Literary Realism*, Princeton University Press, 1963, p. 207.

④ Emile Zola: "The Experimental Novel", in George J. Becker, eds.: *Documents of Modern Literary Realism*, Princeton University Press, 1963, p. 172.

又将这种"纯想象"轻蔑地称为"怪诞想象""失常想象""浪漫蒂克的虚构"等等：

> 他（指左拉在文中批评的小仲马——笔者注）需要制定法则，需要教育观众，需要匡正人心。他把自己弄成了上帝在尘世的代理人，这样一来，最怪诞的理念想象就破坏了他的观察机能。他不再从有关人的生存本相出发，而一心只想得出超乎人类的结论，创设令人惊讶的情景，并因此陷入了幻想的天地。[1]

> 我更不喜欢他彻头彻尾杜撰出来的上流社会……总之，巴尔扎克的想象，他那种陷入各种夸张，企图按异乎寻常的蓝图重新创造出世界的失常想象，更多的是激怒我，而不是吸引我。[2]

根据左拉对"想象"的拒斥，我们马上便可以明白：他口口声声说要反对的"想象"原来并非一般意义上的文学想象，而是一种他在上下文中做出了明确界定的特殊的想象——被理性观念（政治的、道德的、宗教的等等）所统辖卷裹、为"愉悦"并"教化"大众而不惜编造杜撰的"纯想象"。这就是说，左拉并不像很多人所指斥的那样真的反对文学想象及与之相关的文学虚构。事实上，左拉说得非常清楚：

> 我不把平凡作为规则，我不拒绝想象，尤其推理，这是想象

---

[1] Emile Zola："Naturalism in the Theatre"，in George J. Becker, eds.：*Documents of Modern Literary Realism*，Princeton University Press，1963，pp. 214-215.

[2] 左拉：《论小说》，见朱雯等编选：《文学中的自然主义》，上海文艺出版社 1992 年版，第210 页。

最高和最强有力的形式。①

当然，小说家还是要虚构的；他要虚构出一套情节，一个故事，只不过他所虚构的是非常简单的情节，是信手拈来的故事，而且都是由日常的生活提供给作家的。②

我赋予一些真实的事件以它们实际上也许没有的后果，因此人们将读到的借助于几个真实故事而写成的作品，就成了一部想象之作；它的情节是历史的，但总体上却是任意虚构的。③

实证主义的学说和实验的方法是现在最不会使人上当的工具。只是在应用时应该允许假设，人们只有通过假设才能前进。假设是我们的、作家们的必然领域。④

彻头彻尾捏造一个故事，把它推至逼真的极限，用难以想象的复杂情节吸引人，没有什么比这个更容易、更能迎合大众口味的了。相反，撷取你在自己周围观察到的真实事实，按逻辑顺序加以分类，以直觉填满空缺，使人的材料具有生活气息，这是适合于某种环境的完整而固有的生活气息，以获得奇异的效果，这

---

① 左拉：《论小说》，见朱雯等编选：《文学中的自然主义》，上海文艺出版社 1992 年版，第 244 页。

② 左拉：《论小说》，见柳鸣九编选：《法国自然主义作品选》，天津人民出版社 1987 年版，第 777 页。

③ 左拉：《致莱奥波尔德·阿尔诺》，见左拉著：《左拉文学书简》，吴岳添译，安徽文艺出版社 1995 年版，第 75—76 页。

④ 左拉：《致路易·德斯普雷》，见左拉：《左拉文学书简》，吴岳添译，安徽文艺出版社 1995 年版，第 349 页。

样,你就会在最高层次上运用你的想象力。我们的自然主义小说正是将记录分类和使记录变得完整的直觉的产物。①

在"纯想象"中,文学想象那感性的鲜活与灵动已被滞重、僵化的理性观念所榨干吞噬,真正的文学想象变成了流于"幻想"的"编造"与"夸张"的"杜撰"。因此,左拉对"纯想象"的反对,正是要拯救和解放真正的文学想象,将其从"玄奥""观念"的高空拽回"真实""生活"的大地,将其扳离"理性""本质"的运行轨道而只循着"感性""现象"的低空飞翔。质言之,左拉在想象问题上的基本主张是文学叙事不应该成为仅从观念出发进行的杜撰和编造,而应该经由真切的生命"感觉"返回生活的大地。"写小说的一切条件已经改变。想象力不再是小说家的首要品格。"②"既然想象力不再是小说家的首要品格,那么是什么取而代之? …… 当今,小说家的首要品质是真实感。"③"我们从使真实变得更完美的创作的意义上来说,要拒绝想象,我们把我们所有的创作力用来赋予真实以固有生命。"④"最重要的问题是要使活生生的人物站立起来,在读者面前尽可能自然地演出人间的喜剧。作家全部的努力都是把想象藏在真实之下。"⑤

左拉本人在不同的场合曾多次称自己是一个"诗人":"在我看来,我

① 左拉:《论小说》,见朱雯等编选:《文学中的自然主义》,上海文艺出版社 1992 年版,第 243—244 页。

② 左拉:《论小说》,见朱雯等编选:《文学中的自然主义》,上海文艺出版社 1992 年版,第 205 页。

③ 左拉:《论小说》,见朱雯等编选:《文学中的自然主义》,上海文艺出版社 1992 年版,第 207 页。

④ 左拉:《论小说》,见朱雯等编选:《文学中的自然主义》,上海文艺出版社 1992 年版,第 234 页。

⑤ 左拉:《论小说》,见柳鸣九编选:《法国自然主义作品选》,天津人民出版社 1987 年版,第 777 页。

是个诗人：我的全部作品都带有诗人的痕迹。我的每一本书，也许《家常事》除外，都有一种幻想的形象贯穿其中。只是在这种想象的歧途中我相信逻辑，并且使这种逻辑在人一旦离开真实的阵地时可以代替观察。"①他反复强调，必须区分大仲马式的浪漫主义想象和从事实出发的自然主义小说家的想象，前者是歪曲事实的杜撰，后者是基于事实的个人遐想和诗意的构思。简言之，对自然主义作家来说，"想象不再是投向狂乱怪想的荒诞创作，而是对被瞥见的真实的追叙，各种真实之间观点的一致"②。左拉猛烈攻击浪漫主义文学吹牛撒谎、矫情夸张、虚饰作假等的弊病，并且将这一切归诸其绝对化的"纯想象"。为了有效克服浪漫派的"纯想象"，他才极力将"真实感"标举为自然主义文学的旗帜。事实上，左拉的小说文本，想象丰富，意象饱满。朗松在其著名的《法国文学史》中甚至曾说："尽管左拉有科学方面的野心，可是他首先是一个浪漫主义的作家。他使人想起维克多·雨果。他的才智很平凡，但很坚实，有丰富的想象。他的小说就是诗歌，是一些沉重而粗糙的诗歌，但毕竟是诗歌。……他那过分的想象使所有无活力的形体活跃起来了：巴黎，一个矿井，一家大百货店，一辆火车头，都变成了吓人的有生命的东西，它们企求，它们威吓，它们吞噬，它们受苦；所有这一切都在我们眼前跳舞，就像在噩梦中一样。"③

左拉作为作家，其理论文字大都是在与人论战中写下的。因而，在左拉合乎逻辑、纵横捭阖、滔滔雄辩的同时，其迎战式的即兴写作也注定了其容易流于情绪化的偏激，并因而有难以避免的粗疏乃至混乱。而正是

---

① 左拉：《致路易·德斯普雷》，见左拉著：《左拉文学书简》，吴岳添译，安徽文艺出版社1995年版，第 349 页。

② 左拉：《论小说》，见朱雯等编选：《文学中的自然主义》，上海文艺出版社 1992 年版，第236 页。

③ 朗松：《自然主义流派的首领：爱弥尔·左拉》，见朱雯等编选：《文学中的自然主义》，上海文艺出版社 1992 年版，第 378 页。

这种表述的模糊与混乱,才不断地招致误解。左拉理论文献中的这一突出问题,直接引发了当时及后来人们对他本人及其所代表的自然主义文学的诸多争论。事实上,对左拉在"想象"问题上的见解,当时就有很多文学中人深感愤怒。左拉对此心知肚明,所以他才说:"我没有料到这个句子会使我的许多同行感到震惊。有的人被激怒了,还有的人嘲笑一番;人人都指责我否定想象,扼杀虚构。"①"我曾写过宣称取消诗人的愚蠢文字吗? 人们在什么地方和什么时候抓住我正在堵塞幻想的天地?"②

---

① 左拉:《论小说》,见朱雯等编选:《文学中的自然主义》,上海文艺出版社 1992 年版,第241 页。

② 左拉:《论小说》,见朱雯等编选:《文学中的自然主义》,上海文艺出版社 1992 年版,第244—245 页。

第六章

自然主义与进化论

　　自然科学的重大发现影响了 19 世纪的知识观,作为主导的思想进化论为人类提供了新的视野和认知前景。毫无疑问,生命科学在这一时期作为主导思想模式的勃然兴起,主要应归功于达尔文。"支配 19 世纪文化的思想正是进化论的思想,人类学以及其他所有领域的理论都是进化论的模子塑造出来的。"①"进化论在世纪中叶的发现几乎是革命性的,传统的关于人类自身和宇宙的观念受到了挑战。"②

　　进化论思想并非达尔文一人的成就,而且进化论从理论内容到思想方法也都不是孤立的,它们仅是进化论思想那巨大宏阔的文化潮流与思想模式的一个部分。事实上,早在 19 世纪三四十年代,实证主义哲学家孔德便以哲学的形式预告了这种以科学主义为核心的现代文化精神的形成。孔德在英国的信徒约翰·穆勒等人都与达尔文交好。有史料证明,后者在 1838 年读了马尔萨斯的著作,而几乎同时也读到了孔德的著作。

---

　　① 卡尔迪纳、普里勃:《他们研究了人》,孙恺祥译,生活·读书·新知三联书店 1991 年版,第 37 页。

　　② Lars Ahnebrink: *The Beginnings of Naturalism in American Fiction*,Harvard University Press,1964,p. 22.

正如美国思想史专家罗兰·斯特龙伯格在《西方现代思想史》中曾指出的那样,达尔文进化论观念的形成有两个重要的思想契机:其一是马尔萨斯人口论赋予了其思想以灵感,其二则是孔德用科学方法来研究生命的做法帮助他摆脱了神学思维模式的思想禁锢。①

"19世纪快速发展起来的关于人类的研究的最突出特征就是人们普遍认为人类也会或必定会很快成为科学研究的一个适当的对象。"②在这个科学主义大行其道的时代,经由对现象进行实验性的控制及逻辑缜密的系统化,永远建立在事实之上的知识使得西方现代科学王国的版图大踏步地从无机物延伸到植物和动物,并最终落到人和人类社会。作为19世纪西方生物学与文学发生密切关联的内在逻辑节点,达尔文的生物进化论处在无可替代的重要历史位置。以1859年达尔文《物种起源》的发表为时间节点,大范围产生于19世纪中后期的关于人之灵魂与肉体关系的新见解,意味着西方思想家对人的认识发生了非同寻常的变化。在哲学上平衡唯物主义和唯心主义二元对立的思想立场的同时,实证主义者和唯意志论者分别从"现象"和"存在"的角度切近人之"生命"本身,建构了各具特色的灵肉融合的"人学"一元论。与现代西方文化中所有"革命性"变革一样,现代西方文学中的所有"革命性"变革,均直接起源于这一根本性的"人学"转折。

生物进化论及其所带来的一系列文化衍生物所导出的最重要的文学现象,乃是充斥着大量生物学意义的艺术形象的出现与以生理学描写作为重要标识的自然主义文学思潮的发生。当生物进化论及其"实验"方法论所推动的科学主义思潮成为19世纪西方最引人注目的文化现象时,标

---

① 罗兰·斯特龙伯格:《西方现代思想史》,刘北成等译,中央编译出版社2005年版,第293页。

② 威廉·科尔曼:《19世纪的生物学和人学》,严晴燕译,复旦大学出版社2000年版,第126页。

举"文学科学化"的自然主义文学也就合乎逻辑地在 19 世纪后期成了西方文学的主潮。

第一节　"人是动物"：自然主义的"生理学"底蕴

事实上，早在 17 世纪和 18 世纪的理性时代，不少启蒙学家便注意到了人的体质特征及其历史演化过程，并因此初步认识到了人与动物界其他成员的密切关联。19 世纪伊始，比较解剖学所取得的巨大成功，使人们进一步意识到了人之动物性特征。与西方考古学、地质学等其他非生物学的重要进展相结合，"人是动物"的观点经由生物进化论的综合，最终在 19 世纪中叶沛然而出。在《物种起源》一书中，达尔文用长达两章的篇幅详述了包含人在内的动物的"本能"。他认为，人们大多需要一些经验才能完成活动，但当许多没有经验的个体并不知道理由却不约而同地按照同一种方式去完成活动时，这便是本能。[①] 达尔文进一步指出，各个物种的本能并非为了其他物种的利益，而是为了它们自身。[②] 他列举了杜鹃在别种鸟的巢里下蛋的本能、红褐蚁与血蚁等蚂蚁养奴隶的本能及蜜蜂造蜂房的本能等案例，旨在揭示本能并非被创造或者被赋予的，而是遵循繁衍、变异、生存的一般法则的结果，且本能对于各种生物都十分之重要。[③] 饮食男女、贪财嗜斗等原始的自然属性虽丑陋，但对人却是须臾不可忽略的生命要素；本能不仅是潜藏于人生命内里的一种原始呼唤，更是其缔造一切人类文明之创造力的最初来源。

---

① 达尔文：《物种起源》，舒德干等译，北京大学出版社 2005 年版，第 165 页。
② 达尔文：《物种起源》，舒德干等译，北京大学出版社 2005 年版，第 165 页。
③ 达尔文：《物种起源》，舒德干等译，北京大学出版社 2005 年版，第 183 页。

生物学①这一术语，表征着其作为研究诸如呼吸、刺激、适应、代际传递及变异等生命功能的科学要求。"在进入 19 世纪之前，生物学和生理学实际上就是同义词。"②在铁杆达尔文主义者托马斯·亨利·赫胥黎③看来，生物不仅是有明确结构和生殖活动的自然个体，它们也是"活动着的有生命的机器"，因此，"生理学就成为这样一门科学，它专门研究功能，包括生物各种单独的生命机制以及这些机制的综合效应——生命本身"④。随着"生命功能"取代"生物形态"成为研究的焦点，生物学迅速摆脱了早期与博物学的密切关联，在 19 世纪后期越发呈现出现代生理学的面相。是时，绝大部分生物学家与生理学家确信能量是所有生命活动的最终基础："生物，不管它可能是别的什么东西，也不管它会被称为什么，都是物质宇宙不可分割的一部分。它的存在以及可被观察到的反应——运动、电和化学现象，或许还有有意识的行为——都依赖于能量的提供。"⑤"生命依赖于能量有规则的、缓慢的释放，而这种能量则来自对已消化食物的氧化。这种能量为发生在体内的化学反应——包括合成反应——提供了合适的温度，并引起身体的运动、神经的电行为和腺体的分泌活动。这种依赖性——通常作为一种因果联系——的确定，是 19 世纪

---

① 生物学一词，最早由法国生物学家让-巴蒂斯特·拉马克在 1802 年所创用。作为法国伟大的博物学家与生物进化论的奠基人，拉马克在其 1809 年出版的《动物学哲学》一书中提出了器官"用进废退"与"获得性遗传"两个法则，史称"拉马克学说"。

② 威廉·科尔曼：《19 世纪的生物学和人学》，严晴燕译，复旦大学出版社 2000 年版，第 3 页。

③ 托马斯·亨利·赫胥黎，英国博物学家、生物学家与教育家，以达尔文进化论的坚定捍卫者著称。他在比较解剖学、海洋生物学、人类形态学和古生物学等方面均做出了卓越贡献，主要著作有《人类在自然界的位置》《进化论和伦理学》等。1898 年，严复将其《进化论与伦理学》的一部分翻译成中文，译本名为《天演论》。

④ 威廉·科尔曼：《19 世纪的生物学和人学》，严晴燕译，复旦大学出版社 2000 年版，第 157 页。

⑤ 威廉·科尔曼：《19 世纪的生物学和人学》，严晴燕译，复旦大学出版社 2000 年版，第 129 页。

呼吸生理学的成就。"①如上观念在生物学诸领域的普遍渗透与扩散,不唯在 19 世纪末叶大大改写了生物学的面貌与前景,而且为生理学从往昔的"猜想与臆测"向"现代实验科学"的演进提供了重要的历史契机。在从博物学到生物学的历史展开中,传统的医学研究与新锐的生物学观念相汇合,就有了现代生理学。"整个 19 世纪,生理学研究以惊人的速度获得了发展,到 1900 年,对于每个具体的成就,它都能展现出丰富的证据。动物体温的秘密早已被破解,分析生命中各种能量关系的基础也已奠定。神经冲动的本质被揭示……"②随着生理学家思考的首要问题从对生命本质的定义转移到对生命现象的关注上,在细胞学说与能量守恒学说的洞照之下,实验生理学在 19 世纪后期的迅猛发展彻底改变了生理学学科设置的模糊状态,生理学长时间的沉滞也因此陡然得到了彻底改变。实验生理学对人展开研究的基本出发点就是人的动物属性。生理学上的诸多重大发现(含假说),有力地拓展了人对自身的认识,产生了广泛的社会—文化反响:血肉、神经、能量、本能等对人进行描述的生理学术语迅速成为人们耳熟能详的语汇。

多少年来,人们一直在基督教"神创论"对世界与人的解说中安然沉睡:世界是由上帝所创造的,十分稳定与协调;每个物种都是根据计划创造的,而且上帝在完成万物的创造之后,又按照自己的样子创造了亚当,而亚当又取用自己身体的一部分创造了夏娃,从而创造了人类的先祖……在这种观念之下,人们认为上帝是万能的,自然是静止的,人类是自然的中心。生物进化论第一次提供了一个全新的视角,为重新审视人本身及其与自然的关系提供了可能:万物同源,地球上的所有生命都有着

---

① 威廉·科尔曼:《19 世纪的生物学和人学》,严晴燕译,复旦大学出版社 2000 年版,第 134 页。

② 威廉·科尔曼:《19 世纪的生物学和人学》,严晴燕译,复旦大学出版社 2000 年版,第 12 页。

某几个共同的祖先①，人是自然的一部分；物种可变，且是在渐变中连绵进化，无休无止。而进化生物学及其所衍生出来的体质人类学、实验生理学的迅猛发展在 19 世纪末叶凝成了一种新的"人学观念"。"考古学、人类古生物学和达尔文主义的转型假说在此时都结合起来，并且似乎都表达同一个信息：人和人类社会可被证明是古老的；人的史前历史很可能要重新写过；人是一种动物，因此可能与其他生物一样，受到相同转化力量的作用。……对人的本质以及人类历史的意义进行重新评价的时机已经成熟。"②

在这种进化生物学主导的"人学"观念之嬗变的催发下，作为"人学"表达的文学开始绽放出新的艺术花朵。史蒂文森、吉卜林等均创作了探讨人与兽及种族之间界限的作品；而 H. G. 威尔斯的《莫洛博士岛》(1896)则通过一个奇特的寓言将生理学、解剖学及"生命形式可塑性"诸问题结合在一起讨论。当然，进化生物学在文学领域最显赫的效应，当推促使自然主义文学思潮的发生。左拉在其理论文献中反复申明自然主义与生物学、生理学的密切关系："实验小说是文学随科学与时俱进的必然结果。从物理学和化学到生物学，再从生物学到文学，科学的精神不断拓展。由此，过去那种仅仅体现为抽象的形而上学观念的人在实验小说中将不再存在，人们看到的将是无法不受自然规律和环境影响的活生生的人。一言以蔽之，实验小说乃是与科学时代相契合的文学，这就如同古典主义和浪漫主义只能属于经院哲学和神学所主导的时代。"③"形而上学的人已经死去，由于对象已经成了生理学上的人，文学领地的

---

① 达尔文：《物种起源》，舒德干等译，北京大学出版社 2005 年版，第 73 页。
② 威廉·科尔曼：《19 世纪的生物学和人学》，严晴燕译，复旦大学出版社 2000 年版，第 111 页。
③ Emile Zola："The Experimental Novel"，in George J. Becker，eds.：*Documents of Modern Literary Realism*，Princeton University Press，1963，p. 176.

面貌当然也就全然为之改观。"①左拉说:"只有这样,作品中才会有合乎日常生活逻辑的真实人物和相对事物,而不尽是抽象人物和绝对事物这样一些人为编制的谎言。"②从单纯对社会问题的热切关注中挣脱出来,进一步把视线集中到作为个体的人之感性生命本身,自然主义作家清醒地看到:传统文学同以往人们对自身的认识相契合,忽视了人类一部分被隐蔽、被排除的现实——人类的肉体。在这样一种认识的基础上,他们感到新的文学应该立即如实地将人身上被忽视的东西揭示出来,以弥补传统文学在人物塑造上的不足。如果说前自然主义作家往往以基督教人道主义为武器,主要从伦理学、政治学、经济学的角度来观察、描写社会和社会中的人,到了自然主义,作家们则拿起了科学的武器,转而强调从生理学、心理学乃至病理学的角度来观察、描写作为生物而受生理本能影响的人。

人是本能的载体,这是自然主义作品的一个重要主题。关于对这一主题的揭示,左拉的《戴蕾斯·拉甘》很早就为后起的自然主义作家创制了样板。这部小说在题材的选择上同以前的小说相比实在说不上有多少新意,它讲述了这样一个故事:戴蕾斯和洛朗私通后谋害了其夫卡米尔,并且制造了他溺水而意外死亡的假象,但他俩最终因难以摆脱的悔恨和恐惧而双双自杀。作品的新颖之处在于对这样一个一般题材的独特处理——左拉从生理学中获得了全新的艺术视角和艺术方法。在很大程度上,左拉笔下的戴蕾斯和洛朗,与其说是有思想、有感情和有意志的人,倒不如说更像只由血肉、神经、欲望组成的生物体。在这里,没有诗情画意的爱情,没有英武豪迈的举动,只有本能。本能使他们不顾一切地结合在

---

① Emile Zola: "The Experimental Novel" in George J. Becker, eds.: *Documents of Modern Literary Realism*, Princeton University Press, 1963, p.196.

② Emile Zola: "The Experimental Novel", in George J. Becker, eds.: *Documents of Modern Literary Realism*, Princeton University Press, 1963, p. 201.

一起,又使他们在罪恶感中分道扬镳并一同走向毁灭。在这本书的序言中,作者说,"戴蕾斯和洛朗是两个没有理性的人","生活中的每个行动都是他们肉体要求不可避免的结果"。"我这两个主人公的爱情是为了满足一种需要;他们所犯的谋杀罪是他们通奸的结果,这种结果之于他们与狼残害羊并没有什么两样";"他们的内疚——姑且这样称吧,纯粹是一种机能的混乱,是紧张得爆裂的神经系统的一种反抗。灵魂是根本没有的。……总而言之,我只有一个愿望,通过一个身体强壮的男人和一个没有得到满足的女人,研究他们的兽性,甚至仅仅研究他们的兽性。……我仅在两个活人身上,做了外科医生在死尸身上所做的分析工作"①。

不少评论家都注意到自然主义作家擅长描写人的兽性及人类与野兽之间的亲缘关系。这种"亲缘关系"似乎在提示我们:人就是动物,而且是一种狼样的动物,而非羊样的动物。"'万物融通'乃是自然主义文学的根本主题:省却对自然法则的鉴别,降解时间和生命过程本身的效能,直至抹杀所有差别。"②在对卢贡·马卡尔家族的描写中,"左拉赋予成功的三个主要特征要素是——无限的欲望、贯彻到底的冷酷无情与习惯性的(情绪)不稳定。无论他们的家族成员是从政、经商还是从事财政,对于'欲望'的表现都是完全相同的"③。而且,左拉的自然主义叙事往往尤为刻意地揭示暴力与性欲两者之间隐秘的关联。卢贡世系的人冷酷无情,他们的成功总是以牺牲他人作为代价:欧仁瞒骗了他的政敌;沙喀尔牺牲小投资者的利益换取了短暂的成功;莫瑞的发迹也以吞噬小商人的利益为前提;而艾蒂安·郎蒂耶成为领导人的代价,是那些被政府军射杀的朋友

---

① 　左拉:《〈戴蕾丝·拉甘〉序言》,见柳鸣九主编:《自然主义》,中国社会科学出版社 1988年版,第 461 页。

② 　David Baguley:"The Nature of Naturalism", in Brian Nelson, eds.: *Naturalism in the European Novel: New Critical Perspectives*, Berg Publishers, 1992, p. 25.

③ 　Martin Turnell: *The Art of French Fiction*, Hamish Hamilton Ltd., 1959. p. 120.

的生命。"左拉或许是第一个以其丰富的想象力清楚地揭示出攻击性与性欲之间联系的作家。成功的卢贡人不单只是具有高度侵略性的类型,他们还都是有着异常强烈性欲的人。"①尤为值得注意的是,他们表达性欲的方式往往是强奸。《金钱》(1891)中的沙喀尔尽管醉心于金钱,以至于无法在满足旺盛的性欲上投入足够的时间和精力,但他还是让卡罗琳夫人在其办公室为他"工作"。是的,他们是因强烈的欲望而成功,但也最终被自己的"欲望"所吞噬。骗子进了监狱,政治家与帝国同归于尽,失败的画家自杀了,杀人狂落得个惨烈的下场,身价昂贵的妓女可怕地死去……沙喀尔说出了秘密:"这是导致我堕落的唯一原因。也正因如此,我总是搞坏我的身子骨。"②

在很多自然主义作家的创作中,人们都可以看到对人之本能的类于生理学家和动物学家的解剖。在阴暗黑湿、暴烈盲目的心理背景之下,失控的物欲、炙热的权欲、难御的嗜虐欲、疯狂的肉欲构成了一幅幅"人兽"的图画,尤其是肉欲,则更为自然主义作家所看重。人的生理变化与春情、性觉醒与性冷淡、性生活的和谐与不协调、亢奋的满足与色之饥饿、同性恋与乱伦乃至怀孕与繁殖,所有这些都无一不在新时代作家观察与表现的范围之内。这种对生理本能的强调在《娜娜》一书中得到了最为集中的体现:同名女主人公作为一名歌剧院女演员,虽然演技拙劣、歌喉生涩但却凭借丰饶的肉体与放纵的妖冶得以发迹,成功步入上流社会且成为王侯将相竞相追逐的对象。在娜娜"结实的腰部、丰满的乳房、软缎般的皮肤、发达健壮的肌肉、母马般的大腿与后臀以及美妙的人体线条"③的魅惑之下,他们倾其所有、抛妻弃子、自甘受虐乃至犯罪自杀。"自然主义将被证明是一种娴熟的程式,用于叙述妇女卖淫及其成

---

① Martin Turnell: *The Art of French Fiction*, Hamish Hamilton Ltd. ,1959. p. 121.
② Martin Turnell: *The Art of French Fiction*, Hamish Hamilton Ltd. , 1959, pp. 121-122.
③ 左拉:《娜娜》,郑永慧译,人民文学出版社 1985 年版,第 186 页。

因,在某种程度上,它将会排演女性'堕落'的轨迹,一遍又一遍,跨越国界。"①19世纪末叶,当自然主义作家开始描写贫民窟移民扭曲而贫瘠的生活,描写城市里年轻的乡村女孩和渴望乡村女孩的中年酒吧经理容易陷入的非法生活,以及日常生活中偶尔发生的中下层社会的暴力动乱的时候,他们为自己发现艺术崭新的意义和形式而兴奋不已。尤其是,"这些作家不再接受19世纪小说中已经成为惯例的'大谎言'——两性关系要么是高度浪漫的爱情,要么是中产阶级的求爱和结婚小仪式。性,作为人类悲剧本性的根源和日常生活的地下暗潮,在他们的小说中开始成为现代艺术的伟大主题"②。而将婚姻描写为一个男人和一个女人之间至死方休的战斗,这是斯特林堡等人从左拉的小说《戴蕾斯·拉甘》所移取来的自然主义心理剧的基本主题,也是自然主义的重要悲剧母题。在《父亲》(1887)一剧中,斯特林堡对一场"宏大的人类冲突——两性间的基本战争"进行了或许最精辟、最彻底的分析。由于其冲突的不朽性质和人物塑造的方法,"《父亲》甚至比左拉的《戴蕾斯·拉甘》离普通的自然主义作品更远,但人物命运下降的曲线却与之一脉相承"③。

特别值得指出的是,自然主义作家经由生理学的剖析增加了对人物心理描写的深度。对于司汤达小说叙事中明显的理念化倾向,左拉曾提出过严厉批评,但这并不影响他对其小说创作其他方面的成就给予极高的评价。在《戏剧中的自然主义》等文中,左拉甚至曾将司汤达称为自然主义的先驱,而个中因由则是他"是一位心理学家"。④ 在这样的表述中,

---

① Simon Joyce:*Modernism and Naturalism in British and Irish Fiction*,*1880 - 1930*,Cambridge University Press,2015,p. 130.

② Donald Pizer:*The Theory and Practice of American Literary Naturalism*:*Selected Essays and Reviews*,Southern Illinois University Press,1993,p. 20.

③ Borge Gedso Madsen:*Strindberg's Naturalistic Theatre*:*It's Relation to French Naturalism*,Muksgaard,1962,p. 62.

④ Emile Zola:"Naturalisn in the Theatre",in George J. Becker,eds.:*Documents of Modern Literary Realism*,Princeton University Press,1963,p. 205.

人们很难看出在左拉的理解中自然主义与心理描写有什么矛盾。关于自然主义小说的创作,左拉特别强调对当代生理学发现的借鉴,但这本身绝不意味着反对或排斥对人进行心理描写。在《实验小说论》中,左拉明确指出:"我们以我们的观察和实验继续着生理学家的工作,正如他们以前继续着物理学家和化学家的工作一样。为了弥补科学生理学的不足,我们可以说是做着科学心理学的研究工作。"①"我们依靠生理学,但又从生理学家手中把孤立的人拿过来,继续向前推进,科学地解决人在社会中如何行动的问题。"②"科学家是自然界的检查官……我们小说家是人和人的思想感情的检查官。"③显然,在左拉看来,不是文学服从生理学,而是文学推动生理学发展,使其发展到心理学的阶段;正因为生理学存在"不足",所以才需要文学来"弥补",将其对人的研究推进到心理学的阶段。左拉当然非常清楚人的心理而非生理才是文学首先应予关注的对象,而人的生理之所以重要,只不过是因为它是人的心理活动得以产生的根源和依据。

事实上,在 19 世纪 60 年代中期刚刚开始步入文坛时,左拉便表明了自己将致力于创作"心理研究方面的小说"或"心理和生理小说"的宏愿。④ 1881 年,在写给作家、批评家于勒·克拉尔蒂的信中,他曾更加明确地说:"我热衷于心理分析方面的问题。"⑤这再次表明,口口声声说要

---

① Emile Zola:"The Experimental Novel", in George J. Becker, eds.: *Documents of Modern Literary Realism*, Princeton University Press, 1963, p. 172.

② Emile Zola:"The Experimental Novel", in George J. Becker, eds.: *Documents of Modern Literary Realism*, Princeton University Press, 1963, p. 174.

③ Emile Zola: "The Experimental Novel", in George J. Becker, eds.: *Documents of Modern Literary Realism*, Princeton University Press, 1963, p. 168.

④ 左拉:《致安东尼·瓦拉布莱格》,见左拉著:《左拉文学书简》,吴岳添译,安徽文艺出版社 1995 年版,第 60—61 页;左拉:《致圣伯夫》,见左拉著:《左拉文学书简》,吴岳添译,安徽文艺出版社 1995 年版,第 72 页。

⑤ 左拉:《致于勒·克拉尔蒂》,见左拉著:《左拉文学书简》,吴岳添译,安徽文艺出版社 1995 年版,第 47 页。

从生理学角度对人进行"科学剖析"或"分析"的左拉,真正想做的是对人进行心理的剖析或分析。左拉甚至断言,整个国家都受大规模的神经衰弱症的控制,他把这归因于科学的迅速发展和以牺牲肌肉为代价来发展人们的神经。"神经衰弱症"是否真的会像左拉描述的那样广泛传播,至少现在是个开放的问题,但不容置疑的是,他的信念在他事业的成功中发挥了必不可少的作用。"这使他将自己的神经衰弱症候投射到其笔下的人物身上,同时以这种方式将自己与时代联系起来。"①

"今天,小说发展了,它的领域扩大了,它通过分析和心理研究,成为当代的道德史。"②"科学化"的文学主张,使"分析"一词在左拉等很多自然主义作家那里成为一个出现频率很高的词语。自然主义作家动不动就挂在嘴边的"分析",实际上就是指"心理分析"。莫泊桑曾将盛行心理"分析"的自然主义小说直接称为"纯粹分析的小说"③,并对"分析"的含义做了如下归纳:"分析理论的拥护者要求作家去表现一个人精神的最细微的变化和决定我们行动的最隐秘的动机,同时对于事实本身只赋予过于次

---

① Martin Turnell: *The Art of French Fiction*, Hamish Hamilton Ltd., 1959, p. 114.

② 龚古尔兄弟:《〈热尔米妮·拉赛德〉第一版序》,见柳鸣九编选:《法国自然主义作品选》,天津人民出版社 1987 年版,第 726 页。

③ 由于作家在个性、气质方面的差异,在坚持共同的反意识形态观念叙事这一根本原则下,自然主义的小说实验事实上呈现出了百花齐放、异彩纷呈的繁荣局面。按莫泊桑的概括,当时自然主义小说在"纯粹分析的小说"之外,还有另外一种重要的小说类型——"纯客观的小说"。写作这类小说的作家"主张把生活中发生过的一切都精确地显现给我们,要小心翼翼地避免一切复杂的解释和一切关于动机的议论,而只限于把人和事直呈在我们眼前。对他们来说,心理学应该含而不露,就如同它在生活中实际上是隐藏在事件里一样"。"客观派的作家不啰唆地解释一个人物的精神状态,而总是在寻求这种心理状态在一定的环境里使得这个人定然会做出的行为和举止。作家在整个作品中使他的人物行动都按照这种方式,以致人物所有的行为和动作都是其内在本性、思想、意志或犹疑的反映。作家并不把心理分析铺展出来而是加以隐藏,他们将它作为作品的支架,就如同看不见的骨骼是人身体的支架一样。画家替我们像,就不会把我们的骨骼也画出来。"(莫泊桑:《〈皮埃尔与若望〉序》,见柳鸣九编选:《法国自然主义作品选》,天津人民出版社 1987 年版,第 801—802 页。)正是由于自然主义文学中这种"纯客观小说"的进一步发展,才有了后来法国的"新小说"所代表着的 20 世纪现代主义文学叙事的另一种类型。

要的重要性。事实是终点，是一块简单的界石，是小说的托词。"①因此，他称"纯粹分析的小说"是"一些精确而又富有幻想的作品，其中想象和观察交融在一起；就得用一个哲学家写一本心理学书籍的方式，从最远的根源开始，把一切的原因都陈列出来；就得说出一切愿望的所以然，并分辨出激动的灵魂在利害、情欲或本能的刺激下所产生的反应"②。堪称英雄所见略同——针对当时自然主义小说创作的情形，爱德蒙·德·龚古尔也曾表示过与莫泊桑同样的想法——"我的想法是，为了做到完全成为现代的伟大作品，小说的最新发展应是成为纯粹分析的作品"③。话音似落未落之间，文学史的演进已然确证了自然主义作家对小说发展的勾画或展望：在詹姆斯·乔伊斯等现代主义作家那里，人们果然领略到了爱德蒙·德·龚古尔所称的那种"纯分析"的"现代的伟大作品"，而且这种纯粹心理分析的作品的确也如莫泊桑所说的——"事实是终点，是一块简单的界石，是小说的托词"。只不过，相比于自然主义小说，作为"界石"的"事实"在以意识流小说为代表的现代主义小说中越发少了些。在《尤利西斯》中对莫利那种半梦半醒之间心理独白的描写中，人们发现要找到作为"界石"或"托词"的"事实"甚至已经变得不太可能了。

事实上，在自然主义作家"心理描写贫乏"这种浮泛之音的旁边，对自然主义小说在心理描写方面的卓越成就予以高度评价的批评家从来就不少见。在读了左拉的《普拉桑之征服》之后，泰纳在写给左拉的信中曾感叹："您是处理精神病、谵妄病进展过程的高手。梦幻，尤其宗教

---

① 莫泊桑：《〈皮埃尔与若望〉序》，见柳鸣九编选：《法国自然主义作品选》，天津人民出版社 1987 年版，第 801 页。

② 莫泊桑：《〈皮埃尔与若望〉序》，见柳鸣九编选：《法国自然主义作品选》，天津人民出版社 1987 年版，第 801—802 页。

③ 爱德蒙·德·龚古尔：《〈亲爱的〉序》，见朱雯等编选：《文学中的自然主义》，上海文艺出版社 1992 年版，第 303 页。

梦幻的恶性和痛苦的蔓延,描写得非凡的有力和清晰。"①即使是出于意识形态上的原因历来对自然主义小说持否定态度的马克思主义批评家梅林,对左拉在心理描写方面的成就也曾给予特别的首肯,他称左拉不仅是一位"缜密异常的观察家"与"第一流的风俗画家",还是一位"细致深刻的心理学家"。②

第二节　"适应":自然主义对"环境描写"的拓进

法国博物学家布封③在其长达四十四卷的巨著《自然史》中指出,在地球形成之后所产生的变化中,海陆矿、植物、鱼类相继出现,而后是陆地动物与鸟类,最后才出现人。④ 他认为环境变化对物种变异的影响是非常直接的,在地质演变的影响下,地面气候、环境与食物等都在随之变化,而这种变化的产物之一便是人。⑤ 布封的学生拉马克也认为是环境引起变异,而生理功能的变异先于形态构造。达尔文则是在此基础之上全面地、深入地求证了人类自然起源的猜想。在《物种起源》中,他以生活环境为变量,分别讨论了家养状态及自然状况下动物因生活条件变化而引发的明显变异,并得出结论:影响生物演化的内因是遗传与变异的特性,而外因则是环境的作用。

进化论从"实验"方法、理论基础诸方面确立了生物学的独立地位

---

① 泰纳:《给爱弥尔·左拉的信》,见朱雯等编选:《文学中的自然主义》,上海文艺出版社1992年版,第333—334页。
② 梅林:《论文学》,张玉书等译,人民文学出版社1982年版,第284页。
③ 布封,法国博物学家,原名乔治·路易·勒克来克,后改姓德·布封。代表作《自然史》是一部博物志,包括"地球形成史""动物史""人类史""鸟类史""爬虫类史""自然的分期"等几大部分。
④ 舒德干:《进化论的几个重要猜想及其求证》,《自然杂志》2009年第4期,第249—250页。
⑤ 舒德干:《进化论的几个重要猜想及其求证》,《自然杂志》2009年第4期,第249—250页。

及生物学诸分支学科的合法性,进而使西方科学在 19 世纪完成了一次革命。达尔文认为"自然选择"在生物演化中起了最为重要的作用,而且它也在很大程度上解释了自然秩序的成因,而与之相契合的"适应"的观念,乃是进化生物学中最为重要的观念。"我们的主要信条是,动物的本能、组织和手段,与他们将要生存的环境、所处的地位以及获得食物的方法,这两者之间已被确认存在一种普遍的关系,就是适应——已存在过的动物是这样的,现存的动物也是这样的。"①"适应"的对象是"环境",而社会的存在,使人这种动物首先必须适应其所置身其中的社会环境。"19 世纪人们越来越多地转向关注社会现象,从中发现了这些亟待解决的问题,并且提出了设立一门独立的科学(即社会科学)的建议。人类必定是这门新科学的研究对象,正如他也是达尔文主义分析的对象一样。"②

虽然环境描写一直在文学作品中占有一席之地,但 17 世纪的小说往往将纯粹理智的人物放到因袭的背景之上活动,18 世纪的小说又将自然淹没在哲理论说之中,环境在作品中的作用一直未得到充分彰显,而浪漫派笔下独往独来且天马行空的个人英雄,其过度膨胀的自由意志则完全不受环境的制约。受生物进化论"适应"观念的启发,自然主义作家在文学史上第一次提出了环境描写的独立地位问题。左拉高度重视"环境"对人的重大作用:"生理学家有朝一日总会给我们解释思想和激情的机理;我们将会知道人这架独立的机器是怎样运转的,它怎样思考,怎样爱,又如何从理智转向热情乃至疯狂。但是这些现象,这些器官如何在内部环境的影响下起作用的机理这一事实,不是孤立地在外部的真空中产生的。

---

① 英国解剖学家、生物学家和脑神经专家查尔斯·贝尔的著名论断,转引自威廉·科尔曼:《19 世纪的生物学和人学》,严晴燕译,复旦大学出版社 2000 年版,第 66 页。

② 威廉·科尔曼:《19 世纪的生物学和人学》,严晴燕译,复旦大学出版社 2000 年版,第 101 页。

人不是孤立的,他是社会的动物,总处于特定的环境中;这社会环境就不断地改变着人的生存。对我们小说家来说,最重要的使命就在于研究社会对个人、个人对社会的相互作用。"[1]"我们依靠生理学,但又从生理学家手中把孤立的人拿过来,继续向前推进,科学地研究人在社会中如何行动的问题。"[2]在左拉看来,环境之于人,犹如空气和土壤之于植物,即人在很大程度上乃是环境的产物。"近代文学中的人物不再是一种抽象心理的体现,而像一株植物一样,是空气和土壤的产物。"[3]他反复强调,"我深信,人毕竟是人,是动物,或善或恶由环境而定","这就是说,这个家族,如果是生于另一时代,处于另一种环境,就不会像它现在这样"[4]。"我们认为人不能脱离他的环境,他必须有自己的衣服、住宅、城市、省份,方才臻于完成;因此,我们决不记载一个孤立的思维或心理现象而不在环境之中去找寻它的原因和动力。"[5]"我们不再在词藻优美的描写里求生活;而是在准确地研究环境、在认清与人物内心状态息息相关的外部世界种种情况上做功夫。"[6]经由左拉的鼓吹与示范,环境描写在自然主义文学文本中有时甚至获得了独立存在的价值。而有的评论家也认为左拉"是以一个哲学家和社会学家的立足点来构思他的小说的"[7]。

---

[1]　Emile Zola："The Experimental Novel", in George J. Becker, eds.: *Documents of Modern Literary Realism*, Princeton University Press, 1963, p. 173.

[2]　Emile Zola："The Experimental Novel", in George J. Becker, eds.: *Documents of Modern Literary Realism*, Princeton University Press, 1963, p. 174.

[3]　左拉:《论小说》,见柳鸣九编选:《法国自然主义作品选》,天津人民出版社 1987 年版,第 789 页。

[4]　左拉:《关于家族史小说总体构思的札记》,见柳鸣九编选:《法国自然主义作品选》,天津人民出版社 1987 年版,第 734 页。

[5]　左拉:《论小说》,见柳鸣九编选:《法国自然主义作品选》,天津人民出版社 1987 年版,第 788—789 页。

[6]　左拉:《论小说》,见柳鸣九编选:《法国自然主义作品选》,天津人民出版社 1987 年版,第 789 页。

[7]　弗莱维勒:《自然主义文学大师》,见朱雯等编选:《文学中的自然主义》,上海文艺出版社 1992 年版,第 414 页。

　　进化论学说中所强调的在"适应"中引发"变异"的"环境",在自然主义文本中首先直接表现为人物具体生活的环境。例如,《小酒店》中泥泞污秽、酒气冲天,犹如"吃人野兽的蒸馏器"①的卖鱼巷、金滴路,夹杂着湿气与肥皂气味甚至漂白水味的洗衣厂。再如《萌芽》中"可以闻出人间牲畜的臭味"②的矿工居所,"混杂着各种气体"③的矿井下坑道。令人窒息的高温湿热,年久失修的坑道矿井,这样的非人工作环境迫使女推车工卡特琳只能解开绳子,脱掉衬衫,低头奔跑,"好像一头在烂泥中寻找食物的雌性牲口"④那般继续推动煤车。在残酷的物理环境面前,人已经无暇顾及尊严与道德,在生存的本能面前,人的兽性展露无遗。但值得指出的是,在自然主义文本中,"环境"并不只是单纯的自然环境或社会环境,它是一种内涵宽泛的生存环境,除却具体的生活环境及外在的社会环境,还包括深层的文化环境。

　　《卢贡—马卡尔家族》的副标题是"第二帝国时期一个家族的自然史和社会史"。所谓"社会史",是说整个小说系列乃是对"第二帝国"时代法国社会生活的研究。从 1851 年"政变"起(《卢贡家的发迹》,1871),至 1871 年普法战争结束止(《崩溃》,1892),《卢贡—马卡尔家族》反映了拿破仑三世统治时期发生的一系列重大历史事件。通过对分散到各阶层的家族成员活动的描写,作品几乎描绘了法国社会生活的所有方面,刻画出一千两百多个人物,提供了"一个充满了疯狂与耻辱的时代"⑤的极为生动形象的风俗长卷。在这幅巨型画卷中,首先,人们可以从政治生活和道德风貌方面看到"第二帝国"的腐朽本质。《卢贡大人》(1876)、《贪欲的角

----

① 左拉:《小酒店》,王了一译,人民文学出版社 1982 年版,第 43 页。
② 左拉:《萌芽》,倪受禧、刘煜译,湖南人民出版社 1983 年版,第 36 页。
③ 左拉:《萌芽》,倪受禧、刘煜译,湖南人民出版社 1983 年版,第 36 页。
④ 左拉:《萌芽》,倪受禧、刘煜译,湖南人民出版社 1983 年版,第 13 页。
⑤ 左拉:《〈卢贡—马加尔家族〉序》,见柳鸣九主编:《自然主义》,中国社会科学出版社 1988 年版,第 518 页。

逐》(1871)，勾画了大小官僚结党营私、玩弄权术，既倾轧又勾结的丑恶嘴脸；《金钱》(1891)中，权贵们私生活的糜烂揭示了他们灵魂的卑鄙，拿破仑三世为一夜风流一掷十万法郎，高等检察官与金融家为一个女人而像狗一样狂吠；《娜娜》更展示了精神、道德的普遍堕落，妻子公然与情人来往，兄弟轮番邀宠于娜娜，翁婿在同一妓女的床上鬼混。其次，垄断组织这个标志着"第二帝国"向帝国主义过渡的突出产物也得到表现，如《妇女乐园》(1883)和《巴黎之腹》(1873)，就形象地描绘了大百货公司、大菜市场的发展壮大与垄断组织形成的过程，展示了它们雄厚的物质力量与新的经营方式，同时也表现了旧式小经营者在强大压力下破产的命运。然后，伴随着垄断企业的出现，一种新的经济组织形态即股份公司、股票交易所也在法国涌现，《金钱》就反映了这种新的社会特征。主人公萨加尔通过组建"世界银行"，垄断金融，操纵股票市场，但在竞争中败北，使得千百万储户被拖入绝境。最后，在描写政治和经济活动的同时，左拉也把目光投向社会底层。《小酒店》中洗衣女工绮尔维丝一家悲惨的生存境况，让人触目惊心；《萌芽》不仅写了矿工艰苦的劳动和贫困的生活，更表现了他们的反抗斗争，是家族史小说的代表作之一。《卢贡—马卡尔家族》小说所设定的中心地点是巴黎，但左拉将它描述为病变的中心，一个患病的心脏是无法支配四肢的。治理的重中之重必定是巴黎，《崩溃》的最后一幕是巴黎的燃烧——"烧得像一团巨大的牺牲的火焰"。左拉在作品中描绘了这个注定灭亡的世界在火焰、烟雾和灰烬中走向毁灭的景象，极具幻想色彩，让人印象深刻。①

　　文随时变。"生物体适应其不断变化的自然环境，而文学文本的形式和功能则随着媒体生态和复制技术的变化而变化。"②从某种意义上来

---

① Martin Turnell：*The Art of French Fiction*，London：Hamish Hamilton Ltd.，1959，p. 94.

② Sabien Sielke："Biology"，in Bruce Clarke，eds.：*The Routledge Companion to Literature and Science*，Manuela Rossini，Routledge，2011，p. 32.

说,以生物进化论为先导的 19 世纪中后期西方文化中空前高涨的科学主义精神取向,直接在自然科学与文学之间架起了一道铁桥。既然一切都必须经过科学的推敲与检验方能站得住脚,文学艺术受到自然科学影响也就合乎逻辑地成为一种不可规避的必然结果。最先做出反应的是文化思想家和美学家泰纳,他第一个站出来系统而全面地把科学主义观念运用于文学理论。其著名的"种族、环境、时代""三要素说"便是在孔德实证主义和达尔文进化论的影响下,用自然界的规律解释文艺现象的产物。事实上,文学受一定的时代、环境、民族等外部因素影响的认识在西方文学理论中并不新鲜,浪漫主义时代的史达尔夫人乃至更早的启蒙思想家们早就对此做出过很多论述,泰纳的独到之处在于避开了零散的、印象式的或就事论事的论述,跳出狭窄的文学艺术的范畴,从科学的立场重新观照、把握事理材料,形成了逻辑清晰、条理严谨的思想体系。作为一颗将艺术与科学嫁接后生长出的理论果实,"种族、环境、时代""三要素说"堪称科学主义在西方美学与文论中所取得的第一次胜利;而这一胜利则预示着一种新型文学的诞生:与哲学、社会、文化领域科学主义思潮的空前高涨相适应,就有了在科学主义道路上走得最远的自然主义文学思潮。

工业革命持续推进,大城市迅速崛起;工业—城市文明取代了农业—乡村文明,技术使人的物质状况的迅速改善,社会对人的控制越来越细致,越来越严密。毫无疑问,面对着自然,技术的确给人类带来了更大的自由;但面对着社会,作为个体的人的自由度反而在高技术和社会控制之中缩小了。自然主义作家笔下的人之被决定的无奈、茫然与迷惑,所揭示的正是作为个体的人之生存状况。"达尔文主义及其变体斯宾塞主义为人的这种时代体验提供了有效的隐喻符号,与之比翼齐飞的另一个主题话语则是粗糙的机器类比——环境或世界是一个巨大的机器,生命不过是这部巨大机器上的小小齿轮。"①作为文学运动,自然主义不仅仅是基于遗传和环境共同作用的假设,它是西方文学现代历史进程不可或缺的重要一环:它使文学从乡野走向城市,从农业社会进入工业文明,从庄园主过渡到别墅里的金融投机者,从贵族统治演绎为资产阶级当权。新时代社会生活的重点是物质生存而非道德品行。自私的政党政治、巨大的工业体系和神奇的金融体系相勾连,控制着整个国家的命运;而普通人受其自身和社会背景影响的命运同样无法由个人控制。的确,人是有限的,其命运很大程度上是被规定的。1893 年,在谈到自己的新作《街头女郎玛姬》(1893)时,克莱恩称他是把贫民窟作为一个动物丛林来描写的;稍后,谈到《红色英勇勋章》(1895)时,他提到了将人困在传统和现实铁律中的"移动囚笼"。德莱塞在《嘉莉妹妹》中写道:在穿云入海的各种力量中,"未开化的人不过是风中的一小缕"。"两个世纪之交美国作家的时代意识,即城市和工业生活的条件,以及对人类之动物起源的新理解,似乎与传统宗教、哲学和政治信仰中固有的人类尊严和自由的概念不可调和。但每一位作家都以自己独特的方式——在题材、主题和形式上——对他们这个时代的巨大潜流做出了回应。"②

在《卢贡—马卡尔家族》中,出身背景比人更重要,而环境似乎也总让个人意志相形见绌。人物被赋予特定的遗传特征,他们最终所达成的建构或造成的破坏取决于环境对这些特征是感召还是挤压,这是左拉式自然主义的一般范式。"左拉把人物放到了一个社会整体中。与福楼拜不同的是,他的人物塑造不是基于原子决定论,因为每个角色都可以被视为一个社会群体中的小颗粒。在左拉的小说中,决定事物如何展开的规律

---

① Donald Pizer：*The Theory and Practice of American Literary Naturalism：Selected Essays and Reviews*，Southern Illinois University Press，1993，p. 18.

② Donald Pizer：*The Theory and Practice of American Literary Naturalism：Selected Essays and Reviews*，Southern Illinois University Press，1993，p. 7.

对群体和个人同样适用。此外,支配社会的规律以历史的形式被体验并了解,因为社会系统的发展是依据其不可逆转的运动逻辑在时间中展现出来的。对于社会群体或人群,其小说的认知研究有着与进化生物学同样的历史价值。"①强势的卢贡人试图把自己强加于环境中,把社会的弱点看作是为自己谋利益的机会,并取得了一定的成功;而马卡尔人的情况则是相反的和失败的。环境强化了他们与生俱来的弱点,并在很大程度上导致了他们的毁灭。更多的时候,"左拉把环境看作是一种压力,这种压力一部分指向身体,一部分指向心理"②。作为一种压力,环境就包含着孤立与监禁的双重意涵。在《萌芽》和《土地》(1887)中,我们常常可以看到"巨大的平原"切断了矿工和农场工人与世界上其他地区的联系。当他们站在后面看它的时候,当他们想到外面的世界的时候,他们会被一种孤独感,甚至眩晕感所征服,然后转向他们所属的团体寻求庇护。这就产生了一个封闭的团体,里面的成员不能也不敢从矿山或土地逃离,而这种环境最终会将他们摧毁。这种双重感觉给予小说极佳的戏剧张力:在你面前有一道障碍,它可能是生理上的,也可能是心理上的,总之它阻止你逃跑;在你身后是一座监狱,这监狱可能是一座矿井,也可能是一座廉价的房子,总之它正等着把你吞没。

左拉还特别善于利用建筑物营造幽闭恐怖效果。《家常事》(1882)里所描写的公寓大楼充斥着欲望和仇恨,感染着每一个住在那里的人。《小酒店》里的房屋中到处都是邪恶的居民、无尽的楼梯和黑暗蜿蜒的走廊,还有大型酒吧。蒸馏机创造了一个新的酗酒者社区,在那里,绮尔维丝遗传下来的恶习得到了滋养和发展,并且最终导致了她的堕落。我们也不能忽视迷宫般的街道,它在城市小说中与在《土地》中所扮演的角色是一

---

① Allen Thiher: *Fiction Rivals Science : The French Novel from Balzac to Proust*, University of Missouri Press, 2001, pp. 144-145.

② Martin Turnell: *The Art of French Fiction*, Hamish Hamilton Ltd., 1959, p. 124.

样的。"街道像是一个中立的区域,它给人一种从恐怖的建筑内部脱身的错觉。但在街上,你会面临各种各样的心理压力,比如被邻居从窗帘后面窥视的感觉,或者是那些你欠他们钱的商人脸上愤怒的表情……"①

左拉和其他法国自然主义作家经常使用大城市,或者更确切地说是城市贫民窟作为故事的背景。同样地,美国作家也把城市作为他们作品的背景,并且也描述了贫民区。纽约,是克莱恩笔下故事的背景;诺里斯把《麦克提格》的故事安排在旧金山,这一定程度上也是《凡陀弗与兽性》(1914)的背景。在描写城市故事时,美国的自然主义作家也没有回避肮脏的细节。克莱恩也许更倾向于描述城市生活的阴暗面,其笔下的包厘街展示了纽约最糟糕地段的人们的痛苦和沉沦:纽约很大程度上是一个令人恐惧的地方,在高耸的建筑物旁和狭窄的街道上,人们无休止的斗争就像在深渊里的挣扎。诺里斯在他的一些作品中也以城市住宅区作为背景,并且也经常以左拉的方式诉诸残酷的细节描写。总的来说,对美国的自然主义作家来说,城市很大程度上是罪行和邪恶的温床,像玛姬和嘉莉那样的年轻女孩就是在这里变坏的……他们也会把贫民窟作为他们作品的背景,并突出一些肮脏和残酷的细节。可以认为,这一切都归诸法国自然主义的影响。

第三节　"遗传":自然主义的"遗传学"视角

生物进化论的重要奠基人之一拉马克曾在其著作《动物学哲学》(1809)中提出"用进废退"及"获得性遗传"这两条生物演化的法则②:生

---

① Martin Turnell:*The Art of French Fiction*,Hamish Hamilton Ltd.,1959,p. 125.

② 朱洗:《生物的进化》,科学出版社 1980 年版,第 23—26 页。

物体常使用的器官通常会更发达,而不常使用的则会弱化;生物体后天获得的性状可能会通过繁殖遗传给后代,从而促进生物的定向演化。在拉马克提出这些假想的 19 世纪初叶,遗传学无论是从理论上还是从实践上来看,都尚处于猜想草创的时期。此时,人们虽对遗传问题产生了浓郁的兴趣与热切的关注,但遗传学作为科学的学科建制却远未成形。大致来说,在孟德尔①"颗粒遗传"假说问世前,学术界普遍认同的乃是"融合遗传"这种假说——子代往往会表现出父母双亲的中间性状,就像将两种颜色融合而产生中间颜色那般。但设若"融合遗传"能够成立的话,可交配的物种之间的差异便会不断缩小,生物进化论之"自然选择"理论便会成为无稽之谈。

　　"在所有繁殖个体之间以及由它们组成的物种之间必须存在某种联系,最好是物质的联系,进化的事实才能成立。这种联系被命名为遗传。"②事实上,达尔文的"自然选择"理论给"遗传"观念留下了巨大的生发空间。达尔文认为"生物都有发生变异的特性,并且许多变异能够遗传";"在生存竞争中,对生物有利的变异得到保留并遗传给后代,对生物不利的变异则遭到淘汰"。在后来的《人类的起源》(1871)一书中,达尔文曾试图探究人类的近期由来,以说明人类是怎样从某些低级类型发展而来的;在讨论人与动物间相同的"胚胎期发育""残留结构"以论证人类身体器官的发展过程时,达尔文明确指出:人与其他高等动物在心理能力上虽有巨大的差别,但这种差别却只是程度上而非种类上的——理智和道德等心理能力也是会在变异中遗传的。达尔文对"遗传"的论述,不唯从

---

①　孟德尔,奥地利生物学家,遗传学的奠基人。1865 年他在布吕恩自然科学协会上报告了他的研究结果,即通过豌豆实验揭示了遗传规律,但不被时人重视,其理论成果 1900 年才被重新发现。

②　威廉·科尔曼:《19 世纪的生物学和人学》,严晴燕译,复旦大学出版社 2000 年版,第176 页。

生物学角度解释了人的身体器官是如何从某些低级类型进行升级而来的,而且也阐释了所谓的人性——理智与道德甚至信仰等心理能力是如何遗传与变异而来的。在其表述中,人们不难见出:有血有肉的人在不同的境况以及不同的遗传因素影响之下,会展现出不同的人性。

在生物进化论这一19世纪后期占主导地位的话语系统中,与认为一个人的行为主要受环境影响的环境论相提并论的理论,当推"遗传学"。这一术语第一次正式出现在印刷品中是在1906年①,但其理论基础与诸多重要论断却是在19世纪后期生物进化论的思想温床上萌发的。"一方面,在1860年到1900年期间,出现了大量关于遗传的纯理论;另一方面,正是在这个时期,促使遗传科学产生的彼此分离的各种学科日趋成熟。"②通过某种作为中介的物质传递达成世代的沿袭。早在1866年,德国科学家恩斯特·海克尔③便明确指出:"所有的生命形式,即使是其中最高等、最复杂的生命形式,也只能通过这种方式产生,即通过逐步的分化和演变,从最简单、最低等的存在形式发展而来。"④在生物进化论所提供的历史文化语境下,借助比较解剖学所成功揭示出来的人的动物特征及实验生理学的诸多重大进展,遗传学及与之相关联的病理学、实验心理学等学科纷纷破土而出。在1860年至1900年期间,关于遗传的各种理论学说纷纷出笼。1900年,孟德尔在遗传学方面的理论成果被重新发

---

①　1906年,在英国伦敦召开第三届杂交与植物育种国际会议,大会主席W.贝特森提出"遗传学"这个学科的正式名称。同年,R.H.洛克出版了《变异、遗传和进化研究中的新进展》。

②　威廉·科尔曼:《19世纪的生物学和人学》,严晴燕译,复旦大学出版社2000年版,第91页。

③　恩斯特·海克尔,本来的职业是医生,后出任比较解剖学教授;他将达尔文的进化论引入德国,其1866年发表的《形态学大纲》乃是世界上第一部描述达尔文进化论的教科书;他创设了"生态学""门"等生物学中非常重要的术语,进一步发展和完善了生物进化论;他是最早将心理学视为生理学一个分支的思想家之一,也是优生学的重要先驱。

④　威廉·科尔曼:《19世纪的生物学和人学》,严晴燕译,复旦大学出版社2000年版,第176、178页。

现,达尔文在遗传学基础和生命演化真实历程等方面的部分缺陷得到了弥补,并且引发了遗传学和达尔文进化论的第一次综合,诞生了"新达尔文主义"。"从大约1902年开始,孟德尔式遗传现象的研究与已有几十年历史的细胞、细胞核和染色体的显微观察研究相结合,产生了细胞遗传学。细胞遗传学与物理学和生理化学已取得的成就一起,导致了生命科学的一场革命。"①1930年,"遗传学的快速进步和多学科的有机综合,导致了进化论的第二次大修正,形成了目前仍是进化论主流学派的'现代综合论'"②,至今人们仍在不断修正、补充与发展进化论。在细胞学说与基因理论等重大科学进展的不断加持下,遗传学在20世纪成了最耀眼的显学。

体现着人性及命运密码之"因果逻辑链条"的遗传学,乃是科学拓进并驰骋于"人学"领域的重要表现。自然主义对遗传学的强调,乃是其"科学"取向的必然结果。差不多在左拉去世时,孟德尔的遗传学理论才得到确认,"遗传学"这一术语才开始正式确立并得以流行。但左拉在《关于家族史小说总体构思的札记》一文中指出:"如果我的小说应该有一种结果,那结果就是:道出人类的真实,剖析我们的机体,指出其中由遗传所构成的隐秘的弹簧。"③左拉利用了19世纪中叶的各种医学著作来建构他的遗传理论,这一点很容易证明。左拉的一些观点取材自普罗斯珀·卢卡斯的著作,这是一位在现代生物学、医学或遗传史上很少被提及的医学理论家。左拉还重新利用了关于遗传的医学谬见,这些谬见是历史传统的

---

① 威廉·科尔曼:《19世纪的生物学和人学》,严晴燕译,复旦大学出版社2000年版,第44页。

② 舒德干:《澄江化石:"进化"达尔文进化论》,《生命世界杂志》2004年第4期,第46—47页。

③ 左拉:《关于家族史小说总体构思的札记》,见柳鸣九编选:《法国自然主义作品选》,天津人民出版社1987年版,第735页。

一部分,随着现代遗传学的完善,大约在 1900 年后宣告消失。① 左拉笔下的人物既是生理的存在,又是文化力量的感受者。这些人物完全受本能驱动的说法,是一种不准确的简化。"从文化方面看,人物的轨迹是由第二帝国的历史坐标所决定的环境中的斗争所决定的,第二帝国是左拉为他的研究所选择的历史时间。在生理学方面,这些角色确实面临着各种可能的决定性因素。这些因素是由一行行我们如今所说的遗传因素构成的,而在理论或经验上都没有关于它们的充分描述。但左拉是我们的同代人。他想表明,文化和生理的力量与不同个体的结合情况是不一样的。"②例如,艾蒂安有时会与自己的基因决定论做斗争,但文化因素在决定他的行为时占主导地位。相比之下,他的兄弟雅克,即《人兽》(1890)中的铁路工人,在很大程度上屈服于一种由生理因素决定的反常行为。在某种意义上,第三位兄弟克劳德也是如此,他是《杰作》(1886)中最终被忧郁症逼得自杀的画家。

《卢贡—马卡尔家族》的副标题是"第二帝国时期一个家族的自然史和社会史",其中的"自然史",即谓作品乃是"对一个家族血缘遗传与命定性的科学研究"③。这样的立意,对文本产生的效应有二:第一,作为结构枢纽,以一个家族的血缘延续使整套作品保持连续性;第二,提供生理遗传之历时性研究的对象。左拉认为,情欲有其内在决定因素。卢贡—马卡尔家族许多成员的特异情欲,导源于家族的病理遗传。小说写了家族五代人(重点是第三、四代)的命运。第一代祖宗阿黛拉伊德·福格患有癫狂症和痉挛症,先是嫁与神经正常的园丁卢贡为妻,生有一子;丧夫后

---

① Allen Thiher:*Fiction Rivals Science：The French Novel from Balzac to Proust*，University of Missouri Press，2001，p. 135.

② Allen Thiher:*Fiction Rivals Science：The French Novel from Balzac to Proust*，University of Missouri Press，2001，p. 147.

③ 左拉:《关于作品总体构思的札记》,见柳鸣九主编:《自然主义》,中国社会科学出版社 1988 年版,第 515 页。

与神经不健全、酗酒成性的私货贩子马卡尔姘居,生有一子一女。卢贡一支,后代多数健康正常,不少人挤进了社会上层;马卡尔一支,后代大多有程度不同的精神疾病或酗酒倾向,多数人沦入社会底层。左拉的科学主义认识论决定了他把生物性当作观照人与社会的基本角度,也就是说,生物性是他描写人与社会的前提。《娜娜》和《家常事》从性本能的角度展示贵族与资产者的道德沦丧;《小酒店》把劳动者的堕落归因为酒精中毒;《人兽》主人公因家族遗传而成为嗜杀狂;《萌芽》的反抗斗争源于阶级的生存竞争;《崩溃》中的战争带有生物界那种盲目地互相残杀的意味。总之,左拉在这套小说中"要展示的就是生物意义上的人怎样互相联系、互相争斗,并形成一个具有生物性联系的社会,这个社会又怎样制约这些人"①。显然,"自然史"的研究是"社会史"研究的起点和贯穿始终的主线。

在《卢贡—马卡尔家族》系列作品中,左拉试图说明"家族"这个小小的人群是怎样在一个社会中安身立命的。家族成员之间看似千差万别,迥然不同,但如果细加分析的话可以看出他们之间是有着隐秘而深远的关系的——"遗传的法则正如地心引力有其定律一般"②,"由于遗传的命定作用,产生内部的斗争。何以有工人,何以有资产者与官僚,何以有富人与穷人"③。如果第一代结合的雌雄两性个体同时具有生理器官损伤这一显性性状,那么它便会通过繁殖遗传给后代,即整个家族会显现出生理衰败的状况。在《萌芽》中,主人公艾蒂安身为绮尔维丝的子代,最终还是在遗传的强大作用下杀死了宿敌夏瓦尔。再如在《小酒店》中,古波的父亲与绮尔维丝的父母都有酗酒的恶习,这种特点分别遗传给了古波与

① 蒋承勇:《西方文学"人"的母题研究》,人民出版社 2005 年版,第 390 页。
② 左拉:《〈卢贡—马加尔家族〉序》,见柳鸣九主编:《自然主义》,中国社会科学出版社 1988 年版,第 517 页。
③ 左拉:《关于作品总体构思的札记》,见柳鸣九主编:《自然主义》,中国社会科学出版社 1988 年版,第 516 页。

绮尔维丝,在经过环境的触发后夫妇两人逐渐不事生产,最终走向堕落与疯狂。在小说的上半部中,绮尔维丝虽然生活波折多难,但尚且充满活力,勤俭持家。而在小说的后半部中,她则变得自暴自弃、好吃懒做。主人公的前后形象形成了强烈的对比。在卖鱼巷、金滴路上,白天有醉汉醉卧街头,晚上会听到醉汉的哽咽,柜台前与门口总有闹哄哄的人群挤着喝酒。酒店里的蒸馏机不断输出的烧酒如流泉一般渐渐溢出了酒店,侵入了肉体。一心想要好好过日子的绮尔维丝紧张劳作,但长期的紧张最终还是让她丧失了张力,然而更深层次的原因在于其身体内部的生理遗传。绮尔维丝的父亲马卡尔是卢贡—马卡尔家族的第二代,是位酒精中毒者,其母亲也有着酗酒的习惯。卢贡—马卡尔家族的子孙后代就这样受着遗传规律的支配与影响,在不同的环境之中表现出不同的风貌。

第四节　"社会达尔文主义"

在启蒙主义盛行的理性时代,牛顿主张的唯理论世界观体现着神创论与机械论的合流,内里蕴含着被规定的、确定的、静止的宿命观念。假设生物体从一开始就是以其结构和功能的完整状态存在的"18 世纪的预成论者在很大程度上都接受并采用了牛顿的宇宙演变法则。宇宙的创造和调节规律,以及其所有较小的作品,包括生物体在内,最终都是上帝智慧的产物。由于生物的存在以及生物局部和整体的形态都归于上帝,因此,接下去的所有事件,即胚胎的实际发育(成长或壮大)过程,就将从属于当时流行的'机械论'规则了……"①。而"人类与其他的生物不同,它

---

① 威廉·科尔曼:《19 世纪的生物学和人学》,严晴燕译,复旦大学出版社 2000 年版,第45 页。

被造物主赐予了灵魂,这使得人类,也只有人类,才具有自由和道德观念。人的精神远远地胜过他的肉体,也胜过人与其他生物的关系"①。

"对人类进行科学研究,一般而言是伴随着达尔文主义的来临而开始的。"②"物种起源"这个为人们所熟知的术语主要关涉的是一个物种向另一个物种的演变。创世论者和进化论者都对物种的多样性感兴趣,但他们对此进行解释的方法却迥然有别:一个将原因归于超自然的存在或意愿,而另一个则试图不用超自然的方法亦即非经验的方法来解释这些现象——"达尔文必须找到一个替代物,一个受纯粹的自然因素控制的选择模式。这导致了竞争在生物界总系统中地位的升高"③。作为19世纪的重大科学发现,达尔文所提出的"自然选择"和"性选择"理论导出了一条必然改变行为逻辑的思维线路,因此最终也必然会改变道德与宗教的传统观念。"一种高度复杂的感情,最初产生于社会性本能,为社会成员所赞同,受理智、自身利益所控制,后来又受到强烈的宗教感情的驱动,被教育和习惯所肯定,所有这一切,最终构成了我们的道德观或者称之谓良心。"④当达尔文在1871年对人类道德的起源提出如上满透着相对主义的崭新论断时,进化论无疑"散布了一种对道德、教会和社会立即产生破坏作用的学说。人类不再是其命运只有基督信仰或教会才能决定的堕落的生灵,相反,它是一个由自然产生的独立的存在物,与上帝全然没有关系。随着道德的永久约束力的解除,人类似乎只不过是一种高度复杂而理性的社会性动物。围绕着人类起源或命运的所有宗教神秘也就很容易

---

① 威廉·科尔曼:《19世纪的生物学和人学》,严晴燕译,复旦大学出版社2000年版,第104页。

② 威廉·科尔曼:《19世纪的生物学和人学》,严晴燕译,复旦大学出版社2000年版,第99页。

③ 威廉·科尔曼:《19世纪的生物学和人学》,严晴燕译,复旦大学出版社2000年版,第80页。

④ 威廉·科尔曼:《19世纪的生物学和人学》,严晴燕译,复旦大学出版社2000年版,第92页。

被去除了,这是狂热的无神论者曾竭力做过的事"①。

人类既是自然的产物,又是自然界不可分割的一部分。达尔文主义者对人之自然属性的强调,在很大程度上否定了人类秉承先天的道德观念。在《人类的起源》中,达尔文明确提出,以往认为人所独有的心理能力,如理智、道德甚至信仰等,其实和身体器官一样,皆由某些低级类型发展而来;人和高等动物虽有巨大心理差距,但"只是程度上的而非种类上的"②。"自然选择确实打开了一条通向进化研究新纪元的路。进化成为植物学和动物学研究的共同主题,它使分类学、古生物学、比较解剖学、胚胎学和生态学这些专业学科,因对地球上生命真实历史的共同探求,而相互联系了起来。"③这一情形,使得此前认为人的本质首先是灵魂且人的精神也主要只是道德这种基督教文化的灵肉二元论遭受了重大冲击。逐级进化、持续变异、生存斗争⋯⋯生物进化论中的每一个命题似乎都在驳斥神创论及其物种不变的观点。上帝六日创世的真实性被质疑,《圣经》启示的正确性被追问:如果上帝不是造物主,那么其在世界中存在的意义何在? 如果《圣经》不再完全正确,那么其传授布道的依据何在? 如果人类不是按照上帝的形象被创造的,那么人类凭借何种理由成为自然的中心? 如果人真的是一种动物,那人与其他动物相区别的本质特征在于"灵魂"这一观点的依据何在⋯⋯在生物进化论以自然的原因替代了超自然的解释之后,重新书写人的本质及人类历史意义的大幕便被缓缓升起。19 世纪后期,生物"进化论"及其所开启的新的思维方式,使原来附属于宗教、神学及道德哲学的关于"人"的学问渐趋发生系统的"断裂"与"剥

① 威廉·科尔曼:《19 世纪的生物学和人学》,严晴燕译,复旦大学出版社 2000 年版,第93 页。

② 达尔文:《人类的由来》,潘光旦等译,商务印书馆 1983 年版,第203 页。

③ 威廉·科尔曼:《19 世纪的生物学和人学》,严晴燕译,复旦大学出版社 2000 年版,第85—86 页。

离";而随着考古学、人类学、社会学、生理学、心理学、遗传学等学科的迅猛崛起,对人之本质进行新的阐释的空间得以不断开阔,西方文化由此步入了"上帝之死"与"价值重估"的崭新历史时段。毋庸置疑,进化论中与"适应"紧密相连的生物学观念首先是"选择"与"竞争";信奉达尔文主义的英国实证论者赫伯特·斯宾塞①由此进一步发挥便引申出了主张"物竞天择,适者生存"的社会达尔文主义。

赫伯特·斯宾塞是19世纪英国实证主义的集大成者,当时被誉为"思想泰斗"和"维多利亚英国的亚里士多德"。他花了三十六年的时间,将其实证主义哲学观念应用于生物学、心理学、社会学和伦理学,构筑了一个庞大的思想体系。在英语国家,尤其是在自己的原创文化尚显稚嫩的新兴国家美国,斯宾塞的影响远远超过实证主义的祖师爷孔德。在19世纪末20世纪初,斯宾塞的著作在英语国家(尤其是美国)得到广泛传播,其著作成了仅次于《圣经》的畅销书,一时间大有洛阳纸贵之势。威廉·詹姆斯在《回忆与研究》(1911)一书中称,斯宾塞在其所处的时代,影响力无人堪匹。而约翰·杜威也曾指出,斯宾塞的理论对当时美国文化的影响深刻且广泛,以至于即使不信服其理论的人谈话时也要引经据典地使用他的术语,或依据他的理论来钻研自己的问题。

在文学领域,世纪之交前后的两代美国自然主义作家,与许多美国人一样成了斯宾塞学说的狂热追随者,而自然主义也正是在其影响下迅速发展成为20世纪初叶美国文学主流的。在波士顿每周靠三、四美元过日子的"艰难时代",尽量设法从公共图书馆里借斯宾塞的作品来读是哈姆林·加兰打发时光的主要方法。1899年,杰克·伦敦发表文章称,有抱

---

① 赫伯特·斯宾塞,英国哲学家、社会学家、教育家。作为"社会达尔文主义"之父,其提出的一整套学说将进化论中的"适应"原则应用到了社会学领域。

负的作家必须读点斯宾塞哲学,因为这对他们的艺术水平提高很有必要——如果知识贫乏而又不系统,作家又怎能使作品丰富而有逻辑? 如果在创作中没有一条鲜明的哲学主线,又怎能将混乱变为有序? 后来,在自传体小说中他甚至说:"放弃斯宾塞,就等于航海者把罗盘和天文钟扔到海里一样。"而德莱塞在还是《快讯报》记者时就读过斯宾塞的作品,他将了解斯宾塞哲学看成使他从基督教的最后一层面纱中解放出来的途径。在《报人生涯》(1922)一书中,他称斯宾塞的《首要原理》(1862)将其原来的思想意识炸得粉碎。总体来说,对于深受斯宾塞学说影响的美国自然主义作家来说,斯宾塞学说的主要作用并不在于给他们提供了什么新的文学理论和创作手法,而在于为他们构建了一个不同于基督教文化观念的新型世界观。而这种建立在科学之新进展和新发现之上的新的世界观,则为他们提供了一种审视并表现人与世界的崭新视角。

随着能量守恒和转化定律的提出,自然科学者用力学解释一切现象的情况愈发普遍。正是受这种科学思潮的影响,实证主义思想家亦大都喜欢用"力"来解释世界、社会和人。泰纳就曾提出:我们面前的自然界在本质上只不过是各种力相互作用的战场,人类社会,亦然。而斯宾塞"力的恒久性"的思想则更将实证主义的这一思想倾向发挥到极致。斯宾塞认为,所有现象背后都有一种不可知的"恒久力",世界上的一切运动变化及人的认识的一切发展都是由它决定的。所有科学的终极观念,如空间、时间、物质、运动等都是此种力的派生物。"恒久力"是一切终点的终点,是不可知的东西,所有其他的意识形态都是由力的经验得出的,但力的经验却不能从其他任何东西中得出。"恒久力"是一切现象的基础,它是无始无终、无条件的,同时它又是绝对不可知的,是超出我们的认识和观念的东西。与此种文化思潮相适应,自然主义作家普遍有用"力"来描述生命本质和揭示生命现象的倾向。具体来说,他们习惯于在作品中将斯宾塞所说的那种"力"具体描写为两种力量:自然力量和生物力量。美国早期自然主义小说家克兰在其短篇杰作《小船》中明白无误地告诉人们,在这个冷漠无情的世界上,事物的发展完全由自然规律所支配,绝非人的意志所能左右。自然力量主宰一切,人只不过是控制不了的自然力量的牺牲品,是被更大的力量所驱使的某种暂时因素。而杰克·伦敦则是描写"意志力"与"自然力"对抗的高手。在他的小说中,自然环境成为力的一种象征:寒冷与积雪的严酷、咆哮的激流、野蛮的狼群、荒野死一般无边无际的"白色寂静"无不都在渲染着一种神秘的力量,一种决定人的生存和考验其勇气的力量。与左拉所代表的法国自然主义小说家一样,美国自然主义小说家也普遍偏爱描写人的动物本能,他们认为很多时候人只是为欲望所驱使的生物有机体,一旦遇到危机或压力便会露出最原始的、残忍的动物本性。在这方面,诺里斯著名小说《麦克提格》中同名主人公嗜杀的残忍堪称最具代表性的个案。

斯宾塞将他那个时代流行的进化论思想贯彻于其整个思想体系中,并做了进一步的扩充和发展,形成了其著名的"社会达尔文主义"。斯宾塞本人在当时就是倡导宇宙进化论思想的领袖之一,他在达尔文的《物种起源》发表之前就已经提出了"适者生存"的思想,即在进化论的理论谱系中,他与比自己年长十一岁的达尔文是比肩而立的人物。在将生物学和物理学的概念简单地应用于人类社会和历史领域之后,斯宾塞认为社会进化的过程与达尔文生物学中的生物进化过程一样,也要通过生存竞争使适者生存、不适者被淘汰。他坚持认为,人与人、民族与民族、国家与国家之间必须存在生存竞争,从而使富有生命力的个体与种族得以被选择和发展,而"低能的"和"缺乏生命力的"个体与种族则被淘汰,并由此确保人类得以进化。因此,他认为作为社会代表的国家对个人行为即个人之间的竞争活动不能实行干预和调节,否则就会违背自然规律,造成"劣者生存,优者死亡"。在《社会静力学》(1851)中,他写道:"不便、痛苦和死亡是大自然给无知和无能的惩罚，也是去除这些弊病的手段。……要是无知与聪明一样安全，那么就没有谁会变得聪明。""为什么大自然不竭尽全力去消灭这类白痴——从世上把它们清除掉，以便那些具有优秀素质的人有更多生存的余地呢？"①这样，达尔文的"自然选择"理论在斯宾塞这里就变成了"物竞天择，适者生存"的所谓"社会达尔文主义"。美国自然主义作家既然将斯宾塞视为"新的科学上帝的代言人"，那么他们的创作对斯宾塞学说中那种独特的进化论观点的反响自然也就更为强烈。在美国的自然主义小说中，人们经常会读到"捷足者赢，强壮者胜""尖爪和利齿的规律"或者是"生存斗争"这种十足斯宾塞式人生观的内容。拿小说创作来说，顽强的生命意志和对力量、智慧的崇拜，堪称杰克·伦敦笔下所有主人公的共同特征。他们不但有强悍的体魄，而且有顽强的精神，两者的核心则是充满野性的、超道德的生命意志。海狼拉尔森是这样谈论世界的："在只能允许一个生命存活的地方，上帝却播下了数以千计的生命。所以生命就要吃生命，一个生命就要吃掉另一个生命。直到最强、最贪婪而又最野蛮的生命留下来为止。"②"大吃小才可以维持他们的活动，强吃弱才可以保持它们的力量，越蛮横吃得越多，吃得越多活动得越长久。"③

斯宾塞非常强调在社会关系中个人自由的重要性。他认为，对人来说，最重要的是自由，次重要的还是自由，前者是个人的完全自由，后者是不要干涉他人的自由。基于这样的"自由观"，斯宾塞形成了其与另一位实证主义的代表人物 J. S. 穆勒甚为接近的功利主义伦理观。这种伦理观认为，人应当把一切有利于自我生存和取得更高生活利益的行为看作

①　卡尔迪纳、普里勃：《他们研究了人》，孙恺祥译，生活·读书·新知三联书店 1991 年版，第 62—63 页。

②　Jack London：*The Sea Wolf*，Airmont Publishing Company，Inc. 1965，p.55.

③　Jack London：*The Sea Wolf*，Airmont Publishing Company，Inc. 1965，p.38.

是道德的行为;凡是对个人有利的行为就是"善",反之就是恶,追求自我利益而不损害他人的利益就是"正义",既有利于自己又有利于社会就是"仁爱"。他认为"善"是个人在生物的生活方面的幸福,而道德的规则是由生存竞争决定的。事实上,斯宾塞所谓的善与恶、正义与非正义及仁爱与非仁爱等均服从于他的进化论原则:凡是对人类进化有利的就是"善",反之就是"恶"。

悬置道德判断,是自然主义文学文本不同于传统文学文本的鲜明特征。基于斯宾塞思想的深刻影响,美国自然主义文学文本在这方面的表现更为激进。在背叛了美国清教徒道德传统之后,美国自然主义作家在更加接近自然规律的基础上形成了一套有完整善恶标准的自然主义社会伦理系统。在各项罪恶中,现在最常被他们提到的是虚伪,是心胸狭窄,是墨守成规和拒绝承认真理;在各项美德中,现在高列第一的也许就是力量——这是基于生理和道德的品质提出来的。在《野性的呼唤》(1903)中,伦敦崇拜力量,把力量比喻为纯洁、善的象征,把软弱看成是邪恶的象征。列在第二项的美德就是顺乎自然,即能够按照自己的天性和本能行事,这尤其意味着要有勇气坚决地反对社会约束。德莱塞最早的自然主义小说《嘉莉妹妹》《珍妮姑娘》(1911)中的同名主人公,均为美国文学中第一批完全顺乎自然规则的女主人公的典范——她们虽然是别人的姘妇,但在道义上却似乎不比任何体面的妇女差,甚至可能更高尚些。

总体来看,"生物学不仅仅是文学实践的主题,它与体裁和文学形式的转变也密不可分。这在自然主义文学中表现得尤为明显。自然选择以及决定论的理论观念与'客观中立'的创作追求携手并进,使得'生命'在自然主义作家笔下俨然成为一个科学研究的对象。在人物被还原出立体生活原生态的爱弥尔·左拉、斯蒂芬·克莱恩等人的作品中,自然主义文学的美学与文本特质处处彰显着同时代的科学方法论以及种族、阶级等生物学范畴。而且,随着文学文本涉及生物学,文学研究本身也发生了变化"①。在自然主义作家笔下,人之生物属性被强化,社会—环境之于人的决定性作用也被空前地彰显出来,唯一被弱化的便是人的精神属性。自然主义作家热衷于描写"人物是如何被他们所无法控制的社会和生物性的力量摧毁的"②,并因此普遍抽离了传统文学书写中常见的那种道德教喻的意旨。很大程度上,自由意志被阉割后的人之无所作为,成了伴随社会达尔文主义而来的自然主义文学的另一个基本主题。

自然主义作家已经意识到,要避免观念叙事所造成的那种"教化""教诲"乃至是"教训"的效果,作家就"一定得用一种非常巧妙、非常隐蔽而形式又非常简单的方式来写他的作品,使读者不可能察觉并指出他的用意,发现他的企图"③。当然,在作家创作出的作品里绝不可能完全没有他的思想烙印,自然主义作家只不过是通过返回生命本体将自己的倾向性深深地沉淀在了作品的底层。由于自然主义作家在对社会和人性的研究上采取了科学家那种冷静的、客观的立场,在创作中不再流露个人的好恶而只突出真实,自然主义作品的主题意向开始变得混沌起来。"我以为美的、我乐于创作的作品无所谓内容,这种作品不假外在依傍而能通过其风格的内在力量自给自足,就好比地球悬于空气之中一样,这种作品几乎没有主题,或者说主题至少要尽量隐而不现。最美的作品即是那些材料十分单薄的作品。"④无论是左拉的《戴蕾斯·拉甘》,还是德莱塞的《嘉莉妹妹》,如果我们要从其中引申出什么政治或道德的结论,这显然已是一件

---

① Sabien Sielke:"Biology", in Bruce Clarke, Manuela Rossini, eds.: *The Routledge Companion to Literature and Science*, Routledge, 2011, p. 34.

② Donald Pizer: *The Theory and Practice of American Literary Naturalism*: *Selected Essays and Reviews*, Southern Illinois University Press, 1993, p. 3.

③ 莫泊桑:《论小说》,见莫泊桑著:《漂亮朋友》,王振孙译,上海译文出版社1993年版,第405—406页。

④ Gustave Flaubert: *The Letters of Gustave Flaubert*, *1830 –1857*, The Belknap Press of Harvard University Press, 1980, p. 154.

颇有些棘手的事情。但很多时候，自然主义文学的力量也因为表层主旨的迷失而在文本的深层得到了叠加。在《小酒店》中，人们首先读到了左拉在污秽的、芜乱的大地上所写下的不无温雅的、哀痛的生命史诗，这部史诗会让它的任何一个读者对"人生"深感震惊，并在这种震惊中被灼痛——不得不去思考生命的丰饶甚或艰涩。绮尔维丝，那个瘸腿、健壮、混沌、丰满的洗衣妇，她一方面勤俭能干、善良宽厚、充满活力，具有鲁滨孙式的实干精神，另一方面贪吃、酗酒、怠惰、肮脏，几乎如一头在泥沼中打滚受罪的雌性动物。人世的风从四面八方吹来，她浑然承受着并在风中惨痛地飘摇浮沉。"现代的小说没有比它更富于完善的本质性的东西了，也没有在情调上比它更丰富、更饱满和更为贯彻始终的了。……整篇小说犹如一片广大无垠、深沉而又稳定的浪潮，它负载着小说里表现出来的每一件事物，浩浩荡荡，汹涌向前；它的气势从不有所缩小，它的深度也从不变得浅薄，什么也没有在中途稍有失落、下沉、或者卡住，我称之为显示出天才的真实的高潮线，始终在同一个水平面上奔腾驰骋。"①

---

① 亨利·詹姆斯：《爱弥尔·左拉》，见朱雯等编选：《文学中的自然主义》，上海文艺出版社 1992 年版，第 439 页。

第七章

"实验"观念与"先锋"姿态

《实验小说论》(1880)是左拉集中阐述其文学"实验"观念的理论文献。在左拉的论说中,"实验小说"就是自然主义小说的代名词,这一点似乎无可争议。但"实验小说"到底是怎么回事?文中则有些语焉不详,这也是后来人们对其自然主义文学理论提出种种批评的重要原因。

诚然,小说的创作与实验室里的科学探究是两项完全不同的工作,科学家的科学实验与左拉所倡导的文学实验肯定也是截然不同的。对此,法国作家和评论家让·弗莱维勒在《左拉》(1952)一书中曾不胜其烦地进行长篇累牍的论证驳辩——科学家的实验是在实验室里进行的,而小说家的实验却只能发生在他的头脑里;前者主要受实验设备与条件等外在客观因素制约,可以由不同的人无限地重复同一实验得出大致相同的反应与结论,而后者则主要与个人的气质、想象力等内在主观因素相关,对同一个实验一百人肯定会有一百个截然不同的反应与结果……但倡导"实验小说"的左拉是否明白弗莱维勒认真论证出来的这些浅显的道理呢?如果人们可以设定——作为一个文学天才的左拉尚未"天才"到成为一个真正的白痴,那么这个问题的答案便没有任何悬念可言。既然如此,像弗莱维勒一样在滔滔"雄辩"中指责左拉混淆了科学与文学、科学实验与文学实验的区别的行为,便不能不被看作高估自己智商的无聊之举了。

平心而论,对"实验小说论"后来争讼纷纭的局面,左拉并非完全没有责任。在《实验小说论》中,基于克洛德·贝尔纳的科学哲学观,他首先表明了这样的哲学信念:在人类的一切知识里,经验的实践先于理论或观念的体系。"科学总是后出现来寻求先前已经观察和收集到的各种现象的规律。规律一经找到,经验一经说明,先前的观念体系就被消灭而让位于新的科学理论;科学理论一方面表现为已知事实的规律,另一方面指出以扩大科学领域为目的的进一步研究方向。"[①]在此基础上,他大力倡导实验的方法论观念,因为在他看来——作为方法论,实验时用科学的客观标准来对抗既有权威,能够促进科学和艺术的不断发展。但左拉在阐述自然主义文学的"实验"主张时,非但完全照搬了贝尔纳《实验医学研究导论》的理论构架,而且连篇累牍地摘抄(已经不是"引用")了该书中的大量科学论述。

应该承认,很大程度上堪称缺乏哲学理论素养的天才作家左拉,在撰写《实验小说论》这篇被很多人视为自然主义文学理论宣言的文献时,"情急"之下采用了错误的写作策略和写作手法。就此而言,《实验小说论》也许真的就是左拉文学生涯中影响最大的、缺憾也最多的文本。当然,这样说并非要否定左拉在该文中所表达的自然主义文学"实验"观念的价值。毕竟,观念的正确与否与这一观念表述得是否得当,是截然不同的两个问题。事实上,尽管该文由于话语移植得太过僵硬而影响了其作为理论文献应有的严谨,但如果能准确把握贝尔纳学说中的"实验"观念,并参照左拉在其他自然主义理论文献中的相关表述,我们完全可以把握"实验小

---

① Emile Zola: "The Experimental Novel", in George J. Becker, eds.: *Documents of Modern Literary Realism*, Princeton University Press, 1963, p. 168.

说"理论的真谛——毫不夸张地说,正是在"实验"的观念之中,自然主义文学的革命性或构成了文学革命的自然主义文学才得到了最集中的、最鲜明的体现。

第一节 "实验"的观念

"实验小说"的要义在于"小说实验"。因而,准确地理解从贝尔纳那里移植来的"实验"一词的确切内涵,便成为理解左拉"实验小说"理论的关键。

在著名科学家和科学哲学家贝尔纳的笔下,"实验"已经从一般的实验室操作提升到了科学哲学一般"范畴"的高度,成为现代科学中基本的方法论观念。

"实验"的观念,强调超越经验论者偶然的观察与被动的接受,通过主动设置现象的展开,在不断地"试错"中反复观察—寻思,找出"现象"底下的"法则"。"实验归根结底只是一种人为发起的观察"[1],而能够让人发起并进入这种主动观察"程序"的动因或前提,则是人在一般观察的基础上所形成的对特定事物或现象的待定"观念"。这一处于待定状态的"观念",类如一种"悬思",是一种拒绝任何"先入之见"的"怀疑"中的"寻思"。"进行实验的那个思想决不是随手拈来的,也不纯粹是想象出的,它必须永远在观察的现实即自然中有一个支撑点。"[2]大致说来,作为现代科学基本的方法论观念而非一般实验室里的操作程序,"实验"包含着如下三

---

[1] Emile Zola："The Experimental Novel"，in George J. Becker，eds.：*Documents of Modern Literary Realism*，Princeton University Press，1963，p. 163.

[2] 左拉:《实验小说论》,见柳鸣九编选:《法国自然主义作品选》,天津人民出版社 1987 年版,第 745 页。

个现代科学的精神法则。

第一,怀疑精神与自由思想。"实验"的观念拒绝任何既有本质论观念体系的统照主导,让怀疑精神在完全自由的状态中向现象张开;"它不承认事实的权威外的其他权威……过去作为经院哲学基础的权威原则,必须抛弃"①。实验者在大自然面前不应当存在任何先入为主的观念,并应当让他的精神永远保持自由。"实验方法是一种宣布思想自由的科学方法。它不仅挣脱了哲学和神学的桎梏,而且也不承认个人在科学上的权威性。"②第二,实事求是与反对独断。尽管承认一切科学必然是由推测开始的,但"实验"观念坚持认为:内在于"悬思"之中的"寻思性推理",不同于一般简单的"逻辑性推理",它在"实验"展开之前应完全来自"现象"的观察,而"实验"之后的"论定"也仅仅服从于"实验"之中对现象的观察。经由对现象的重视与强调,"实验"的观念旨在摒弃—排除那种唯理性形而上学的演绎推理。"实验推理与经院主义推理的区别在于,前者是丰富多彩的,而后者则是贫瘠干枯的。相信有绝对正确性而实际上却得不到半点结果的恰恰是经院学派,这是不言而喻的,因为,既然从绝对的原则出发,那么它就置身于一切都是相对的自然之外了。相反,总是怀疑,认为一切都不会有绝对准确性的实验论者,则能达到主宰他周围的现象并扩大他对自然的支配能力的目的。"③第三,探寻"现象""近因"与规避"终极""本质"。通过"实验"所欲达成的目的只是把握对某一现象呈现与否起决定作用的"近因",而对形而上学通常所津津乐道的"终极意义""根本原因""本质"等统统避而不问。"全部自然哲学可以归结为这么一

---

① 敦尼克等主编:《哲学史》(第三卷 下册),何清新译,生活·读书·新知三联书店1963年版,第521页。

② 左拉:《实验小说论》,见柳鸣九编选:《法国自然主义作品选》,天津人民出版社1987年版,第767页。

③ 左拉:《实验小说论》,见朱雯等编选:《文学中的自然主义》,上海文艺出版社1992年版,第143页。

句话:认识现象的法则。"①"实验"观念只尊重"现象",只对现象意义上的"近因"感兴趣。同时,贝尔纳也强调:"实验"的观念,本身并不排斥"改变"和"驾驭"的现象,因为只有通过运用或简单或复杂的方法改变现象的自然状态,所谓"主动的观察"方能达成。这也正是科学的"实验"方法优于一般的"观察"方法的原因。显然,从一般的"观察"到"实验",从"被动"到"主动"的飞跃,取决于"改变",而促成"改变"的内在条件则是包孕在"悬思"中的某种"想象"。从根本上来说,正是这一想象才使得"实验"成为可能。想象、改变、驾驭三者内在于"实验"之中,这表明,虽然高度强调对现象的绝对尊重,但"实验"的观念却从来都不否定人的主动性或主体性,它所拒绝的不过只是那种抛开现象沉溺于理念推演的形而上学思维模式而已。

综上所论,大致可以明了,作为现代科学的基本方法论,"实验"观念的精髓乃是在对形而上学的"悬置"及对当下现象的"悬思"中达成对未知世界的探究—把握。这里既有探究对象的重新设定,更包含着思维方法的转换。为了充分揭示"实验"观念的革命意义,贝尔纳曾经这样缕述人类思想的发展进程:

"人类思想的发展相继经历了感情、理性和实验几个不同阶段。开始,感情支配着理智,创造了信仰的真理,即神学。尔后,理智或哲学成为主宰,创立了经院哲学。最后,实验即对自然现象的研究告诉人们,在感情和理性中是归纳不出外部世界的真理的。它们只不过是我们必不可少的向导,然而要获得这些真理,必须深入事物的客观现实,真理便隐藏在事物表面现象的后面。这样,随着事物的自然进展,出现了概括一切的实验方法。实验方法依次依靠感情、理智、实验这个永恒的三

---

① 左拉:《实验小说论》,见朱雯等编选:《文学中的自然主义》,上海文艺出版社 1992 年版,第 142 页。

脚架的三个部分。在运用这种方法探求真理时,总是首先由感情起始,它产生了先验思想或直觉,理智或推理随之发展这个思想,演绎出逻辑的推论。如果说感情应该由理智之光照亮的话,那么理智本身应该由实验来指引。"①

由此不难发现,贝尔纳等 19 世纪的科学家与科学思想家推崇"实验"的观念,虽有矫正片面经验论的动机,但更为根本的意图则是反对先验理性或唯理论。方法论范畴的"实验"观念所排斥的是受既定观念体系所控制和主导的理性推演,即基于先验逻辑的纯粹理性思辨。因此,贝尔纳才坚持认为:唯一的哲学体系就是根本没有哲学体系,因为所有的体系都是从先验观念出发仅通过吸收支持这些观念的事实编制出来的。例如,笛卡儿在着手研究实验科学时,把他在哲学中运用得非常娴熟的一些观念引入实验科学。他对待生理学和对待形而上学一样,先确定哲学原则,目的是把自然科学的事实归结为原则,而不是从事实出发,不是从与事实有关而在一定意义上只是解释这些事实的后得观念出发。结果,笛卡儿尽管考虑了他当时所知道的生理学实验,却创制出了幻想的、几乎是捏造的生理学。

一言以蔽之,与"实验"的观念针锋相对的就是先验论与机械论。"实验"的方法,意味着思考的首要问题逐渐从对生命本质的界定转移到了对生命现象持久不懈的关注,线性思维的终结拓宽了由相对论与不确定性确立的多元论空间。与神创论相契合的"人类同一论"不同,生物"进化论"天然地倾向于"多元论"与"个体主义",这使得其从一开始便表现出与文学的亲和关系。

---

① 左拉:《实验小说论》,见柳鸣九编选:《法国自然主义作品选》,天津人民出版社 1987 年版,第 760 页。

第二节　"实验小说"与文学"科学化"的主张

在阐述其自然主义文学理论的时候,左拉创造了"实验小说"这个后来引发了巨大争议的概念:"实验小说是文学随科学与时俱进的必然结果。从物理学和化学到生物学,再从生物学到文学,科学的精神不断拓展。由此,过去那种仅仅体现为抽象的形而上学观念的人在实验小说中将不再存在,人们看到的将是无法不受自然规律和环境影响的活生生的人。实验小说乃是与科学时代相契合的文学,这就如同古典主义和浪漫主义只能属于经院哲学和神学所主导的时代。"①左拉明确指出,"实验小说"的要义在于"掌握人体现象的机理;依照生理学将给我们说明的那样,展示在遗传和周围环境影响下,人的精神行为和肉体行为的关系;然后表现生活在他创造的社会环境中的人,他每天都在改变这种环境,而他自身也在其中不断地发生变化"②。左拉说:"只有这样,作品中才会有合乎日常生活逻辑的真实人物和相对事物,而不尽是抽象人物和绝对事物这样一些人为编造的谎言。"③

从左拉对"实验小说"的界定中,人们可以清楚地领略其文学"科学化"的主张。事实上,人们对自然主义文学的诸多不解与指责,归根结底恐怕都可归诸其"科学化"的文学诉求。

---

① Emile Zola："The Experimental Novel", in George J. Becker, eds.：*Documents of Modern Literary Realism*, Princeton University Press, 1963, p. 176.

② Emile Zola："The Experimental Novel", in George J. Becker, eds.：*Documents of Modern Literary Realism*, Princeton University Press, 1963, p. 174.

③ Emile Zola："The Experimental Novel", in George J. Becker, eds.：*Documents of Modern Literary Realism*, Princeton University Press, 1963, p. 201.

"返回自然,自然主义①在本世纪的巨大发展,逐渐将人类智慧的各种表现形式全都推上同一条科学的道路。"②左拉的这一论断提示我们:他提出自然主义之"科学化",根本用意在于"返回自然",而不在于真的要将文学"化"为科学。左拉说得很清楚:"科学"只是时代给文学提供的一条"返回自然"的道路;"既然小说已经成为一种对人和自然的普遍研究方式,小说家就必须要尽可能多地了解当代科学上的最新进展;由于他们需要广涉一切,当然什么都得了解一些"③。因此,所谓自然主义文学的"科学化"主张,就只能被理解为一种"策略诉求",而不应视之为一种"目的诉求"。需要说明的是,在诸多自然主义文学理论文献中,左拉反复谈论的文学应"返回自然",其语境、要义显然与其文学前辈卢梭的口号大不相同。在浪漫主义文学运动到来前夕,卢梭"返回自然"的主张,乃是针对西方文明病症提出的一种对人之理想生存方式的表达。这一思想主张对浪漫主义的精神诉求和艺术观念曾产生巨大影响。而左拉的"返回自然",则是在浪漫主义之后,确切地说,是在肃清浪漫主义遗风余韵的文学斗争中产生的,它并不关乎什么"人的理想的生存方式",而只是一种文学主张。这种文学主张,针对的是传统西方文学中的一种严重病症——各种僵死的形而上学体系与社会意识形态观念对文学叙事的统摄。

左拉认为,作家只有从科学中汲取精神营养,坚持"返回自然"的文学立场,才有可能摆脱各种形而上学观念体系对创作的统摄;而只有解除了这种"观念统摄",传统文学那种宏大叙事的虚饰、虚假、虚空才有可能被克服,尔后才会有文本"真实感"的达成。在《论小说》一文中,他

---

① 此处的"自然主义"意指科学主义,而非文学上的自然主义。

② Emile Zola:"The Experimental Novel", in George J. Becker, eds.: *Documents of Modern Literary Realism*, Princeton University Press, 1963, p. 162.

③ Emile Zola:"The Experimental Novel", in George J. Becker, eds.: *Documents of Modern Literary Realism*, Princeton University Press, 1963, p. 185.

有如下微言大义的表述,"今天,小说家的最高的品格就是真实感";"真实感就是如实地感受自然,如实地表现自然"①。由此可知,在左拉的自然主义文学理论中,"真实感"才是最重要的目标诉求或最高宗旨。正是为了将这一新的文学宗旨真正落到实处,左拉才提出了文学向科学看齐的行动策略。而当代科学的成就与影响,尤其是在生理学、遗传学、社会学、人类学方面的最新研究进展,也的确为左拉这一策略的选择提供了契机。由是,基于贝尔纳在《实验医学研究导论》一文中对科学之"实验观念"的表述,左拉才在叙事文学范围内提出了"实验小说"与"实验戏剧"②的文学主张。

如上所述,"真实感"既是左拉的文学"科学化"主张由来的基本逻辑,又是其"实验小说论"的理论指归。

事实上,文学"科学化"的主张,并非始自左拉,更非源自1880年才发表的《实验小说论》。早在1852年,法国帕纳斯派诗人勒贡特·德·李勒便在其《古诗集》(1852)的序言中明确提出了长期分裂的艺术与科学在新的时代必须统一起来的主张。③ 文学史料表明,19世纪60年代前后,文学"科学化"在法国很多作家、理论家那里已经成为一个常被谈论的话题。福楼拜在1857年写的一封信中称:"艺术应该摆脱缠绵之情与病态的表面文章!一定要使艺术具有自然科学的精确性。"④1865年,龚古尔兄弟在其自然主义小说《〈热尔米妮·拉赛德〉第一版序》中也明确地提出:"今天,小说强制自己去进行科学研究,完成科学任务,它要求这种研究的自

---

① 左拉:《论小说》,见柳鸣九编选:《法国自然主义作品选》,天津人民出版社1987年版,第778页。
② 比"实验小说"稍晚提出的"实验戏剧"主张,对20世纪西方戏剧的发展产生了重大影响。
③ 葛雷、梁栋:《现代法国诗歌美学描述》,北京大学出版社1997年版,第52页。
④ 诺维科夫:《"我们既是生理学家,又是诗人"》,见朱雯等编选:《文学中的自然主义》,上海文艺出版社1992年版,第310页。

由和坦率。"①左拉在其诸多文学理论文献——尤其是最著名也最有争议的《实验小说论》中所做的,只不过是对这种观念进行综合,做了理论化、体系化的深入表述,并由此进一步扩大了这种观念的影响而已。就此而言,自然主义文学中所谓文学的"科学化",便绝非一个孤立的、可以忽视的枝节问题,而是一个值得对之进行细致考察和辨析的重大问题。

首先需要辨析清楚的便是科学与技术、科学理性与技术理性、科学精神与科学主义的区别。科学上的发现的确可以转化为技术发明,并由此推动技术的进步,但我们依然不能将"科学"简单地等同于"技术"。源自人之求知本能的科学理性,在本质上除了体现为一种知识建构的认知理性,更体现为一种关乎人之自由的价值理性;而源自人之物欲本能的技术理性,在本质上所体现的则不过只是一种庸常的工具理性而已。技术的工具理性本质使其本能地倾向于外化为特定的物质—经济体制与社会—政治体制,而体制化了的技术理性又天然地具有在格式化建构中趋向科学主义之沉滞、僵硬、固定、保守的惰性;这与致力于知识建构之外的科学理性本身还固有的那种科学精神之怀疑—解构的功能完全南辕北辙,格格不入。不同于通常沦为惰性的科学主义的技术理性,作为科学理性的核心,科学精神内里永远充盈着的乃是由怀疑之思所激发的生生不息、趋向未知的创造性活力,怀疑之思乃是科学撬动世界的伟大杠杆。所以,"科学是一种本质上属于无政府主义的事业,理论上的无政府主义比起它的反面,即比起讲究理论上的法则和秩序来,更符合人本主义,也更能鼓励进步"②。可以想象,左拉对为其文学"科学化"主张直接提供理论依托的克洛德·贝尔纳之如下论述必定心领神会:"科学的独特功能便是使我们了

---

① 龚古尔兄弟:《〈热尔米妮·拉赛德〉第一版序》,见柳鸣九编选:《法国自然主义作品选》,天津人民出版社1987年版,第726页。
② 法伊尔阿本德:《反对方法:无政府主义知识论纲要》,周昌忠译,上海译文出版社1992年版,第1页。

解我们不知晓的东西,用理智和经验代替感情,明确地指出我们目前知识的局限所在。它虽然不断地以此贬低我们的自尊心,同时却提高了我们的能力。"①质言之,科学这种本质上源自人之生命意志的怀疑精神与创造活力,构成了其绝不执念于既有—现时而永远执念于未知—未来的精神品格,这与构成文学之灵魂的自由精神与理想情怀堪称血脉相通,心心相印。

就此而论,自然主义主张文学的"科学化",绝非简单地推进文学的理念化或理性化,而是要给文学灌注科学之怀疑精神的血液,插上科学之创造精神的翅膀,将文学从很久以来遏止其自由呼吸的形而上学观念体系中解放出来,让文学从玄妙的"理性"王国回归真实的"现象"世界,从功利(政治或道德等等)的工具属性回归审美(艺术)的生命感性。在《实验小说论》中,左拉对此曾做过大量精辟的论述:文学的"科学化"首先便是借鉴"科学的方法"即"实验的方法"。而"实验的方法"的核心观念则是"在大自然面前不存任何先入之见从而让精神永远保持自由"②的"怀疑"。"自然主义小说家看重观察与实验,他们的全部工作均产生于怀疑。他们以怀疑的态度站在不甚为人们所知的真理面前,站在还没有解释过的现象面前……"因此,"实验方法非但不会让小说家幽闭在狭隘的束缚中,反而使他能发挥其思想家的一切智慧和创造的所有天才……对人类的精神来说,没有什么比这更广阔、更自由的事业了。我们将会看到,与实验论者的辉煌胜利相比,经院学派、古板偏执的体系派以及理想主义的理论家们显得多么可怜。"③"实验小说家的真正事业就是从已知向未知进军……而理想主义小说家坚持各种宗教或哲学先验理念的偏见,陶醉在

---

① 左拉:《实验小说论》,见柳鸣九编选:《法国自然主义作品选》,天津人民出版社 1987 年版,第 752 页。

② Emile Zola:"The Experimental Novel", in George J. Becker, eds.: *Documents of Modern Literary Realism*, Princeton University Press, 1963, p. 163.

③ Emile Zola:"The Experimental Novel", in George J. Becker, eds.: *Documents of Modern Literary Realism*, Princeton University Press, 1963, p. 169.

未知比已知更高尚更美丽的这种愚蠢的托词之下而存心停留在关于未来的理念乌托邦之中。"①"实验小说是本世纪科学发展的结果,它是生理学的继续并使之完整,而生理学自身依靠的又是化学和物理学;实验小说以自然的人代替抽象的人、形而上学的人……"②

　　作为工具,技术本能地趋利务实,人们常常因物质—经济层面的成就而骄狂,并由此释放出高估自身力量的虚妄,演化出盲目、浅薄且乐观的"技术崇拜"。虽然这种"技术崇拜"往往盗用科学的名号而自称为"科学精神",但在本质上却只能是一种"伪科学精神"。"伪科学精神"显然与真正的"科学"或"科学精神"无涉。科学永远求真求实,科学的这一精神品格使其永远保有清醒的自知之明,并因而始终保持着虔诚谦卑的姿态。"我们头脑的本性会引导我们去探求事物的本质或'终极原因'。在这一点上,我们已远远地超出了自己所能达到的目标;因为经验很快就告诉我们,我们不应当逾越探究'怎么样'这一规定范围,即现象的近因或现象的存在条件之范围。"③早在19世纪中叶,科学家们便明了了科学力量的边界——只能探究事物"怎么样",而不能追究其"为什么",即只能尽力去探究现象背后的直接原因或相对近因,而无力追究现象背后的终极本质或绝对理念。左拉对当时科学界这种去除终极本质或绝对理念的时代精神心领神会,认为自然主义作为新时代的新文学应该彻底贯彻这一精神原则。并且,他显然将这一思想观念理解为其所倡导的自然主义文学的本质。正因为如此,他才对此不厌其烦地一再重申:"我的作品将不这么具

---

① Emile Zola:"The Experimental Novel", in George J. Becker, eds.: *Documents of Modern Literary Realism*, Princeton University Press, 1963, p. 178.

② 左拉:《论小说》,见柳鸣九编选:《法国自然主义作品选》,天津人民出版社1987年版,第752页。

③ Emile Zola:"The Experimental Novel", in George J. Becker, eds.: *Documents of Modern Literary Realism*, Princeton University Press, 1963, p. 175.

有社会性,而有较大的科学性。"①"为了不堕于哲学思辨的迷津,为了以缓慢的对未知的征服来取代理想主义的假说,我们应当只满足于探求事物的'怎么样'。这就是实验小说的正确的任务,并且,正如我们将看到的,也只有在这里才能取得其存在的理由和意义。"②

　　与其他作家一样,左拉的论战性理论文字的确表明了其对文学的诸多看法,但这些看法却不一定都能天衣无缝地揭示那些可以确切地描述其本人文学创作的原理。否则,文学研究将变得异常简单——人们只消收集一些作家的自我论断,然后再做些简单梳理就可以大功告成了。比"罗列"重要的是"梳理",而与"梳理"相比,"辨析"则永远更为重要。自然主义文学"科学化"的主张将文学家比作科学家或将文学比作科学,这显然都仅是一种比喻,而不是美学原则。"类比"在逻辑上是不具有结论性的,对于"类比"贴切与否,人们完全可以提出质疑;然而,"类比"又总是卷裹着论点,对此先要做的便是小心翼翼地辨识与辨析。

第三节　"文学科学化":策略、目的与实施条件

　　文学何以在这个时期非同寻常地向科学大抛媚眼或投怀送抱?

　　自然主义文学借助科学的力量去谋取自身的艺术发展,这在某种意义上来说乃是一种基于时势的策略选择。不管是中世纪直接来自权力化了的基督教之统治,还是古典主义时期来自王权政治的牵制,不管是启蒙主义所造成的宏大历史叙事,还是浪漫主义展开过程中所不断释放出来

---

　　①　左拉:《巴尔扎克和我的区别》,见朱雯等编选:《文学中的自然主义》,上海文艺出版社1992年版,第291—292页。

　　②　Emile Zola:"The Experimental Novel", in George J. Becker, eds.: *Documents of Modern Literary Realism*, Princeton University Press, 1963, p. 175.

的神学人道主义,文学一直难以摆脱的困境都是社会意识形态的侵入和统摄。至19世纪中叶,进一步解除外部施加给文学的社会意识形态(政治的、道德的、宗教的)渗透并由此回归其审美(艺术的)本性,这既是西方文学继浪漫主义对古典主义的革命性反叛之后自身演进的内在逻辑要求,又是西方社会—文化体系推进到特定历史阶段的必然产物。在由科学、哲学、宗教、艺术(文学)诸元素构成的动态文化体系中,文学发展的这一内在要求决定了它只能从自然科学这一文化领域寻求支援。因为,其他诸项或多或少都与文学此时要冲破的社会意识形态束缚相关。艾布拉姆斯在剖析浪漫主义诗学名作《镜与灯:浪漫主义文论及批评传统》(1953)时曾精辟指出:"自古以来,人们都认为诗与历史相对,这样区分的理由是,诗所模仿的是某种普遍的或理想的形式,而不是实际事件。浪漫主义批评家的惯常做法是以科学代替历史来作为诗的对立面,并将这种区别建立在表现与描写,或情感性语言与认知性语言之间的差异之上。"①而今,在科学大行其道的精神氛围中,反浪漫主义的自然主义却在科学中找到了颠覆浪漫主义传统的最好武器。为了消解既往文学所热衷的社会—历史—文化意识形态,自然主义文学就要反浪漫主义之道而行之:以科学作为诗的"同盟者"而不是"对立面"。借科学之"真"的精神之"矛",攻社会意识形态之"善"的禁锢之"盾",以恢复文学之"美"的"本真",就这样历史地成为19世纪中叶以降西方文学展开过程中自然主义文学的基本策略选择。

　　自然主义文学去除形而上学体系与社会意识形态观念的历史使命和战略要求,在科学精神勃兴的"时势"驱动下,孕育出了其文学"科学化"的策略选择。而19世纪中后期科学领域的诸多最新进展,则为文学与科学

---

① M.H.艾布拉姆斯:《镜与灯:浪漫主义文论及批评传统》,郦稚牛等译,北京大学出版社1989年版,第157页。

携手这一策略的实施提供了可行条件。

其一，达尔文进化论发表以降，生理学、遗传学、病理学、实验心理学及生物学等学科突飞猛进，使西方自然科学对人的研究不断向前推进。生理学、遗传学、病理学、心理学等学科的创立与发展，表明自然科学的边界已从对纯粹自然现象的探索扩展到了对人这一特殊"自然存在"的探索。这些学科从特定侧面或角度对人这一独特"自然存在"展开研究，其研究成果与研究方法，对作为"人学"的文学均有重要参考与启迪价值。其二，人类学、社会学、考古学等诸学科或者获得创立或者得到巨大推动产生了质的飞跃，这表明自然科学的边界已从对自然界的研究渗透扩展到了对人类社会这一特殊界域的研究。这些学科对人类社会这一独特存在领域从特定侧面或角度展开研究，其研究成果与研究方法，对永远无法脱开社会生活的文学亦具有重要参考与启迪价值。尤其值得指出的是，人类学、社会学等学科均是在自然科学获得革命性突破的背景下产生或获得迅猛发展的，其学科理念直接萌发于自然科学的最新观念，其研究方法也大抵以自然科学的实证方法为要旨。这些学科的确立，表明"科学的领域已经扩大，把人类一切精神活动都包罗了进去"①。在科学精神与科学发现深入人心的时代，"所有脑力工作者，只要他们有意识地寻找新的、适应时代潮流的方法和内容，都会努力掌握各种实验方法"②。正是从这个意义上看，人们常常将这些学科的出现视为真正的"社会科学"的诞生。显然，人类学、社会学等新学科对人类社会的研究与揭示，其基本观念、思维取向、认知路径、操作方法等诸层面与传统的政治学、伦理学乃至哲学与神学显然都存在着巨大差异。因此，这些新兴学科的出现

---

　　①　Emile Zola："The Experimental Novel"，in George J. Becker，eds.：*Documents of Modern Literary Realism*，Princeton University Press，1963，p. 181.

　　②　埃里希·奥尔巴赫：《摹仿论：西方文学中所描绘的现实》，吴麟绶等译，百花文艺出版社 2002 年版，第 556 页。

与发展,对这个时期竭力要挣脱形而上学观念体系束缚的文学来说,无疑是一个福音。

"19世纪迅速发展起来的关于人类的研究的最突出的特征就是人们普遍认为人类也会或必定会很快成为科学研究的一个适当的对象。科学正伸手去抓住这个最高境界的创造物。"①自然主义文学的形成与发展,是与19世纪后期西方文化结构的这一划时代的变化同步的。自然主义文学不同于既往文学的这一得天独厚的文化背景,对它的影响可谓重大而又深远,而其中最引人注目的便是作为人学的文学与原先只以自然现象作为研究对象的科学的关系突然被拉得很近:文学家现在可以直接从科学家勤勉工作所获得的当代科学的最新进展与发现中,寻找直接对自己的创作有所裨益的观念、灵感、视角乃至方法。

就此而言,自然主义文学"科学化"的主张,并不是要用科学取代文学,更不是要将文学变成科学。作为一种"策略诉求",从根本上来说它并不完全是文学对科学的"被动""适应",而更是文学面对现实的一种"主动""选择"。作为对构成时代文化主流的科学精神的"反映",自然主义文学体现了科学精神对文学的"渗透"。就此而言,人们完全可以将其看成是科学发展以及科学精神扩张的产物。但同时,作为对构成时代文化主流的科学精神的"反应",自然主义文学又体现了向科学精神及科学上的新发现"借力"的一种文学自觉。就此而言,人们也应该充分意识到,文学"科学化"的主张并没有也不可能构成自然主义文学对其与科学主义"对衡"的人本主义根本立场的背叛。同时,在西方文学从近代向现代转型的历史进程中,自然主义没有像唯美主义一样抱起头来消极地蜷缩进艺术的象牙之塔,而是主动地顺应历史的要求和

---

① 威廉·科尔曼:《19世纪的生物学和人学》,严晴燕译,复旦大学出版社2000年版,第126页。

应对时代的挑战,这才有其唯美主义难以企及的宏大气象、卓越成就和深远影响。

第四节 "实验小说"的先锋姿态

> 我们要埋葬武侠小说,要把过去时代的全部破烂,如希腊与印度的一切陈词滥调统统送到旧货摊上去。我们不想推翻那些令人作呕的所谓杰作,也不打碎那些素负盛名的雕像,我们只不过从它们旁边经过,到街上去,到人群杂沓的大街上去,到低级旅馆的房间去,也到豪华的宫殿去,到荒芜的地区去,也到备受称颂的森林去。我们尝试不像浪漫主义派那样,创造比自然更美的傀儡,以光学的幻象搅乱它们,扩大它们,然后在作品中每隔四页,就凭空装上一个。①

如上表述,很容易让人想到 20 世纪初叶古典作家被未来主义者从现代生活的轮船上扔出去时的高叫。但它却不是出自马利奈蒂或者布勒东或者其他任何现代主义作家的手笔,而是出自 19 世纪末自然主义作家于斯曼的一篇关于"自然主义定义"的短文。正如莫泊桑在谈论他们的领袖人物左拉时所说的一样:自然主义作家是"革新者",是"所有存在过的东西的凶恶敌人"。② 显然,反传统的先锋姿态是自然主义文学运动的重要

---

① 于依思芒斯:《试论自然主义的定义》,见朱雯等编选:《文学中的自然主义》,上海文艺出版社 1992 年版,第 324 页。

② 莫泊桑:《爱弥尔·左拉》,见朱雯等编选:《文学中的自然主义》,上海文艺出版社 1992 年版,第 364 页。

特点,同时也是自然主义文学之现代属性的重要表现。

"社会和文学的进步有一种不可阻挡的力量,它们能轻松地越过人们认为是无法逾越的障碍。"①《戏剧中的自然主义》一文中的这一断语,表明左拉深受时代文化思潮的影响,尤其是达尔文进化论的影响,持有一种乐观的坚信进步与发展的历史观,这种历史观使他获得了面对传统可以说"不"的坚定信念。面对着生生不息"现象"的展开,人类需要一种绵绵不绝的怀疑精神,当代科学"实验"观念中这种怀疑主义的思想立场则进一步强化了自然主义反叛传统的革新意识。在这里,"怀疑"所代表着的乃是一种迥异于传统的思维方式和思想目光:作为思维方式,因其唯一能够确定的信仰就是对"不确定"的信仰,它蕴含了巨大的思想"开放性";作为思想目光,其内里躁动着冲决既有一切"限定"的愿望,锋芒所向往往代表着"限定"与"秩序"的传统。

"'变化说'是目前最合理的体系。"②自然主义作家坚持不断向着"不确定"的未知生成,在当代科学"实验"观念的激励下,大胆进行"实验小说"的"小说实验",在理论意识和创作方法两个层面上形成了"实验主义"的现代文学理念。而这一文学理念的核心则是反对守旧,倡导创新。左拉曾满腔鄙夷地谈论那些在思想和创作上因循守旧的作家:"那些思想偏执或头脑懒惰的人,他们宁愿躺在他们的僵死的体系上无所事事或在黑暗中安眠,而不愿刻苦工作和努力走出黑暗。"③而关于当下的文学现实,他满怀信心地断言:"形而上学的人已经死去,由于对象已经成了生理学

---

① Emile Zola:"Naturalism in the Theatre", in George J. Becker, eds.: *Documents of Modern Literary Realism*, Princeton University Press, 1963, p. 224.

② Emile Zola: "The Experimental Novel", in George J. Becker, eds.: *Documents of Modern Literary Realism*, Princeton University Press, 1963, p. 190.

③ Emile Zola: "The Experimental Novel", in George J. Becker, eds.: *Documents of Modern Literary Realism*, Princeton University Press, 1963, p. 187.

上的人,我们的全部阵地已经发生变化。"①"本世纪的推动力是自然主义。今天,这股力量已日益加强,愈发一直向前猛冲,一切都必须顺从它。小说戏剧都被它席卷而去。"②与同时代的唯美主义和象征主义相比,"实验主义"使自然主义作家拥有了更为开放、自由、坚实的艺术理念。不管是在题材、主题、人物还是在情节、结构、技巧等诸方面,创新精神和开放意识使自然主义文学实践大大拓展了文学的表现范围和表现能力,将西方叙事文学提升到了一个新的历史阶段。

在科学迅速发展,"科学热"席卷整个社会,科学精神也因此渗透到全部文化领域的时代,一方面自然主义作家以其文学"科学化"的先锋主张,主动迎接时代的挑战,变被动为主动,将当代自然科学进展对"人"的新发现运用到创作中去,大大拓宽了对人的描写领域。另一方面,当代科学的实验观念体现了合乎文学本质要求的怀疑精神和自由精神,在文学理论与创作方法的观念上与时俱进,锐意创新,形成了"实验主义"的现代文学理念。因而,左拉"实验小说"之"小说实验"的文学思想,其核心就是颠覆传统,不断创新。

在自然主义文学运动之后,以激进的革命姿态挑衅传统及由传统所熏陶出的大众趣味,以运动的形式为独创性的文学变革开辟道路,成为西方现代文学展开的基本方式。虽然在浪漫派那里,这种情形曾有过最初的预演,但总体来看,在过去的时代,这种情形从未以如此普遍、如此激烈、如此决绝的方式出现过。由是,自然主义文学与传统及大众的冲突与对抗,在某种意义上成为西方现代文学开启的一个标志性事件。

"反传统"是历史的"断裂"吗?面对自然主义作家激烈的"反传统"姿

---

① Emile Zola："The Experimental Novel", in George J. Becker, eds.：*Documents of Modern Literary Realism*, Princeton University Press, 1963, p. 196.

② Emile Zola："Naturalism in the Theatre", in George J. Becker, eds.：*Documents of Modern Literary Realism*, Princeton University Press, 1963, p. 224.

态，人们禁不住如此发问。

实验的观念，本身就包含着在"不确定"中不断向着未知世界生成的信念。自然主义因此获得了完全开放的文学视野，而在骨子里刻上了"自由主义"的思想立场。这种自由主义的思想立场，使自然主义与其所反对的浪漫主义在反对古典主义的阵地上又并肩站到了一起。这并非"观念旅行"的纸上推论，而是实实在在的历史事实。

因思想渊源与时代情势的不同，浪漫主义之自由主义与自然主义之自由主义的精神内涵并不完全一致。前者主要基于德国古典哲学中具有强烈"臆断""推演"色彩的主观主义，而后者的来源则主要是实证主义那非常切近"现象学"的精神观念及当代科学的"实验"观念。因此，与浪漫主义常常堕于虚幻和狂热的自由主义不同，作为一种从现实出发的自由主义，自然主义的自由主义比前者更多了一份平实、稳健的冷峻色调。"实验方法是一种宣布思想自由的科学方法。它不仅挣脱了哲学和神学的桎梏，而且也不承认个人在科学上的权威性。这丝毫也不是骄傲和狂妄。相反，实验者否认个人的权威，表现出谦逊，因为他也怀疑他本人的认识，使人的权威从属于实验和自然规律的权威。"[①]左拉在《实验小说论》中对贝尔纳这一论述的引用，显然不是无的放矢，而是大有深意。他进一步发挥说，自然主义作家"抛开了所谓既得真理，回到最初的原因，重新回到对事物的研究，回到对事实的观察。像上学的孩子一样，他甘愿自表谦卑，在能流利地阅读之前，先将自然这个词按字母来逐个拼读一番。这是一场革命，科学从经验主义中摆脱出来，方法就是从已知向未知迈进。人们从一项已被观察到的事实出发，就这样从观察到观察逐步前进，

---

① 　左拉：《实验小说论》，见柳鸣九编选：《法国自然主义作品选》，天津人民出版社1987年版，第767页。

在没有充分的证据之前,决不先下结论"①。站在现实的大地上,"抛开"一切"所谓既得真理",自然主义作家大胆质疑传统,激烈批判传统;但"抛开真理""质疑传统"之后,自然主义作家并没有像浪漫主义作家一样"回到自身",而是"回到最初的原因",即"返回自然",回到生活的大地。这样,左拉所说的自然主义这场文学"革命",便不仅只是对"传统"的革命,还是对"自我"的不断革命:在质疑传统和批判传统的同时,也在不断地自我质疑中随时准备反对自身。对传统的激进立场与对自身的严厉态度的同时"在场",使自然主义作家在颠覆传统的激烈冲动中蕴含了一份对传统的清醒与左拉所谓的"谦卑"。"我们中的哪个人敢于自吹曾经写过一页、一句不和某本书中的内容有所雷同的东西呢?我们满肚子装的都是法国文字,以致我们的整个身子就好像是一个用文字揉成的面团。"②如上表述,在生活领域历来狂放不羁的自然主义作家莫泊桑对文学传统就表现出了令人感动的虔诚。一方面,始终不遗余力地激烈批判浪漫主义;另一方面,对浪漫主义的历史功绩以及某些浪漫主义作家在创作上的成就给予高度的肯定。莫泊桑在浪漫主义问题上所表现出来的这种表面看来不无矛盾的立场,乃是自然主义文学与文学传统关系的最好表征。

现代主义文学大师 T. S. 艾略特曾说:"现存的艺术经典本身就构成一个理想的秩序,这个秩序由于新的(真正新的)作品被介绍进来而发生变化。这个已成的秩序在新作品出现以前本来是完整的,加入新花样以后要继续保持完整,整个的秩序就必须改变一下,即使改变得很小;因此每件艺术作品对于整体的关系、比例和价值就重新调整了;这就是新与旧

---

① Emile Zola: "Naturalism in the Theatre", in George J. Becker, eds.: *Documents of Modern Literary Realism*, Princeton University Press, 1963, p. 199.

② 莫泊桑:《论小说》,见莫泊桑:《漂亮朋友》,王振孙译,上海译文出版社 1993 年版,第410 页。

的适应。"①的确,整个人类文学并不是所有作家作品在数量上、空间上的堆积,而是一个内里有着细致联系的整体。由是,任何一个作家、一部作品与传统都是无法断开的。与其他精神性的存在一样,文学会有发展,有时这种发展甚至呈现为某种跳跃,但所谓的断裂是永远不存在的。这意味着所谓的"发展",恰如生命的展开,乃是一种点点滴滴的更新。

19世纪以来,尤其是达尔文进化论发表之后,西方文学的发展与其他人类事物的发展一样,出现了明显的加速,其突出的表现就是文学思潮在多元化的格局中不断以运动的形式向前推进。在这个过程中,"反传统"愈发成为现代作家基本的存在方式与精神姿态。对当时高度市场化的社会环境与飞速发展的社会—文化现实所构成的作家之前所未有的生存境遇这一纷繁复杂的新的文学景观的判断,尤其不可仅仅根据表象就轻易做出类如"文学史断裂"这样的断语。"反传统"只是现代作家面对传统及与传统往往同构的大众趣味所投射出来的一种先锋精神姿态。无论以何等激进的方式呈放,无论如何表白其自身所具有的"革命性",这种先锋精神姿态都不应该被看成是一种"历史—文化断裂"的"实事"。相比之下,在复杂、艰难的现代文化语境中,将现代作家的"反传统"理解为是他们的一种生存策略或许更为精当。从审视自然主义文学对待文学传统之矛盾态度中,我们不难得到这样的启示。

---

① T. S. 艾略特:《传统与个人才能》,见戴维·洛奇编:《二十世纪文学评论》(上),葛林等译,上海译文出版社1993年版,第130—131页。

第八章

自然主义中的"决定论"问题

第一节 "生理学决定论"抑或"社会学决定论"?

在对自然主义文学的诸多否定性评价中,哲学上的"决定论"是一个人们常常挂在嘴边的老话题。但仔细观察,人们不难发现,关于自然主义文学的"决定论",现有的说法非常混乱,存在着诸多模糊不清的悖谬之处:有人将其概括为"生物学决定论",又有人将其界定为"社会学决定论"①;有人将其称为"机械主义决定论",又有人将其视为"乐观主义进步观念"②……诸多相互矛盾的解读提示我们,所谓自然主义文学在哲学上的"决定论"思想,并非一个可以轻易做出定论的简单问题。

就所谓"决定论"所必然涉及的"决定"因素而言,在左拉的表述中,我

---

① Haskell. M. Block: *Naturalistic Triptych*: *The Fictive and the Real in Zola*, *Mann and Dreiser*, Random House, Inc., 1970, p. 7.

② Charles Child Walcutt: "Theodore Dreiser and the Divided Stream", in Alfred Kazin, Charles Shapiro, eds.: *The Stature of Theodore Dreiser*: *A Crital Survey of the Man and His Work*, Indiana University Press, 1955, p. 247.

们看到了两种不同方向的表述：其一是来自内部的生理—遗传因素，其二是来自外部的社会—环境因素。前者被人们称为"生理学决定论"或"生物学决定论"，而后者则被命名为"环境决定论"或"社会学决定论"。

受达尔文进化论及当代生理学、生物学进展的影响，左拉非常重视从生理学、遗传学的角度对人进行审视和描写。在《关于家族史小说总体构思的札记》中，左拉称自己的小说创作乃是"对一个家族血缘遗传与命定性的科学研究"①；而关于《戴蕾斯·拉甘》中的人物描写，左拉甚至自称："人物完全受其神经质和血缘的支配，没有自由意志，他们一生中的每一行为都命里注定要受其血肉之躯的制约。戴蕾斯和洛朗都是人面兽心的畜牲，仅此而已。……两位主人公的情爱是为了满足某种欲求；而他们杀人害命则是其通奸的必然结果。这种结果在他们看来，就像豺狼屠戮绵羊一样天经地义；至于他们的内疚，我只好用这个词了，只不过是一种气质性混乱，或者说是对紧张得都要爆裂了的神经系统的反抗。"②这样的表述，是很多人声称左拉的观念与创作陷入"生理学决定论"之最基本的依据。

虽然自然主义作家对生理学的反应极其热情，甚至声称"我们既是生理学家，又是诗人"③，但这绝不意味着自然主义作家真的会丧失自己作为艺术家的文学立场。自然主义作家对生理学的重视，只是表明他们会自觉地从生理学上的新发现中去获得新的对人进行审视和表现的视角，而绝不意味着他们会完全照本宣科地依照生理学的结论来描写人，即像有些人所说的一样陷入了"生理学决定论"。左拉说得非常明白："我们既

---

① 左拉：《关于家族史小说总体构思的札记》，见柳鸣九编选：《法国自然主义作品选》，天津人民出版社 1987 年版，第 734 页。

② 左拉：《〈戴蕾斯·拉甘〉第二版序》，见柳鸣九编选：《法国自然主义作品选》，天津人民出版社 1987 年版，第 728 页。

③ 诺维科夫：《"我们既是生理学家，又是诗人"》，见朱雯等编选：《文学中的自然主义》，上海文艺出版社 1992 年版，第 315 页。

不是化学家、物理学家,也不是生理学家,我们仅仅是依靠科学的小说家。当然,我们并不打算在生理学中做出发现,我们并不干那一行,只不过为了研究人,我们认为不能不考虑生理学上的新发现。"①事实上,即使在大肆强调借鉴生理学来促进文学创作之时,自然主义作家也从来没有过高地估计那些生理学发现的真理性:"无疑,人们现在离对化学甚或生理学的正确认识尚相距很远。人们还丝毫不知道存在能分解情欲从而得以分析它们的试剂。"②"关于人的科学现在仍然相当模糊不清,没弄清楚的地方实在太多。"③"关于人的科学所取得的真理,由于涉及的是精神和情感,因而更加有限与不确定。"④

如果这样一些清醒的表述尚不能使自然主义作家摆脱所谓堕入"生理学决定论"的嫌疑,那么,左拉对社会学意义上的人之生存环境的高度重视,则为自然主义作家彻底规避这种误区找到了切实的途径。左拉反复强调:"我深信,人毕竟是人,是动物,或善或恶由环境而定。"⑤"我们认为人不能脱离他的环境,他必须有自己的衣服、住宅、城市、省份,方才臻于完成;因此,我们决不记载一个孤立的思维或心理现象而不在环境之中去找寻它的原因和动力。"⑥"我们不再在词藻优美的描写里求生活;而是在准确地研究环境、在认清与人物内心状态息息相关的外部世界种种情

① Emile Zola:"The Experimental Novel", in George J. Becker, eds.: *Documents of Modern Literary Realism*, Princeton University Press, 1963, p. 185.

② Emile Zola:"The Experimental Novel", in George J. Becker, eds.: *Documents of Modern Literary Realism*, Princeton University Press, 1963, p. 167.

③ Emile Zola:"The Experimental Novel", in George J. Becker, eds.: *Documents of Modern Literary Realism*, Princeton University Press, 1963, p. 172.

④ Emile Zola: "The Experimental Novel", in George J. Becker, eds.: *Documents of Modern Literary Realism*, Princeton University Press, 1963, p.173.

⑤ 左拉:《关于家族史小说总体构思的札记》,见柳鸣九编选:《法国自然主义作品选》天津人民出版社 1987 年版,第 734 页。

⑥ 左拉:《论小说》,见柳鸣九编选:《法国自然主义作品选》,天津人民出版社 1987 年版,第 788—789 页。

况上做功夫。"①

先天生理遗传与后天社会环境两者中哪一个因素对人的行为及心理具有更大的决定作用,不管是在左拉的时代还是在现在,都是一个争议很大的问题。这样,两种所谓"决定论"之间的冲突,就造成了左拉整体思想的摇摆。这种摇摆,直接表现在左拉对"变化"的强调之中:"'变化说'是目前最合理的体系。"②在《〈戴蕾斯·拉甘〉第二版序》中,左拉称其对人所进行的生理学剖析,仅仅立足于"对人在环境和形势的压迫下所具有的气质及其生理机能的深刻变化进行研究"之上。③ 而在《关于家族史小说总体构思的札记》一文中,他就上文中提到的"环境"与"形势"进一步表述了"变化"的思想,——"这就是说,这个家族,如果是生于另一时代,处于另一种环境,就不会像它现在这样"④。既然两种能起"决定"作用的因素总是同时"在场",而且都永远地处在"变动不居"的状态,所谓左拉思想的"决定论"也就自然被这种"变""动"悬在了空中,摇摆不定。"作者为对抗他那个时代的旧价值观和新经验之间的冲突而摇摆不定,这种内心纠结的状况通常导致至关重要的主题矛盾。……正是这种非常暧昧模糊的态度,而不是单一确信决定论者的确定性,成了这一时期自然主义小说虚构力量的来源。"⑤在左拉的论述中,这种摇摆最终达成了一种充满张力的对衡。在这样一种摇摆—对衡的状态中,个人与社会—环境的关系便绝

---

① 左拉:《论小说》,见柳鸣九编选:《法国自然主义作品选》,天津:天津人民出版社 1987 年版,第 789 页。

② Emile Zola:"The Experimental Novel", in George J. Becker, eds.: *Documents of Modern Literary Realism*, Princeton University Press, 1963, p. 190.

③ 左拉:《〈戴蕾斯·拉甘〉第二版序》,见柳鸣九编选:《法国自然主义作品选》,天津人民出版社 1987 年版,第 731 页。

④ 左拉:《关于家族史小说总体构思的札记》,见柳鸣九编选:《法国自然主义作品选》,天津人民出版社 1987 年版,第 734 页。

⑤ Donald Pizer: *The Theory and Practice of American Literary Naturalism*: *Selected Essays and Reviews*, Southern Illinois University Press,1993, p. 6.

非简单地仅是后者"决定"前者的关系,而是两者之间的相互作用和相互影响。"生理学家有朝一日总会给我们解释思想和激情的机理;我们将会知道人这架独立的机器是怎样运转的,它怎样思考,怎样爱,又如何从理智转向热情乃至疯狂。但是这些现象,这些器官如何在内部环境的影响下起作用的机理的事实,不是孤立地在外部的真空中产生的。人不是孤立的,他是社会的动物,总处于特定的环境中;这社会环境就不断地改变着人的生存。对我们小说家来说,最重要的使命就在于研究社会对个人、个人对社会的相互作用。"①"我们依靠生理学,但又从生理学家手中把孤立的人拿过来,继续向前推进,科学地研究人在社会中如何行动的问题。"②

事实上,左拉对"环境"的强调直接源自巴尔扎克和泰纳,其理论与创作上的创新主要体现为对人之生理学—遗传学—生物学因素的重视,以及由此所带来的对单纯强调外部环境的矫正。

第二节　"机械主义决定论"抑或"有机主义生成论"?

认定左拉及自然主义文学在观念上陷入"决定论"的人,往往在其归纳出的"决定论"前冠以"机械主义"或"机械论"的哲学定性。针对左拉的理论表述,人们固然可以从中找出很多"机械主义"或"机械论"倾向的"证言",但相反方向的"证言"也是很容易就可以找到的。那么,左拉的观念体系在性质上究竟是"机械主义的决定论"还是"有机主义的

---

① Emile Zola："The Experimental Novel", in George J. Becker, eds.：*Documents of Modern Literary Realism*, Princeton University Press, 1963, p. 173.

② Emile Zola："The Experimental Novel", in George J. Becker, eds.：*Documents of Modern Literary Realism*, Princeton University Press, 1963, p. 174.

生成论"呢？

在对生命的理解上，"机械论"与"有机论"的主要区别在于：前者惯于将生命视为"机器"，后者则常将生命比作"植物"。机器，作为用来完成某种工作的特殊装置，是一个相互关联的各种部件或元素的组合，这一"组合"机械地完成预设的操作，"也就是说，在此过程中没有偶然的干预或仅通过自觉或不自觉的行为来维持调控"①。就此而言，"机械论"的生命观念及与之相契合的艺术观念，自然便含有只强调"必然性"与"确定性""规则"而否认或轻视"偶然性"及心理(对人来说还有心灵)活动的意味。而在"起源"问题上，"机械论"天然地倾向于"预成论"或"目的论"，并强调"元素"以聚合的方式"构成"整体。而相比之下，将生命比作"植物"的"有机论"的生命观念及与之相对应的艺术观念，则往往更强调"整体性"与"生长性"，在"起源"问题上本能地倾向于"渐成论"或"进化论"，并尤为强调天然"生命活力"的自我"生成"。艾布拉姆斯在《镜与灯：浪漫主义文论及批评传统》中对此曾做过精彩的分析比较："机器是由不同部件组成的。与此相比，植物的各部分不同之处则在于，它们以最简单的单位(种子——笔者注)开始，与它的相邻部分紧密结合，相互交换，相互依存，直到长成较大的、更为复杂的结构——在这整个过程中，这些部分都以一种复杂的、特别内在的方式相互联系，并同植物联成一个整体。"②"有机体的成长是一种没有终结的过程，这就滋养了不完整的允诺、崇高残缺的感觉。……只有'机械的'的统一体的各个部件才能明确地确立和固定。而在有机整体中，我们所发现的是各种有生命的、不确定的和不断变化着的

---

① 威廉·科尔曼：《19世纪的生物学和人学》，严晴燕译，复旦大学出版社2000年版，第130页。

② M. H. 艾布拉姆斯：《镜与灯：浪漫主义文论及批评传统》，郦稚牛等译，北京大学出版社1989年版，第267页。

成分的内在联系的复杂体。"①

生物学、生理学等学科在 19 世纪的重大进展,并没有使"机械论"与"有机论"两种生命观念的相互冲突完全平息。传统的"机械论"者都在很大程度上接受牛顿的宇宙演变法则,相信整个宇宙,包括生物体在内,最终都是上帝智慧的产物。②

19 世纪初叶,随着胚胎学说的发展,德国自然哲学家的以泛神论为基础的"有机论"逐渐占据上风;但在 19 世纪中叶,随着能量守恒定律的发现及呼吸生理学的最新进展,对生命的"机械主义"解释突然卷土重来,而左拉推崇的克洛德·贝尔纳正是这股思潮的代表人物之一。在《实验小说论》中,左拉宣称:"实验方法既然能导致对物质生活的认识,它也应当导致对情感和精神生活的认识。从化学而至生理学,再从生理学而至人类学和社会学,这只不过是同一条道路上的不同阶段而已。实验小说则位于这条道路的终点。"③左拉这种令人惊诧不已的主张,完全基于贝尔纳的著名论断。看上去,左拉似乎全盘接受了贝尔纳的"机械论"观念,而文中他对贝尔纳反"活力论"的论调亦步亦趋,更进一步强化了人们的这一判断。众所周知,左拉的《实验小说论》是在贝尔纳的《实验医学研究导论》的直接影响下完成的。左拉本人在该文开篇也十分坦率地承认:"这不过是对他的论述进行一番汇编,因为我的一切论述都原封不动地取自克洛德·贝尔纳,只不过是把'医生'一词换成'小说家',以便阐明我的思想,使之具有科学真理的精确性。"④在一个科学在社会与文化生活中

---

① M. H. 艾布拉姆斯:《镜与灯:浪漫主义文论及批评传统》,郦稚牛等译,北京大学出版社 1989 年版,第 345 页。

② 威廉·科尔曼:《19 世纪的生物学和人学》,严晴燕译,复旦大学出版社 2000 年版,第 45 页。

③ Emile Zola:"The Experimental Novel", in George J. Becker, eds.: *Documents of Modern Literary Realism*, Princeton University Press,1963, p. 162.

④ Emile Zola:"The Experimental Novel", in George J. Becker, eds.: *Documents of Modern Literary Realism*, Princeton University Press,1963, p. 162.

占据主导地位,科学主义也由此风靡整个文化领域的时代,为了替自己的
文学主张找到理论依据,左拉的这一做法并非完全不可理解;然而,这种
借科学之"矛"攻文学之"盾"的简单套用,却将单纯的文学问题复杂化
了——迄今依然非常盛行的"自然主义文学坚持'机械主义决定论'"的说
法在很大程度上就直接源自该文。就此而论,美国批评家 H. M. 布洛克
在其《自然主义三巨头》(1970)一书中将《实验小说论》解读为左拉的影响
最大但同时表述最为糟糕的自然主义文学理论文献,显然是有道理的。

左拉的自然主义文学理念是否真的堕入了"机械主义决定论"?

观念的正确与否与这一观念表述得是否得当,显然是截然不同的两
个问题。尽管《实验小说论》因话语移植太过僵硬而影响了其作为理论文
献应有的严谨,但如果细读,然后参照左拉在其他自然主义文学理论文献
中的相关表述,我们依然有可能获得对《实验小说论》及整个自然主义文
学理念的准确把握。

声称"自然主义文学坚持'机械主义决定论'"的人,如果不是有意的,
那也肯定是在无意中忽略了左拉诸多更为倾向于"有机主义"的明确表
述。在《实验小说论》中,左拉就曾写道:"社会的运转同生命的运转是一
样的:社会中同人体中一样存在着一种有机联系,将各个不同的部分或不
同的器官彼此连为一体。一个器官坏死了,其他器官也会受到损害,于是
便引起一场十分复杂的疾病。"①在《论小说》一文中,左拉又明确宣称:
"近代文学中的人物不再是一种抽象心理的体现,而像一株植物一样,是
空气和土壤的产物。"②

在生命及与之相应的文学观念上,自然主义文学之前的浪漫主义文

---

① Emile Zola: "The Experimental Novel", in George J. Becker, eds.: *Documents of Modern Literary Realism*, Princeton University Press, 1963, p. 179.
② 左拉:《论小说》,见柳鸣九编选:《法国自然主义作品选》,天津人民出版社 1987 年版,第789 页。

学所坚持的乃是"有机主义"的思想立场。显然,出于反浪漫主义的激进冲动,加上受当时流行的实证主义和科学主义理念的影响,于是——尤其在《实验小说论》中——便有了左拉的很多极端的理论表述。但整体看来,左拉之自然主义文学理论文献在明显地含有不少"机械论"观念的同时,更有体现"有机论"倾向的大量表述。前者的表述很铺陈扎眼,但也因此更加流于表面,成为体现某种策略诉求的虚张声势;后者的表述更为细致内在,也许更能体现左拉观念体系的基本哲学立场。与如上谈论的"生理学决定论"与"社会学决定论"两者之间的关系一样,在左拉的表述中,"机械论"倾向与"有机论"倾向同样是在摇摆不定中处于充满张力的对衡状态。

如上所述,"有机论"与"机械论"的基本区别便是前者更强调个体生命的内在生命活力及其自我生成。这种"自我生成"不仅意味着个体生命不像机器一样完全是由外部力量所创制决定的,还强调它本身永远处于不断变化的进程之中。这样的生命观念与否定个人生命意志的"决定论"或"宿命论"思想显然不可同日而语。

第三节　"决定论"抑或"宿命论"?

克洛德·贝尔纳曾把自己的世界观概括为"决定论",但他对这种"决定论"的阐释是非常独特的,"决定论不是别的,就是承认随时随地都有规律",但却没有"终极规律"。[①] 而其所谓的"规律",仅是指某种现象存在的近因或条件,即一种现象与其他现象的直接联系。在《实验小说论》中

---

① 敦尼克等:《哲学史》(第三卷　下册),何清新译,生活·读书·新知三联书店 1963 年版,第 524 页。

反复标榜自己是"决定论者"的左拉,对"决定论"的界定与贝尔纳如出一辙:"所谓'决定论'即决定现象出现与否的近因。"①

左拉认为:"今天,小说家最高的品格就是真实感。"②"没有什么可以代替它,不论是精工修饰的文体、遒劲的笔触,还是最值得称赞的尝试。你要去描绘生活,首先就请如实地认识它,然后再传达出它的准确的印象。如果这印象离奇古怪,如果这幅图画没有立体感,如果这作品流于漫画的夸张,那么,不论它是雄伟的还是凡俗的,都不免是一部流产的作品,注定会很快被人遗忘。它不是广泛建立在真实之上,就没有任何存在的理由。"③可面对着纷繁乃至是混乱的生活之流,该如何去达成如此重要的"真实感"呢?他的回答是:要达成"真实感",就必须贯彻"决定论",即务必在创作中揭示现象与现象之间作为"近因""联系"的"规律"。自然主义文学对"环境"因素的高度强调,在这里得到了理论上的说明。

在"现象"与"近因"的意义上,左拉坦承自然主义作家是"决定论者",但他同时又坚决反对称他们为"宿命论者"。"必须说清楚,我们并不是宿命论者,我们是决定论者,二者决不可混为一谈。""宿命论认为我们不能对必然注定的命运施加任何影响,一种现象是必然注定的,与其他条件毫不相干;而决定论认为决定因素仅仅是一种现象的必要条件,这种现象的表现形式也并非注定如此。一旦将探求现象的决定因素作为实验方法的根本原则,那时便不再有什么唯物论和唯灵论,不再分什么无生命物质和有生命物质,存在的只是一些现象,我们需要确定其条件,即造成这些现

---

① Emile Zola:"The Experimental Novel", in George J. Becker, eds.: *Documents of Modern Literary Realism*, Princeton University Press, 1963, p. 163.

② 左拉:《论小说》,见柳鸣九编选:《法国自然主义作品选》,天津人民出版社 1987 年版,第 778 页。

③ 左拉:《论小说》,见柳鸣九编选:《法国自然主义作品选》,天津人民出版社 1987 年版,第 780 页。

象的直接原因产生的环境。"①

左拉反复强调：自然主义作家把现象之直接的或决定性的原因称为"决定"因素，而绝不承认任何神秘的东西。世界上只有现象和作为现象存在条件的现象，而既然人可以认识这些直接导出"现象"的、作为"决定因素"的"近因"，并能通过改变这些"近因"而控制现象，哪里还有什么"宿命论"可言？

真正的"决定论"往往都与某种观念被推向极端所形成的绝对独断有关。就此而言，自然主义文学的思想立场也许恰恰并非"决定论"而是"反决定论"。因为，自然主义作家反对一切对人和自然的成见，反对一切既定观念体系。左拉曾明确指出：自然主义并不是一个推翻了旧体系之后自己开始执掌话语霸权的新的权威体系，它反对一切体系，包括反对它自身。

左拉在《实验小说论》中反复强调："我一再说过，自然主义并不是一个流派，比如说，它并不像浪漫主义那样体现为一个人的天才和一群人的狂热行为。"②而于斯曼也大声疾呼："不，我们不是宗派主义者。我们相信无论作家还是画家都应去表现他们自己的时代，我们是渴望现代生活的艺术家……我们的小说不支持任何论点，而且在大多数情况下，它们甚至连结论也没有。"③

与人们加诸自然主义文学头上的"决定论"的含义完全不同，左拉在其自然主义文学理论文献中描述的"决定论"的释义直接源自贝尔纳。而贝尔纳学说中，其"近因""联系"则源自孔德的实证主义哲学。事实上，在

---

① Emile Zola："The Experimental Novel"，in George J. Becker，eds.：*Documents of Modern Literary Realism*，Princeton University Press，1963，p. 179.

② Emile Zola："The Experimental Novel"，in George J. Becker，eds.：*Documents of Modern Literary Realism*，Princeton University Press，1963，p. 189.

③ 于依思芒斯：《试论自然主义的定义》，见朱雯等编选：《文学中的自然主义》，上海文艺出版社 1992 年版，第 324 页。

19世纪中叶的法国知识界,贝尔纳本人堪称孔德之后实证主义最重要的代表人物。众所周知,实证主义哲学反对一切形式的形而上学,拒绝对所有"绝对本质"的探究而孜孜不倦于对现象学层面的"近因""规律"的求证。经由对"绝对本质"的悬置,不断自我标榜"理性"的实证主义哲学家事实上已经在唯理主义的坚硬逻辑大厦上打开了一个隐蔽的豁口,现象学意义上的"相对论"正是由此得以释出。把"相对论"往前推进一步,就是20世纪西方哲学中大行其道的"相对主义"。"相对主义"开启了"不确定性原理","不确定性原理"被推演到极致便是存在主义哲学所宣称的那种"世界荒诞"。而正是经由这种"世界荒诞",萨特等存在主义思想家才庄严地宣告了人的"自由":"荒诞"彻底解放了人的"自由"。"人",在20世纪很多非理性主义思想家和文学家那里正是因此才被重新定义:人的本质不再是"理性",而是"自由";"自由"首先是个人的"选择自由",人经由个人的自由选择确定其自我的"本质"。

作为自然主义文学的领袖,左拉与德莱塞等很多自然主义作家一样,都不是擅长在书斋里玩弄形而上学概念的作家。他们来自底层社会,且大多数都没有接受过系统的高等教育,促使他们成才的教育是由社会以其本身的冷峻与严酷完成的。与现实生活而非与理念系统的更为密切的联系、对世界和社会现实而非对哲学形而上学的更为切身的省察、对人生苦难而非对纸上伤悲的更为强烈的体验与关注,这一切始终是他们文学创作的源头和动力。来自平民社会而非贵族社会的身份、近生活而远观念的知识背景,是以左拉为代表的自然主义作家与此前浪漫主义作家的重要区别。

可以想象,对将世界看作是诸多"物理的力"相互冲突的战场或将社会与生命视为各种元素纠结所形成的"化学现象"这样的比喻,左拉这样的平民作家应该是很容易接受的。经由"化学反应"之亲和力或者"物理作用"之机械力这样一些朴素比喻的过渡,惯于"形象思维"的文学家对世界形成一种粗犷的"机械论"观念的轮廓或印象,这在科学与技术逐渐主导西方社会—文化的时代氛围中实在是再自然不过的事情。进化论强调无情的生存竞争,而这种竞争也正是以左拉为代表的自然主义作家早年在贫寒与奋斗中体会最深的生存真相。就此而言,一些像左拉这样没有受过严密的逻辑训练但却饱受严酷的生存历练的平民作家接受达尔文、贝尔纳、斯宾塞的学说,主要不是出于逻辑的思辨,而是因为情感的体验;不仅是由于时代文化思潮单方面的冲击,而更有着这些作家个人对此种观念基于本能的亲和倾向。

对作为艺术家的作家来说,特定的世界观念或人生理念的确有助于他们建立起某种审视生活现实与生命存在的视角,但这种视角永远不会取代他们对生活与生命的审视与省察。哲学家和科学家从生活现实中提炼出了某种假想性的理论观念,他们的工作基于现实生活,始于理论假设。而文学家的工作却总是在哲学家和科学家的工作终结的地方开始,并由此出发奔向他们最信赖的生活。无论在什么情况下,他们总是坚信生活本身永远都是比任何既有的哲学或科学理论都要神秘深奥若干倍的存在,即生活总是大于所有的道德礼法和意识形态准则,而现实也总是大于所有哲学的抽象与科学的概括。因而,现实生活才是最难以理解、难以捉摸、难以制服的存在。就此而言,文学创作虽然离不开特定观念的引导,但在人类文化构成中,文学家却又历来就是一切既有概念或观念的颠覆者。

与此前的作家相比,自然主义作家更加看重现象学意义上作为"相对真相"的生活现实,而规避本质论意义上以"绝对真理"面目出现的各种意识形态。左拉称自然主义作家的全部工作就在于:"从自然中取得事实,然后研究这些事实的构成,研究环境与场合的变化对其影响,永远不脱离自然的法则。"①对一直在大声疾呼文学家一定要"回到生活"中去、"回到

---

① Emile Zola:"The Experimental Novel", in George J. Becker, eds.: *Documents of Modern Literary Realism*, Princeton University Press,1963, p. 167.

自然"中去、"回到现象"中去的自然主义作家来说,任何观念或观念体系与他们看重信从的生活现实相比,都统统不值一提,因而也就更难想象他们的创作真如很多人所指控的那样是在"机械论"哲学观念或某种科学理论的支配或主导下完成的。对这些更为激烈的"观念颠覆者"来说,虽然他们也常常在创作之外大谈哲学或科学,但是事实上,由于对艺术的热爱与追求,他们所谈论的哲学或科学理论除了给他们提供奔向生活的出发点,并没有真正让他们从中得到任何可以信靠的东西。因此,左拉才反复声称:"自然主义小说家注重观察与实验,他们的一切著作都产生于怀疑,他们在怀疑中站在不甚为人所知的真理面前,站在还没有被解释过的现象面前。"①事实表明:自然主义作家是一些比他们所有的文学前辈都更坚定、更本色的不可知论者和更彻底、更激烈的怀疑主义者。实在很难想象,一个不可知论者和怀疑主义者,是如何同时成为一个"决定论者"或"机械论者"的。

左拉在随笔、书信及诸多论战文字中所表述的"机械论"或带有"机械论倾向"的哲学思想是幼稚粗糙的,这与他在文学文本中对人和社会具体细致的描写所体现出来的厚重意蕴绝对不可同日而语。纵观整个自然主义作家团体的文学创作,可以发现,由于太过信从当代科学进展所确认的那些生理学或心理学或社会学的"规律",个别作家对人的描写有时的确存在某种简单化的倾向,但仅拿这些失败的个别作家或个别作品对宏大的自然主义文学思潮在哲学上做出"决定论"或"机械论"的判断,显然太过独断。总体说来,在真正代表着自然主义文学艺术成就的作家创作中,人们可以看到,对各种抽象理念的拒斥,对观念主导型叙事模式的反叛,对生活现象的重视,对人生本相的索求,这一切都使得体现为"偶然性"的

---

① Emile Zola:"The Experimental Novel", in George J. Becker, eds.: *Documents of Modern Literary Realism*, Princeton University Press,1963, p. 169.

"机缘"因素在自然主义文学文本中绽放迸出。突出"偶然性"的"机缘"必然就削弱了"必然性"的"逻辑",而"必然性逻辑"的失落不正是颠覆了建立在其基础之上的真正的"决定论"的思想吗？自然主义作家笔下的人物,并不是他们常常挂在嘴边的"决定论"所派定的"物理现象"或"化学现象"或"生理现象",而是充满着冲动又带有狐疑、充满着热望又常怀恐惧、充满着激情又总在进行着理性算计的时刻都充满着矛盾的鲜活个体。显然,一旦进入文学创作的领地,"票友"式哲学家之观念眼镜立刻便被摘下放在了一边；诚挚的艺术家那悲悯、敏锐、睿智的心灵目光,丝毫也没有被始终只是呈现为某种粗犷轮廓的哲学观念所搅乱,更没有被遮蔽或扭曲。

"一直以来,而且似乎包括将来,人们总希望将自然主义与绝对决定论联系起来,从而导出其所谓悲观主义的内核——要成为自然主义,小说家就必须坚持这个内核,否则它就是非自然主义者,或因混乱而不彻底的自然主义者。"[1]与职业哲学家的观点相比,自然主义作家的诸多表述,显然不值得作为严谨的哲学体系来看待,但这并不意味着他们的理论言说就真的一钱不值。尽管不够严谨与周延,尽管不时自相矛盾,但他们的看法毕竟与当时的文化思潮息息相关。今天,面对自然主义这样一份尘封在诸多误解与轻薄之中的文学遗产,要正本清源,便必须将以左拉为代表的自然主义作家煞有介事的哲学话语言说与其实实在在的文学创作实践区分开来,仔细辨识并准确阐发他们理论表述中的真意。

---

① Donald Pizer：*The Theory and Practice of American Literary Naturalism：Selected Essays and Reviews*，Southern Illinois University Press，1993，p. 9.

参考文献

一、中文文献

[1] 奥尔巴赫.摹仿论:西方文学中所描绘的现实[M].吴麟绶,等译.天津:百花文艺出版社,2002.

[2] 布洛克.美学新解[M].滕守尧,译.沈阳:辽宁人民出版社,1987.

[3] 丹纳.艺术哲学[M].傅雷,译.北京:人民文学出版社,1963.

[4] 杜夫海纳.审美经验现象学[M].韩树站,译.北京:文化艺术出版社,1996.

[5] 杜威.艺术即经验[M].高建平,译.北京:商务印书馆,2005.

[6] 哈耶克.科学的反革命:理性滥用之研究[M].冯克利,译.南京:译林出版社,2003.

[7] 加洛蒂.论无边的现实主义[M].吴岳添,译.天津:百花文艺出版社,1998.

[8] 蒋承勇,项晓敏,何仲生,等.欧美自然主义文学的现代阐释[M].上海:复旦大学出版社,2002.

[9] 卡林内斯库.现代性的五副面孔[M].顾爱彬,李瑞华,译.北京:商务印书馆,2002.

[10] 柯林伍德.自然的观念[M].吴国盛,柯映红,译.北京:华夏出版社,1999.

[11] 科尔曼.19世纪的生物学和人学[M].严晴燕,译.上海:复旦大学出版社,2000.

[12] 孔德.论实证精神[M].黄建华,译.北京:商务印书馆,1996.

[13] 库恩.科学革命的结构[M].金吾伦,胡新和,译.北京:北京大学出版社,2003.

[14] 柳鸣九.法国自然主义作品选[M].天津:天津人民出版社,1987.

[15] 卢卡契.卢卡契·文学论文选(第一卷)[M].北京:人民文学出版社,1986.

[16] 马尔库塞.爱欲与文明:对弗洛伊德思想的哲学探讨[M].黄勇,薛民,译.上海:上海译文出版社,1987.

[17] 马赫.感觉的分析[M].洪谦,唐钺,梁志学,译.北京:商务印书馆,1997.

[18] 马里埃蒂.实证主义[M].管震湖,译.北京:商务印书馆,2001.

[19] 卡尔迪纳,普里勃.他们研究了人:十大文化人类学家[M].孙恺祥,译.北京:生活·读书·新知三联书店,1991.

[20] 斯特龙伯格.西方现代思想史[M].刘北成,赵国新,译.北京:中央编译出版社,2005.

[21] 朱雯等.文学中的自然主义[M].上海:上海文艺出版社,1992.

二、外文文献

[22] AUERBACH E. Mimesis：The Representation of Reality in Western Literature[M]. Princeton：Princeton University Press, 1953.

[23] BAGULEY D. Naturalist Fiction: The Entropic Vision[M]. Cambridge: Cambridge University Press, 1990.

[24] BECKER G J. Documents of Modern Literary Realism[M]. New Jersey: Princeton University Press, 1963.

[25] BLOCK H M. Naturalistic Triptych: The Fictive and Real in Zola, Mann, and Dreiser[M]. New York: Random House, Inc. , 1970.

[26] BOOT W H. German Criticism of Zola: 1875 – 1893[M]. New York: Columbia University Press, 1931.

[27] CHAI L. Aestheticism: The Religion of Art in Post-romantic Literature [M]. Columbia: Columbia University Press, 1990.

[28] CHAPPLE J A V. Science and Literature in the Nineteenth Century [M]. London: Macmillan Education Ltd. , 1986.

[29] CHISHOLM R M. Realism and the Background of Phenomenology [M]. Illinois: The Free Press, 1960.

[30] CONDER J J. Naturalism in American Fiction: The Classic Phase [M]. Lexington: The University Press of Kentucky, 1984.

[31] GEISMAR M. Rebels and Ancestors: The American Novel, 1890 – 1915[M]. London: W. H. Allen, 1954.

[32] HAKUTANI Y, FIELD L. American Literary Naturalism: A Reassessment[M]. Heidelberg: Carl Winter Universitätsverlag, 1975.

[33] HENDERSON J A. The First Avant-garde: 1887 – 1894[M]. London: George G. Harrap & Co. Ltd. , 1971.

[34] HENKIN L J. Darwinism in the English Novel, 1860 – 1910[M]. New York: Russell & Russell. Inc. , 1963.

[35] KAPLAN H. Power and Order: Henry Adams and the Natulist Tradition in American Fiction[M]. Chicago: University of Chicago

Press, 1981.

[36] LETHBRIDGE R, KEETE T. Zola and the Craft of Fiction: Eassays in Honor of F. W. J. Hemmings[M]. Leicester: Leicester University Press, 1990.

[37] LEVINE G. Darwin and the Novelists: Patterns of Science in Victoriam Fiction[M]. Cambridge: Harvard University Press, 1988.

[38] MADSEN B G. Strindberg's Naturalistic Theatre: It's Relation to French Naturalism[M]. Copenhagen: Muksgaard, 1962.

[39] MARTIN R E. American Literature and the Universe of Force[M]. North Carolina: Duke University Press, 1981.

[40] MICHAELS W B. The Gold Standard and the Logic of Naturalism: American Literature at the Turn of the Century[M]. Berkeley: University of California Press, 1987.

[41] MITCHELL L C. Determined Fictions: American Literary Naturalism [M]. New York: Columbia University Press, 1989.

[42] MORTON P. The Vital Science: Biology and the Literary Imagination, 1860 – 1900[M]. London: Allen & Unwin, 1984.

[43] NAGEL J. Stephen Crane and Literary Impressionism [M]. Pennsylvania: Pennsylvania State University Press, 1981.

[44] NELSON B. Naturalism in the European Novel: New Critical Perspectives[M]. New York: St. Martin's Press, 1992.

[45] PAPKE M E. Twisted from Ordinary: Essays on American Literary Naturalism[M]. Knoxville: The University of Tennessee Press, 2003.

[46] PERSONS S. Evolutionary Thought in America How Scientfic Therories of Evolution have Affected Social and Human Thought [M]. New Haven: Yale University Press, 1950.

[47] PIZER D. The Theory and Practice of American Literary Naturalism: Selected Essays and Reviews[M]. Carbondale: Southern Illinois University Press, 1993.

[48] SIMON W M. European Positivism in the Nineteenth Century: An Essay in Intellectual History [M]. Ithaca: Cornell University Press, 1963.

[49] STROMBERG R N. Realism, Naturalism, and Symbolism: Modes of Thought and Expression in Europe, 1848 – 1914[M]. London: Palgrave Macmillan, 1968.

[50] TURNELL M. The Art of French Fiction[M]. London: Hamish Hamilton Ltd. , 1959.

[51] WALCUTT C C. American Literary Naturalism, A Divided Stream [M]. Minneapolis: University of Minnesota Press, 1956.

[52] WESTBROOK P D. Free Will and Determinism in American Literature [M]. New Jersey: Fairleigh Dickinson University Presses, 1979.